Elke Krug

Ein bezahlter Mann

Elke Krug

Ein bezahlter Mann

Roman

Elke Krug wurde 1959 im Chiemgau geboren. Sie studierte in München Betriebswirtschaft, um anschließend im Bereich Marketing zu arbeiten.
Ihren ersten Roman, „… schwanger sein dagegen sehr", schrieb sie bei einem dreijährigen Auslandsaufenthalt mit ihrer Familie in New York. Er wurde 2004 beim Westkreuz-Verlag verlegt.
Seit 20 Jahren lebt sie in einem Münchner Vorort und arbeitet u.a. als freie Autorin.

Bibliografische Information der Deutschen Nationalbibliothek:
Die Deutsche Nationalbibliothek verzeichnet diese Publikation in der Deutschen Nationalbibliografie;
detaillierte bibliografische Daten sind im Internet über
http://dnb.d-nb.de abrufbar.

© 2016 Elke Krug
Umschlaggestaltung, Herstellung und Verlag:
BoD - Books on Demand
ISBN: 978-3-7412-2518-5

U-Bahnfahren am frühen Morgen bedeutet viele müde Gesichter mit unfreundlichen Mienen, die im besten Fall hinter der Morgenzeitung versteckt werden. Die Schlagzeilen verbessern die Stimmung auch nicht gerade: ein Unwetter hat ganze Landstriche zerstört, eine Wahl wurde von den falschen Personen gewonnen, ein Krieg hat immer noch kein Ende gefunden. Manchmal weiß ich einfach nicht, ob ich lieber die Zähne im vor Gähnen weit geöffneten Mund meines Gegenübers zählen soll, oder die Schuppen auf dem Mantel meiner Sitznachbarin. Ich entscheide mich dafür, die Augen zu schließen und noch ein wenig zu dösen.
Tag für Tag für Tag.

MÄRZ

Freitagmorgen. Die üblichen U-Bahngesichter. Manche wirken freundlicher, als sonst, weil das Wochenende naht. Ich bin mir nicht sicher, ob ich mich darüber freuen soll, dass Freitag ist. Morgen will ich mit meiner pubertären, zurzeit im Selbstmitleid versinkenden Tochter zum Shoppen gehen. Juhu. Vielleicht geht heute Abend die Welt unter und mir bleibt somit Schlimmeres erspart. Ihr Geschmack gleicht im Moment dem eines achtzigjährigen Hippies und ihre Geduld der, eines zehnjährigen Mädchens am Weihnachtstag. Ich hingegen halte mich dann nur mit regelmäßigen Pausen in irgendwelchen Coffee-Shops über Wasser. Die Folge: eine durch fünf Tassen Kaffee gedopte und deshalb zittrige Mittvierzigerin sitzt schwitzend auf irgendeinem Hocker vor irgendeiner Umkleidekabine, begraben unter tausend Tüten, um an dem Untergang jeglichen Geschmacks, den sie ihrer heranwachsenden Tochter über die Jahre hinweg hingebungsvoll vermittelt hatte, langsam und leidvoll zu verzweifeln....
Ich befürchte allerdings, die Welt wird mir nicht den Gefallen tun, heute Abend noch unterzugehen.
Zu meinem großen Leidwesen wird sich das Wochenende danach auch nicht wirklich erfreulich weiterentwickeln, um die Last der Woche etwas auszugleichen. Nein, es wird sich vielmehr mit der Grausamkeit eines Dämons in der Form meines langjährigen Lebensgefährten auf mich stürzen, um mich im Dschungel seiner Verwandtschaft zu begraben. Ansonsten wartet an diesem Wochenende nichts weiter auf mich, als die ständige Ahnung, welche fast jeden braven Arbeitnehmer am Samstag und Sonntag begleitet, nämlich, dass es viel zu schnell vorbei sein wird und der Tatort am Sonntagabend gnadenlos das kriminelle Vorspiel einer neuen Woche bedeutet.
Ich gehöre nämlich der "Generation Tatort" an und bin stolz darauf. Diese Generation zeichnet sich dadurch aus, dass

die Kinderjahre geprägt waren von Sonntagabenden, an denen man überpünktlich im Bett sein musste, um auf keinen Fall den Anblick eines Mordes in die Träume mitzunehmen. Deshalb musste man sich, als Kind dieser Generation geschickt auf einer Treppe, in einem Flur, auf einer Toilette oder sonst einem Platz verstecken, von dem aus man einen kleinen, eingeschränkten Blick auf den Fernseher wagen konnte, um anschließend dann entsetzlich schlecht zu träumen. Diese vielen verpassten Ermittlungen kriminaltechnischer Art zwingen uns dazu, am Sonntagabend zuhause zu bleiben, um jeden Tatort von Anfang bis Ende zu genießen, um ihn dann am nächsten Tag mit Freunden, Kollegen, Fremden in der U-Bahn etc. zerreißen zu können.

Normalerweise freue ich mich nicht allzu sehr auf den Sonntagabend (trotz Tatort), da dieser das gnadenlose Ende von zwei vermeintlich freien Tagen bedeutet.

Dieses Mal jedoch, kann ich es schon am Freitag kaum erwarten, dass es Sonntagabend wird.

Langsam wird es Zeit für mich, meine Augen zu öffnen. Die betörende Duftwolke verrät mir, dass die Dame mit dem pinkfarbenen Mantel immer noch neben mir sitzt. Der Mann gegenüber grinst mir zu. Nerv! Was soll das? So etwas verunsichert mich total. Ich hätte doch noch einmal in den Spiegel schauen sollen, bevor ich das Haus verließ. Bestimmt habe ich etwas Komisches im Gesicht. Jung ist der, mindestens zehn bis fünfzehn Jahre jünger als ich. Der lacht mich aus! Der lacht mich aus, weil ich schon so alt bin oder mich zu jugendlich kleide oder meine Haare zu rot färben lasse. Ich weiß es einfach nicht, warum. Leichte Hysterie macht sich in mir breit, die gerne meine neurotische Ader immer wieder voll zur Geltung bringt. Die pinkfarbene Dame neben mir beginnt zu schnarchen. Ein Grund mehr für den Grinser gegenüber, mich wieder anzulächeln. Er tut so, als wären wir langjährige Verbündete, die sich ohne Worte verstehen. Hätte ich nur nicht meine Augen so früh geöffnet. Ich bin froh, dass ich bei der nächsten Haltestelle aussteigen muss. Ich erhebe mich von meinem Sitzplatz, ohne den Grinser noch eines Blickes zu würdigen. Auf dem Bahnsteig habe ich ihn schon vergessen. Ob die Pinkfarbene wohl ihre Haltestelle verschläft?

Meine Arbeitsstelle ist nur fünf ‚flache-Schuhe-Minuten' oder zehn ‚hochhackige-Schuhe-Minuten' entfernt. Soll ich mir noch was Süßes kaufen? Vor dem Kiosk steht eine ziemlich dicke Frau. Ok. Ich kaufe mir lieber doch keine Schokolade, nur eine Zeitung. Wie immer lasse ich mich auch in diesem Fall sehr schnell beeinflussen. Meinen Lebensgefährten (wie man so schön sagt) nervt das ziemlich, aber er sagt es nicht, weil er mich nicht kränken will. Er heißt Norbert und ist ein ganz lieber.
Stellt euch vor, seine Eltern nannten ihn immer Norbi. Gott sei Dank muss ich ihn nicht so nennen. Beim Sex beispielsweise, ja Norbi, gut Norbi, zeig's mir Norbi.... Entsetzlich. Ja, richtig gelesen, wir haben trotz unserer langen Beziehungszeit, entgegen jeglichem Klischee, immer noch Sex, guten Sex. Norbert sieht auch immer noch top aus, er hat sich sehr passabel gehalten. Besser, als ich, befürchte ich. Neurose Neurose Neurose.
Norbert ist eigentlich noch ein Relikt aus meiner Ehe mit Robert. Nicht, dass er ein Freund von Robert war, er war vielmehr ein Freund von einem Freund eines Freundes. Ich hatte ihn nur einmal während unserer Ehe auf einer Geburtstagsfeier gesehen und circa drei Worte mit ihm gewechselt. Erst viel später während unseres Scheidungsdramas, erster oder zweiter Akt, ich weiß das nicht mehr so genau, habe ich Norbert zufällig wiedergetroffen und die ersten zarten Bande geknüpft. Inzwischen sind wir ein altes, nicht verehelichtes Paar. Punkt.
An und für sich sollte ich mich nicht über den Namen Norbert lustig machen. Meiner ist auch nicht besser. Lilly. Wer nannte seine Tochter in den Sechzigern schon Lilly? Kein Mensch, nur meine lieben Eltern. Klasse und danke

Lale Anderson. Kennt heute kaum noch jemand. Tipp: googelt doch mal, dann wisst ihr, was ich meine. Heute heißen ja wieder einige kleine Mädchen Lilly, aber zu meiner Zeit war das nicht üblich. Habe ich mir zumindest voller Verzweiflung und mit großem Unmut gegenüber meinen Eltern eingeredet. Eigentlich ist das nur von Vorteil, dass Norbert und ich nie geheiratet haben. Willst du Norbi, Lilly zu deiner Frau nehmen? Nein, geht gar nicht.
Vielleicht hätte ich mir doch Schokolade kaufen sollen. Zurzeit weiß ich einfach nie, was ich will. Nun werde ich den Freitag ohne mein Doping schaffen müssen. Dann mal los.

Auf dem Heimweg treffe ich kurz vor der rettenden heimischen Wohnung meine Lieblingsnachbarfeindin. Mist. Ob ich auch immer das Gestöhne aus der Wohnung unserer neuen Nachbarin hören würde und ob ich schon deren Liebhaber gesehen hätte. Nein, *hätte* ich nicht und außerdem sei ich schwerhörig, ob man ihr das nie gesagt hätte, deshalb könne ich mich auch nicht länger mit ihr unterhalten. Beleidigt wendet sie sich von mir ab. Ich war wohl doch zu direkt mit meiner offensichtlichen Notlüge. Egal.
Norbert ist noch nicht zuhause. Seit drei Jahren wohnen wir zusammen. Ist okay. Alex, meine Tochter, ist auch nicht da. Habe ich auch gar nicht erwartet. Ich freu mich. Ruhe Ruhe Ruhe.
Wie könnte ich mein Alleinsein in der Wohnung nutzen? Da gibt es gar viele Möglichkeiten. Angefangen beim Einräumen der Spülmaschine, über das Ausräumen des Trockners bis hin zum Durchdrehen beim Anblick vom Zimmer meiner Tochter. Mein Gott, früher war es mal ein Zimmer mit bunten fröhlichen Wänden, einem Kuschelbett mit vielen Kuscheltieren, Puppen und Puppenhäusern. Dinge, die jede Mama gern im Zimmer ihres kleinen Mädchens sieht. Vielleicht ein Grund dafür, dass Sechzehnjährige ihr Zimmer bis zur Unkenntlichkeit vergammeln lassen, damit

ebendiese Mamas sich nicht dauernd im Zimmer der geliebten Tochter aufhalten möchten.
Ich bin müde, fast erschöpft, muss ich leider feststellen. Zudem habe ich wieder das flaue Gefühl im Magen, das mich immer wieder einmal beschleicht, wenn Norbert sich verspätet. Er hatte mich vor ein paar Jahren betrogen. Das klingt sehr nüchtern, ist es aber nicht. Es hatte mich fast zerstört und ein kleiner Teil meiner Seele ist immer noch kaputt. Ehrlich gesagt, befürchte ich, wird das auch nicht mehr ganz heilen. Ich will jetzt nicht darüber nachdenken. Ich will eigentlich nie mehr darüber nachdenken.
Ich sollte mir lieber Gedanken darüber machen, wie ich aus dem unerfreulichen Wochenende, das unnachgiebig auf mich lauert, doch noch einigermaßen erträgliche Tage machen könnte. Praktisch veranlagt, wie ich bin, überlege ich mir ganz schnell, wie ich zumindest den morgigen Abend so gestalten könnte, damit ich mich darauf freuen und somit den Einkaufstag mit meiner süßen Tochter leichter und gut gelaunt überstehen kann (für den Sonntag brauche ich etwas derartiges gar nicht erst ins Auge fassen, der Tag ist sowieso hin und nur mit viel Alkohol zu überstehen).
Also dann nochmal zurück zum morgigen Abend:
Möglichkeit eins: Lecker Essen und Sex und Kuscheln mit Lebensgefährten - geht nicht, da Lebensgefährte mit Freunden beim Kartenspielen ist.
Möglichkeit zwei: Kino und Cocktails mit Freundinnen - geht nicht, da Freundinnen einen auf Familie machen.
Möglichkeit drei: ü40-Party (grausam) mit anderen Freundinnen (man hat ja mehr) - geht nicht, da die eine in einer Affäre steckt und der Typ nur morgen Abend Zeit hat.
Während ich also so nachdenke, meine Optionen abwäge und merke, wie mir die guten Ideen langsam ausgehen, ruft besagte Affären-Freundin an. Sie will sich bei mir auszuheulen, weil das Samstagabend-Date nun doch ins Wasser fällt. Sie tut mir leid, allerdings muss ich ihr zum hundertsten Mal sagen, dass ihr Lover ein vollkommener Idiot ist und zudem ein Loser (was ich so aus ihren Erzählungen

betreff Sex entnehmen kann). Sie ist am Boden zerstört und ganz uneigennützig schlage ich ihr vor, den Samstagabend mit mir und meinem Einkaufskater zu verbringen. Sie zögert noch, willigt aber zu guter Letzt doch ein. Juhu!

Samstagmorgen, neuer Tag, neues Glück. Ich frühstücke für mein Leben gern. Norbert ist so eher der Nichtfrühstücker, sitzt aber immer brav mit mir am Tisch, schlürft seinen Kaffee und knabbert ein bisschen an einer Semmel herum. Das finde ich nett. Er macht das schließlich seit Jahren für mich. Ich versuche künstlich das Frühstück zu verlängern, aber irgendwann kann auch ich nichts mehr essen und muss mich dem Unvermeidlichen stellen. Ich muss meine Tochter wecken, damit wir uns noch vor Ladenschluss in den Einkaufstrubel stürzen können. Es klappt. Sie ist überraschend fröhlich und ich bin vorsichtshalber erst einmal sehr misstrauisch. Völlig unbegründet, sie ist echt gut gelaunt und der Einkaufswahnsinn hält sich in Grenzen.

Das wiederum macht mir Laune und ich bin bestens aufgelegt, als ich am Abend meiner Affären-Freundin Melli und einem Mai-Tai gegenüber sitze. Eigentlich heißt sie Melinda, aber auch sie liebt ihren Namen nicht wirklich. Wir kennen uns schon ewig. Ich war sogar vor fast 20 Jahren ihre Trauzeugin und bereue das seit 19 Jahren. Seitdem ist ihre Ehe nämlich ein tiefes schwarzes Loch, in dem abwechselnd sie oder ihr Gatte diverse Affären versenken und dort begraben. Ich mag sie wahnsinnig gern, aber sie ist eine Chaotin vom Feinsten. Scheidung kommt nicht in Frage (warum auch immer, es gibt keine Antwort darauf) und ihre außerehelichen Versuche enden ausnahmslos im Desaster. So gibt es auch heute Abend wieder viel über ihre neue Eroberung, dem Sex-Loser, zu berichten. Mich beunruhigt es ein wenig, dass sie dieses Mal anscheinend verliebt ist. Ausgerechnet in diesen wirklich unattraktiven Nichtsnutz. Wo die Liebe hinfällt…

Den Sonntag erspare ich euch. Die Familie ist einfach nur verrückt. Die Brüder von Norbert sind, jeder auf seine Art, unerträglich und die Schwester noch unerträglicher. Da braucht man, wie gesagt, viel viel Alkohol.
Der Tatort ist auch sehr unerfreulich. Wieder einmal schaffen die zwei Kommissare alles im Alleingang. Ha ha!

Montagmorgen. Die U-Bahn hat mich wieder. Neue Woche, altes Spiel. Gelangweilt schaue ich von meinem Buch hoch, das leider auch sehr öde ist und erblicke auf dem Sitzplatz direkt mir gegenüber den Grinser. Sofort lese ich vor Schreck mein ‚ich-schlafe-gleich-ein' Buch weiter oder tue zumindest so. Stattdessen kann ich nicht anders, als mir zu überlegen, ob das wohl Zufall ist oder ob er sich absichtlich dort hingesetzt hat, um mich weiter zu verunsichern. Ja, er ist sicher so ein Verrückter, der Spaß daran hat, ältere Damen in Verlegenheit zu bringen und dann macht er sich mit seinen Freunden darüber lustig. Mein Gott, die einzige Verrückte bin eigentlich ich, erstens bin ich nun auch noch nicht so alt und zweitens ist das bestimmt nur Zufall. Ich wage einen Blick nach oben und…er lächelt mich glückselig an. In meinen Augenwinkeln kann ich schräg gegenüber den pinkfarbenen Mantel erkennen und erkenne auch das dazugehörige Schnarchen. Eigentlich ist doch alles, wie immer, dennoch habe ich ein ganz komisches Gefühl. Ich muss hier raus. Und, ihr glaubt es nicht, ich bin tatsächlich so irre, eine Station früher auszusteigen, als ich müsste. Ich brauche dementsprechend 20 hochhackige Minuten länger und komme zu spät. Klasse! Ein wunderbarer Wochenbeginn.

Dienstagmorgen. Die U-Bahn hat Verspätung. Ich habe schlecht geschlafen, weil ich dauernd an diesen Mann (mit

dem eigentlich recht netten Lächeln) denken musste und zudem gezwungen war, Norbert ständig in die Rippen zu boxen, weil dieser der Pinkfarbenen bezüglich Schnarchen in nichts nachsteht... er sieht nur besser aus. Irgendwie bin ich aufgeregt. Ob dieser interessante, undurchsichtige Mann heute wieder da sein wird? Absichtlich setze ich mich so hin, dass mir gegenüber der Platz frei ist und bin mehr als gespannt, ob er in der nächsten Station einsteigen wird. Yes, und er setzt sich gleich auf den für ihn vorgesehenen Platz. Ich krame wichtigtuerisch in meiner riesigen Tasche. Ich liebe große Taschen und habe deshalb an meinem ‚Taschentragearm' auch schon ausgeprägtere Muskeln. Ja ehrlich, das ist so. Meine Monstertaschen sind nämlich auch immer sehr gut gefüllt. Wenn jemand plötzlich eine Kopfschmerztablette braucht oder ein Taschentuch oder einen Flaschenöffner oder eine Lesebrille oder ein Pflaster etc. etc., kann ich immer aushelfen. Allerdings ist derjenige, der das Pflaster braucht, sicherlich verblutet, bis ich es finde. Sorry, ich verliere mich hier in Kleinigkeiten. Zurück mit meinen Gedanken zu den Herrn gegenüber.
Bei meinen kurzen Blicken, die ich auf ihn werfe (länger kann ich ihn nicht anschauen, ich will mich schließlich nicht blamieren, indem ich rot werde), bei meinen kurzen Blicken also, kann ich feststellen, dass er richtig gut aussieht, was meine Lage nicht verbessert. Ich könnte es ja noch verstehen, dass er mich so anstrahlt, wenn er gruselig aussehen würde. Nee, nicht einmal dann, er ist einfach zu jung. Heute bleibe ich eisern sitzen und wage sogar ein kleines Lächeln in seine Richtung kurz bevor ich aussteigen muss und zack zack bin ich draußen.

Am Abend ist Norbert nicht zuhause und Alex hat sich in ihr Zimmer verzogen, weil wir mal ausnahmsweise wieder nicht einer Meinung sind, was ihre Schulleistungen betrifft. Sie findet, dass ausreichend buchstäblich ausreicht, ich hingegen sehe das etwas anders und muss ihr das ab und zu mitteilen. Heute ist so ein Tag. Kurz und gut, ich habe das

Wohnzimmer, sprich den Fernseher für mich. Es läuft ausnahmsweise ein Film über Untreue und das gefällt mir gar nicht, wollte ich doch heute vorm Einschlafen ein bisschen von meinem ‚Vielleicht-Verehrer' träumen. Jetzt habe ich allein bei dem Gedanken ein schlechtes Gewissen. Obwohl, wenn ich es mir genau überlege, dann habe ich ja einmal fremdgehen gut, wenn ich an Norberts Fehltritt denke ... ich bin doch irre. Jetzt wird geschlafen und das ohne Träumerei.

Mittwochmorgen. Ich bin zu früh am U-Bahnhof. Die Aufregung, denke ich. Zwischen meiner und seiner Station bleibt die U-Bahn stehen. Das glaube ich nicht! Ich bin total genervt. Der Platz mir gegenüber ist wieder frei. Ich habe mir heute besonders viel Mühe bei meinem kurzen Schminkaufenthalt vor dem Spiegel gegeben und fühle mich eigentlich gar nicht so ‚graue-Maus-mäßig', wie sonst. Also, alles perfekt! Nur die U-Bahn steht. Neiiin, da kommt die pinke Frau und setzt sich auf ‚seinen' Platz. Die saß doch schon da drüben. Jetzt erklärt sie mir auch noch lang und breit, warum sie sich dort weggesetzt hat. Als ob mich das interessieren würde. Ich höre nur ‚unappetitlicher Husten und so'. Weg, du Schnarcherin, der Platz ist besetzt. Ich könnte verzweifeln. Die U-Bahn setzt sich endlich in Bewegung und fährt in den nächsten Bahnhof ein. Alle Aufregung umsonst, er steigt nicht ein. Der Tag ist gelaufen.
Falsch, der Tag ist noch nicht gelaufen. Norbert setzt noch eins drauf. Er ruft mich Mittag an, weil sein Rücken so schmerzen, er sich uralt fühlen und sein Ende langsam nahen würde. Richtig gelesen. So ist er. Ein Hypochonder ohne Gleichen. Zudem schildert er auch alles immer äußerst dramatisch. Stürzt er zum Beispiel mal beim Fahrradfahren, dann ist er in seinen Erzählungen knapp dem Tode entronnen. Passt eigentlich so gar nicht mit seiner Grundeinstellung zusammen. Er ist an und für sich immer sehr fröhlich

und freut sich über jeden Sonnenstrahl. Aber heute ist dem wohl nicht so. Ich werde mich also am Abend aufopfernd um meinen leidenden Norbi (in solchen Situationen wird er ganz schnell zum kleinen Buben) kümmern dürfen. Darauf freue ich mich nur sehr reduziert.

Donnerstagmorgen. Ich habe noch eine leise Hoffnung, aber nein, der schöne Unbekannte kommt nicht mehr.

Freitagmorgen. Nicht erwähnenswert!

Wochenende. Alles ist wieder gut…für Norbert. Der Rücken ist total in Ordnung und somit sein Fußballnachmittag am Sonntag gerettet. Er musste ihn ja schon letzte Woche ausfallen lassen, wegen der geliebten Familie. Für mich hingegen… Ich bin enttäuscht. Erstens, weil meine Reize doch wohl nicht so betörend sind und zweitens, weil ich eigentlich gerne ein ganz klein wenig geflirtet hätte. Auf keinen Fall mehr. Daran habe ich wirklich kein Interesse. Na ja, mir bleibt ja immer noch Melli mit ihren Geschichten. Ich treffe mich mit ihr am heiligen Fußballsonntagnachmittag. Da bleibt mir auch wenigstens Alex und ihre missmutige Stimmung erspart, wenn sie wie ein Opferlamm durch die Wohnung schleicht, weil ich ihr verboten habe, die heimischen Gefilde zu verlassen, bevor sie nicht alle ihre Hausaufgaben gemacht hat.
Melli wartet schon vor unserem Lieblings Café und sieht ziemlich fertig aus. Das sage ich ihr dann auch gleich etwas uncharmant.
„Du siehst schrecklich aus!"
„Und du verstehst es wahrlich, Komplimente zu machen", schmettert sie dagegen.
„Tut mir leid! Du weißt, ich mache mir nur Sorgen. Was gibt es denn Neues?" frage ich einlenkend, obwohl ich ihr

am liebsten sofort von meinem Fast-Verehrer erzählen würde.

„Lass uns erst einmal einen Platz suchen. Gehen wir rein, oder? Dir ist doch sowieso wieder zu kalt draußen."

Wo sie Recht hat, hat sie Recht. Ich bin wahrlich sehr verfroren und obwohl die Sonne ganz zeitgemäß ihre ‚Endmärz – Frühlingsstrahlen' zeigt, bin ich immer noch angezogen wie im Januar.

Nachdem wir beide jeweils ein dickes Trost-Tortenstück und ein Haferl Kaffee bzw. eine Tasse Tee bestellt haben, fängt Melli auch gleich an zu jammern. Ich muss ehrlich zugeben, dass ich richtig schockiert bin. Nie hätte ich gedacht, dass meine Freundin sich würde so von einem Mann behandeln lassen. Nicht nur, dass er sie antanzen lässt, wann es ihm passt, nein, sie bringt ihm dann auch noch Geschenke mit und kocht für ihn. Unfassbar!

„…und dann meinte er einfach, ich solle doch wieder gehen, da er lieber alleine fernsehen würde und an Sex habe er im Moment auch kein Interesse. Er, die Oberlusche. Eigentlich muss er froh sein, wenn ich mich seiner erbarme", grollt Melli vor sich hin.

„Offensichtlich nicht. Sei mir nicht böse, aber du lässt dir ja alles gefallen. Wenn ich schon höre, dass du ihm wieder eine DVD mitgebracht hast. Was erhoffst du dir denn von ihm? Er ist noch jung und obwohl er nicht gerade eine Schönheit ist (wie bereits erwähnt: unattraktiver Nichtsnutz), wird er irgendwann doch mal eine jüngere Frau finden und dich unglaublich verletzen. Tut mir leid, du weißt, ich will dir nicht wehtun, aber ich wäre eine schlechte Freundin, wenn ich hier nicht ehrlich sage, was ich meine."

Glücklicherweise kann ich ganz offen mit ihr sprechen. Sie ist nie beleidigt und ich kann einfach keine Begeisterung heucheln. Außerdem, wenn nicht ich ihr die Meinung sage, dann tut es keiner (Zwang des Faktischen: nur ich weiß Bescheid).

„Du hast ja Recht, das ist mir schon klar. Ich hätte auch nie gedacht, dass mir jemals so etwas passieren würde. Man

kann wirklich erst urteilen oder verurteilen, wenn man selbst so etwas erlebt hat. Ich will auch gar nicht mehr darüber sprechen. Was ist bei dir los?"
Endlich kann ich über mein mageres, außerbeziehungsmäßiges Liebesleben berichten. Während ich erzähle, komme ich mir noch idiotischer vor, als vorher und finde die Geschichte eigentlich nur noch peinlich. Melli ist höchsterfreut, dass ich zumindest zu einem Flirt bereit gewesen wäre. Ich glaube, sie ist dankbar für jede Ablenkung von ihrem eigenen Chaos, auch, wenn es nur meine ziemlich maue Geschichte ist. Gefrustet schaufeln wir die Tortenstücke in uns rein, bis uns bewusst wird, was für ein jämmerliches Pärchen wir abgeben, das sich im Selbstmitleid suhlt. Wir schauen uns an und brechen in schallendes Gelächter aus, das nicht mehr aufhören will. Die restlichen Cafébesucher sind deutlich genervt und wünschen sich mit Sicherheit unseren Trübsinn zurück.

Montagmorgen. Nicht erwähnenswert!

Dienstagmorgen. Ich gewöhne mich langsam wieder an meinen langweiligen, frühmorgendlichen U-Bahntrott. Müde Gesichter, Kaffeemundgeruch oder Teemundgeruch verbreitet durch ausgiebiges Gähnen, schlechtes Rasierwasser und nicht zu vergessen, die schnarchende Pinkfarbene, die heute allerdings eine grellgrüne Jacke anhat. Ich hatte sie schon auf dem Bahnsteig gesehen.
„Haben Sie mich vermisst?"
Erschrocken blicke ich auf, von meinem noch immer langweiligen Buch. Er sitzt mir gegenüber und grinst. Spinnt der? Der kann mich doch nicht einfach anreden. Der darf mich anlächeln und das war es dann aber auch. Ich würde liebreizend zurücklächeln und dann vielleicht noch ein bisschen mit den Augen flirten. Von Ansprechen kommt in

meinen Träumen nichts vor. Ich glaube, ich muss das Träumen auch noch etwas besser üben.
„Kennen wir uns?" frage ich huldvoll und völlig deplatziert. Peinlich berührt blicke ich um mich, aber kein Mensch interessiert sich für meine heikle Situation. Warum auch?
Er geht erst gar nicht auf meine dämliche Frage ein, sondern plaudert fröhlich weiter, als würden wir uns jeden Tag in der U-Bahn unterhalten. Irgendwie finde ich das auf der einen Seite unangebracht, auf der anderen Seite hingegen, sehr aufregend. Er erzählt mir, dass er ein paar Tage auf Fortbildung gewesen und deshalb nicht um diese Zeit mit der U-Bahn gefahren sei. Ich nicke nur ab und zu distanziert, wie es sich für eine Dame in meinem Alter gehört und weiß nicht, ob mir von den unterschiedlichen Morgendüften schlecht ist oder wegen der absurden Situation. Höflich verabschiede ich mich leise und kurz. Bin froh, dass ich, ohne durch fahrtbedingtes Schwanken aufzufallen, sicher die Tür erreiche, als er mir lauthals nachschreit:
„Mein Name ist übrigens Andi. Bis morgen dann!"

Im Büro rufe ich sofort Melli an. Natürlich nicht von meinem Platz aus. Zu viele neugierige Lauscher um mich herum. Außerdem ist es nicht unbedingt erwünscht, Privatgespräche zu führen, nur wenn es wirklich mal wichtig sein sollte. Jetzt ist es zwar für mich persönlich enorm wichtig, aber mein Chef hätte wahrscheinlich zu diesem Thema eine andere Meinung. Also verkrieche ich mich in unserem Büromateriallager. Nicht die schönste Umgebung, aber sie wird von der ganzen Kollegenschaft aufgesucht, um Privatgespräche zu führen. Manchmal habe ich den Eindruck, diese Kammer ist immer besetzt und man sollte Kärtchen ziehen lassen, wer als nächster seine privaten Angelegenheiten dort abwickeln darf. Auch nicht wirklich Sinn der Sache, aber was soll's. Heute habe ich Glück. Keiner lungert vor der Tür herum und der Raum selbst ist auch frei. Jetzt kann ich nur noch hoffen, dass meine liebe Freundin nicht bei ihrer Pilates Stunde ist. Sie liebt Sport jeder Art.

Vor einem Jahr hatte ich mich von ihr überreden lassen, an einem Abend in der Woche mit ihr gemeinsam einen Pilates-Kurs zu besuchen. Klasse! Ich bin denkbar ungelenkig und mein Gleichgewichtsgefühl ist eine Katastrophe. Genau aus diesem Grund sei Pilates für mich unumgänglich, überredete Melli mich. Es war so unglaublich peinlich. Einige Stunden ließ ich die Schmach über mich ergehen. Als ich allerdings bei einer Übung, bei der es erforderlich war, sich selbst zu verknoten (anders kann ich das nicht ausdrücken), wie ein plumper Sack einfach umfiel, habe ich die Segel gestrichen. Seitdem geht Melli alleine zur Pilates-Folter und ich halte mich mit Joggen fit (mehr oder weniger regelmäßig). Vor den anderen Teilnehmern dieser fragwürdigen Pilates-Stunde verstecke ich mich meistens, falls mir zufällig mal einer oder eine über den Weg läuft, um peinlichen Fragen aus dem Weg zu gehen.
Ich habe Glück, sie geht ans Handy.
„Hallo, hast du kurz Zeit?"
Ich erzähle ihr dermaßen ausführlich von der U-Bahnfahrt, dass sie mich unterbricht:
„Hey, komme jetzt endlich mal auf den Punkt. Was willst du mir denn eigentlich erzählen?"
„Er war wieder da!"
„Wer?"
Das glaube ich jetzt nicht! Wie kann sie meinem Verehrer schon vergessen haben. Ich bin fast empört.
„Ja er, der Grinser."
„Ach, du lieber Himmel. Entschuldige, aber an den habe ich wirklich nicht mehr gedacht."
Ja ganz toll, aber ich höre mir ohne Unterlass die Höhen und Tiefen ihrer unerfreulichen Männergeschichten an. Ich habe jetzt aber keinen Nerv beleidigt zu reagieren. Ich will schließlich meine Story loswerden. Also erzähle ich ohne Punkt und Komma weiter.
„Was machst du, wenn er dich morgen wieder anspricht und ich denke, das wird er mit Sicherheit tun…"

In diesem Moment kommt eine Kollegin mit dem Handy am Ohr in das Zimmer und ich unterbreche das Gespräch mit der Abmachung, am Abend nochmal zu telefonieren. Der Kollegin werfe ich einen schiefen Blick zu. Sie hätte schließlich auch warten können. Also wirklich.

Mittwochmorgen. Ich bin nach einem langen Abendtelefongespräch gut gewappnet. Glaubte ich zumindest. Kaum sitzt er neben mir, (man beachte: neben mir) haben meine Zuversicht gemeinsam mit meinem Selbstbewusstsein die U-Bahn bereits wieder verlassen. Er fängt sofort an, wieder zu labern und ich muss mich echt konzentrieren, um alles zu verstehen. Etwas verwirrend erzählt er mir, dass er nicht aus München, sondern erst vor einem Jahr zugezogen sei, von irgendwelchen Büchern, die er gerne lesen würde und so ganz nebenbei von seiner (Achtung!) Scheidung.
Wieder einmal will ich nur aussteigen, mir ist das alles zu viel. Morgen wähle ich einen anderen Wagon aus, nehme ich mir vor. Was soll denn das? Ich bin nicht auf der Suche nach einem Abenteuer und überhaupt, ich weiß doch gar nicht, was der will. Wahrscheinlich will er nur quatschen und ich bin das höfliche, immer freundlich zuhörende Opfer. Aus und Schluss. Keine Träume mehr.
Ich bin ganz wirr, als ich im Büro ankomme. Eigentlich ist es ja kein richtiges Büro. Ich arbeite im Empfangsbereich eines riesigen Job-Centers. Da ist ab 9:00 Uhr die Hölle los. Jetzt ist es Gott sei Dank noch ganz ruhig. Ich überprüfe meine Liste mit den Job-Suchenden, die heute Termine im Haus haben und stelle mich auf einen turbulenten Tag ein.

Am Abend ist heute unser Lieblingsitaliener angesagt. Norbert und ich lieben das kleine Restaurant. Dort hatte auch unser erstes offizielles Date nach meiner Scheidung stattgefunden. Alex hingegen liebt Lieferservice und irgendwelche merkwürdigen ‚Staffeln' im Fernsehen und zieht es deshalb vor, zuhause vor sich hin zu pubertieren.

Ich bin froh, dass sie heute das freie Wohnzimmer nicht nutzen möchte, um die Hälfte ihrer Klasse einzuladen.
„Mann, manchmal bin ich wirklich schwer von Begriff. Jetzt weiß ich, warum Alex gar so grantig ist, weil wir heute zum Essen gehen. Heute ist Mittwoch und nicht Wochenende, sprich kein geeigneter Abend, um es krachen zu lassen. Sehr gut!" fällt es mir auf dem Weg zum Italiener ein.
„Bestimmt unterstellt sie uns böse Absichten", kichert Norbert vor sich hin.
Ja, ganz richtig, Norbert kichert wie ein Mädchen. Daran musste ich mich wirklich erst gewöhnen und ehrlich gesagt, habe ich mich nach so langer Zeit immer noch nicht ganz damit abgefunden. Wenn wir alleine sind, dann ist das ganz okay, aber in Gesellschaft kann das schon mal sehr peinlich werden. Aber er ist so ein liebenswürdiger Mensch, dass sich niemand darüber lustig macht.
„Ich habe ‚unseren' Tisch reservieren lassen. Ist das in Ordnung?"
Und ob das in Ordnung ist, ich liebe diesen Tisch und ich liebe es, wenn Norbert mir eine Freude machen will und ich liebe Norbert. Das war es dann mit Grinser Andi!!!
„Mann, geht es mir gut mit dir..."
Noch während mir die Worte aus dem Mund purzeln, sehe ich sie und würde liebend gerne meine Worte wieder einsammeln und Norbert das Glas Wein, das vor mir steht, ins Gesicht schütten. Solche Anwandlungen habe ich immer, wenn ich SIE sehe. SIE ist Norberts Fehltritt!
Allein, wenn ich an diese Frau denke, wird mir schon ganz schlecht, aber sie zu sehen, ist eine Katastrophe. Sie ist älter als ich und echt unattraktiv. Ich frage mich immer wieder, was ihn da wohl geritten hatte. Angeblich sei auch gar nichts passiert. Sie brauchte nur Trost und den konnte ihr anscheinend nur der Gutmensch neben mir geben. Irgendwie kennt Norbert sie von früher und... ach, ich kann einfach nicht mehr vernünftig denken, wenn ich diese ... vor mir sehe. Norbert hat sie jetzt auch entdeckt. Das kann ich

an seiner plötzlich ungesunden Gesichtsfarbe erkennen. Der Abend ist erledigt und meine guten Vorsätze auch. Wilde, eifersüchtige Gedanken zwingen mich dazu, über den schönen, jungen (ha ha) Andi nachzudenken. Aber nicht einmal das gelingt mir, so sehr wälze ich mich gerade in einem längst vergangenen, aber immer wieder abrufbaren Selbstmitleid.

Donnerstagmorgen. Ich bin ganz schlecht aufgelegt und möchte mir gerade selbst nicht über den Weg laufen. Ich setze mich in einen anderen U-Bahnwagon. Ich habe keine Lust, meine ‚Vielleichtchancen' durch mein heutiges Stimmungstief, das ich verbal nicht unterdrücken kann, in die absolute Null Zone zu bugsieren.

Freitagmorgen. Immer noch auf der Flucht vor dem Wagon des Lächelns. Schieben wir es auf die nächste Woche. Das Wochenende werde ich ausgiebig dazu nutzen, Norbert zu strafen.

Das verläuft eigentlich immer nach Schema F:
Ich wärme die alte, leidige Geschichte mit Wollust auf, ohne auch nur das feinste Detail auszulassen. Das geht weit über die Schmerzgrenze für beide Beteiligte hinaus und ab und zu gelingt es mir, andere unleidige Punkte aus unserer Vergangenheit (wer hat die nicht) mit einzubauen und breit zu treten. Da ich hier eine fast unmenschliche Ausdauer beweisen kann, bleibt einem anfangs sehr reumütigen, im Laufe meiner nicht enden wollenden Rede aber sehr ungeduldig werdenden Norbert nichts anderes mehr übrig, als zu fliehen – ins Bett.
So, den Freitagabend habe ich geschafft. Der Samstag und der Sonntag wird ein Kinderspiel und spätestens am Sonntagabend haben wir uns wieder lieb.

Montagmorgen. Gut ausgetobt und bestens aufgelegt warte ich lässig auf die Dinge die da kommen und sie kommen in Form eines sich überschwänglich freuenden Andis auf mich zu. Das ist mir schon fast wieder ein bisschen zu viel der Freude.
„Wo warst du denn am Donnerstag und am Freitag? Ich habe dich vermisst."
Oh je, wie peinlich.
„Und wie toll du heute wieder aussiehst."
Oh Gott, noch peinlicher! Ich hoffe, alle sind mit sich selbst beschäftigt, wie an jedem Morgen. Die Schnarcherin schläft allerdings nicht. Ich glaube, die lauscht. Außerdem soll der mich nicht mit Komplimenten nerven. Derartige Freundlichkeiten verärgern mich nämlich in dreifacher Form:
Erstens hasse ich Komplimente, zweitens glaube ich sie nicht und drittens ärgere ich mich über erstens und zweitens, weil ich ein Kompliment wegen erstens und zweitens nicht einmal genießen kann.
Ich tu einfach so, als hätte ich es nicht gehört.
Das scheint ihm ziemlich egal zu sein, wie beim letzten Mal schon, plappert er einfach weiter. Er will wissen, wo ich arbeite. Das geht ihn doch nichts an und völlig zusammenhanglos platzt es aus mir heraus:
„Ich habe eine Tochter und einen Lebensgefährten."
Oh lieber U-Bahnboden, tu dich bitte auf für mich und verschlinge mich für immer. Die Pinkfarbene (heute schon wieder grellgrün) wirft mir strafende Blicke zu und ich frag mich, was sie das angeht.
„Ich habe auch eine Tochter und einen Sohn und bin, wie gesagt, geschieden."
„Wie alt sind Ihre Kinder denn?"
Interessiert mich überhaupt nicht, aber irgendetwas muss ich ja sagen, allein schon wegen der Schnarcherin, die erwartet das sicher von mir und ich will sie nicht noch mehr verärgern.
„12 und 15 und du kannst gerne du zu mir sagen."

Das geht mir gerade noch ab. Ich verrenne mich hier wirklich in etwas völlig Verrücktes und das auch noch vor morgenmuffeligen Zeugen.
„Also dann, ich muss jetzt aussteigen. Ciao."
Er winkt mir noch fröhlich, als ich am Bahnsteig verdattert der U-Bahn hinterher schaue. Oh Mann, was will der denn von mir?

Am Abend treffe ich mich spontan mit Melli.
„Irgendetwas stimmt mit dem Kerl nicht." Nachdenklich nippe ich an meinem Cocktail.
„Ich würde eher sagen, irgendetwas stimmt mit dir nicht. Kannst du dich nicht einfach nur darüber freuen, dass du in deiner Beziehung nicht zu einem Neutrum zusammengeschrumpft bist, sondern sich ein Mann immer noch in dich vergucken kann. Du gefällst ihm offensichtlich. Warum sollte da mit ihm etwas nicht stimmen. Nur, weil er jünger ist?"
Melli ist richtig genervt. Sicher hat sie wieder Stress mit einem ihrer Männer und lässt das jetzt an mir aus. Ist mir aber egal. Ich muss über diese Geschichte reden, sonst platze ich.
„Nein, das meine ich gar nicht. Kann schon sein, dass sich mal jemand für mich interessiert, aber irgendwie ist das alles so übertrieben und wirkt fast ein wenig aufgesetzt."
„Ja, aber was soll denn schon groß dahinter sein? Treff' dich doch mal mit ihm, wenn du unbedingt wissen willst, was da los ist. Ich wette, du landest mit ihm im Bett und das war es dann."
Na ja, Melli fehlt manchmal eine kleine romantische Ader. Ich habe grundsätzlich einen Hang zur Romantik und genau deshalb schwebe ich in dem Gefahrenzustand, mich irgendwann zu einem Rendezvous überreden zu lassen. Gott sei Dank habe ich meine schwärmerischen Sehnsüchte im Moment gut hinter meiner Lebensgemeinschaft mit Norbert verbarrikadiert. Es besteht also nicht die geringste Gefahr,

dass ich mich auf ein Date mit Herrn Andi Unbekannt einlassen würde.

Dienstagmorgen.
„Ja, einen Kaffee können wir schon mal trinken gehen, wenn es mein Zeitplan erlaubt."
Wusch. Mit dieser Antwort habe ich meine vorabendlichen Beteuerungen mit einem Satz zunichte gemacht. Entsetzlich, ich kann ja nicht einmal mir selbst trauen.
Die übliche Morgenmannschaft hat sich wieder zum Gähnen und ‚Missmutig-dreinschauen' in der U-Bahn versammelt. Bilde ich mir das ein, oder schauen mich alle neugierig und verachtend an, weil sie mich verurteilen und den Scheiterhaufen schon aufrichten.
„Oder vielleicht lieber doch nicht", schiebe ich verunsichert nach.
„Was spricht denn dagegen. Wir unterhalten uns doch so gut und ich wollte dir doch auch noch die Unterlagen zeigen, " zwinkert Andi mir zu, als er meinen erschreckten Blick auf die Mitfahrer bemerkt.
Welche Unterlagen will er mir zeigen? Ich zweifle wirklich langsam an meinem Verstand. Habe ich da etwas überhört? Als ich sein Grinsen sehe, wird mir klar, dass er unserer Unterhaltung nur einen offiziellen Touch geben möchte, um die womöglich wild gewordene Fantasie unserer morgendlichen Sitznachbarn etwas einzudämmen.
„Ich gebe dir mal meine Handynummer. Ruf mich doch an, wenn du mal Zeit hast."
Und schon habe ich einen Zettel in der Hand, als ich wieder einmal hochgradig verwirrt die U-Bahn verlasse.
„Ich bin ab morgen wieder auf..." höre ich nur noch, als sich die Tür der U-Bahn schließt.
Sehr gut. Er ist bestimmt auf Schulung und ich werfe die Handynummer einfach weg. Selbstbewusst gehe ich auf den nächstbesten Papierkorb zu, um schnurstracks daran vorbeizugehen, ohne auch nur annähernd etwas hineinzu-

werfen. Ich mache mir nicht einmal die Mühe, mir eine Ausrede für mich selbst einfallen zu lassen, warum ich diesen kleinen Zettel nicht weggeworfen habe.
Ich will einfach nicht darüber nachdenken.

Heute ist Frauenabend. Norbert und Alex freuen sich. Sie bestellen Pizza und schauen sich einen nicht intellektuellen Film an. Und wie sie sich freuen. Sollte mir sehr zu denken geben.
Egal, ich treffe mich mit meinen Mädels. Melli ist nicht dabei, der Loser braucht sie. Ich könnte schreien. So etwas würde mir nicht passieren. Während mir dieser Gedanke durch den Kopf schießt, fällt mir mein Zettel mit der Handynummer wieder ein, der mir ein Loch in meine Manteltasche brennt. Nicht daran denken, nur nicht daran denken.
Ich werde heute Abend meine U-Bahngeschichte mit keinem Wort erwähnen. Ich bin davon überzeugt, dass ich auf völliges Unverständnis stoßen würde. Vielleicht täusche ich mich ja auch, aber ich will kein Risiko eingehen.
Valerie, Bea und Hanna sind schon da. Sigi kommt immer zu spät. Wenn wir uns alle treffen, ist mir das egal, dann können wir uns schon mal ‚einplaudern'. Sie hat dann halt Pech gehabt, weil wir am Anfang mit dem Neusten beginnen. Wiederholt wird nichts! Da sind wir stur. Strafe muss schließlich sein. Wenn ich mich mit Sigi alleine treffe und sie kommt zu spät, kann ich damit nicht so entspannt umgehen. Ich empfinde das als ‚Zeit - Klau', schließlich hänge ich dann nur rum und warte. Wenn sie dann strahlend ankommt und sich mit irgendeiner fadenscheinigen Entschuldigung rausreden will, erntet sie von mir erst einmal einen grantigen Blick, der leider nie lang anhält. Ich bin einfach nicht gerne schlecht gelaunt. Schlechte Laune ist nämlich ein noch schlimmerer ‚Zeit - Klau' und zwar der ‚ich habe eine gute Zeit – Klau'. Also, was soll's?
Heute wollen wir unseren Jahresausflug planen. Einmal pro Jahr verbringen wir irgendwo fernab der Heimat gemein-

sam ein Wochenende ohne Männer, ohne Kinder, ohne Stress mit viel Alkohol und noch mehr Spaß.

„Könnt ihr euch noch an die Zugfahrt nach Dresden erinnern?"

„Oh Gott, da wird mir heute noch schlecht. Das war ja schlimmer, als eine Achterbahnfahrt."

„Aber die Zugfahrt nach Hamburg war klasse", kichert Valerie vor sich hin.

„Noch besser war die Heimfahrt. Oh Gott, die armen Leute um uns herum. Die sind bestimmt nie wieder Zug gefahren. Wir haben uns echt schlimmer benommen als jeder Kegelverein. Ich verstehe immer noch nicht, warum Melli damals gar so durchgedreht ist."

„Das lag an den Schmerztabletten, die sie vor der Abfahrt genommen hatte. Die haben sich mit dem Prosecco nicht vertragen. Außerdem brauchst du gar nicht reden, du wolltest doch unbedingt, dass wir alle zusammen im Zug an dem 4er-Tisch sitzen und wir waren nun mal zu sechst."

Dieses Jahr planen wir, nach Verona zu fahren. Juhu. Wir freuen uns alle schon riesig darauf.

„Ich kenne dort ein Hotel, das ist zwar leider ein bisschen außerhalb, hat aber einen Shuttleservice und ist halt wesentlich billiger als die Hotels in der Stadt. Wir müssen uns aber echt beeilen, sonst ist alles ausgebucht."

„Gibt es da eine Bar?" Hanna und ihre Hotelbar.

„Bin gespannt, ob Valerie dort auch wieder diverse Männer trifft, die sie angeblich durch ihren früheren Job kennt."

Valerie hat auf unseren Kurzreisen ständig frühere Bekannte getroffen. Glauben wir ihr mal, dass es ‚frühere Bekannte' waren.

„Oh schaut mal, Sigi ist auch schon da."

„Hallo ihr Lieben, stellt euch vor, ich war schon auf dem Weg, da musste ich nochmal zurück, weil ich mein Geld vergessen hatte…"

Ha ha.

Beim zweiten Cocktail waren wir schon ziemlich in Fahrt und dementsprechend laut, aber das störte uns wenig. Plötz-

lich sah ich ihn an der Bar. Andi. Mit einer Frau. MIT EINER FRAU!!!
Warum regt mich das auf? Der kann doch machen, was er will. Zum Glück kann er mich nicht sehen, ich werde durch Hanna verdeckt.
„Seid doch mal ein bisschen leiser." Gott, ich habe keine Lust, dass der mich hier so sieht. Beschwipst, im Kreise meiner gackernden Lieben. Und noch schlimmer, womöglich spricht er mich an. Hilfe, ich muss hier weg! In dem Moment sehe ich, wie er mit seiner Begleitung das Restaurant verlässt. Puh, das ging ja nochmal gut. Aber da kann man sehen, welche Schwierigkeiten entstehen, wenn man auf die Seite hüpft und ich habe noch nicht einmal etwas angestellt.
Außerdem hat der Spaß sich für mich jetzt deutlich reduziert. Wer war die Frau?

„Ruf ihn doch an. Du wirst ihn sowieso anrufen, das kann ich dir gleich sagen."
Auf dem Heimweg habe ich sofort Melli angerufen. Sie ist auch noch unterwegs.
„Nein, ich werde ihn nicht anrufen. Jetzt erst recht nicht. Da ist diese Frau."
Irgendwie klinge ich ziemlich lächerlich, wenn ich mich selbst so sprechen höre.
„Pass mal auf, warum hast du die Nummer noch? Er interessiert dich doch."
„Ich weiß auch nicht. Ich habe keine Lust auf so einen Stress. Ganz zu schweigen, dass ich Norbert das nicht antun möchte. Und die Zeit meiner Rachegefühle sind schon lange vorbei."
Oder auch nicht, wenn ich an das letzte unsägliche Treffen mit dieser blöden Kuh denken muss.
„Vergiss alles, was du dir jetzt einredest. Du wirst ihn anrufen. Es gibt Männer, die üben aus irgendwelchen unerfindlichen Gründen eine magnetische Anziehungskraft aus. Und der scheint mir so einer zu sein. Also überlege nicht mehr

lange, sondern ruf' einfach an. Dann siehst du schon, was passiert."
Eigentlich würde ich Melli jetzt gerne sagen, dass nicht jeder so locker mit dem Thema Treue umgeht, aber ich will sie nicht verletzen. Sie würde das auch nicht verstehen.

APRIL

Mittwochmorgen. Bin froh, dass er nicht da ist. Außerdem habe ich einen Freundinnenabendkater: zu viele Cocktails und zu viel geplaudert. Aber schön war's. Bis auf...

Donnerstagmorgen. Ok, ich rufe an.

Freitagmorgen. Habe nicht angerufen. Fühle mich unheimlich stark. Ich gönne mir sogar einen Schokoriegel auf dem Weg zur Arbeit. Brauche ich heute. Nahkampftag. Heute gibt es im Haus einen Workshop für arbeitsuchende Führungskräfte. Keine leichte Klientel.
Die meisten sind zwar sehr freundlich, aber der ein oder andere hat wohl das Gefühl, dass meine Kolleginnen und ich seine Privatsekretärinnen sind. Nicht ganz einfach, die diversen Herren davon zu überzeugen, dass das beileibe nicht der Fall ist.
Also Schokolade reingestopft und auf in den Kampf.

Auf dem Heimweg bin ich relativ zufrieden. Hat alles ganz gut geklappt. Wenig Ausreißer und wenig Aufregung. Nur einer hatte sich beschwert, dass während des Workshops nur Getränke und Kekse angeboten werden. Kein Obst und keine belegten Semmeln. Das ist ok. Normalerweise beschweren sich die meisten Teilnehmer, dass die Stühle zu hart, der Kaffee zu schlecht und die Räume zu klein sind.
Also bin ich relativ gut aufgelegt, als mir meine Tochter begegnet. Eigentlich begegnet sie mir nicht wirklich. Ich sehe sie auf der anderen Straßenseite mit einem mitleiderregenden jungen Mann, der seine Hose fast verliert und seine große Nase mit einem Ring betont. Er redet ununterbrochen auf sie ein und sie himmelt ihn an. Oh je, das sieht nicht gut aus. Alex ist ständig ver- und entliebt. Das heißt

für Norbert und mich, manchmal gute, aber meistens schlechte Laune ertragen zu müssen. Seine Frisur ist auch gewöhnungsbedürftig. Entweder dient sie als Nest für eine exotische Vogelart oder er will damit einfach nur kleine Kinder erschrecken. Ich beschließe für mich, dass ich die beiden einfach nicht gesehen habe, dann muss ich keine Fragen beantworten und Alex Begeisterung vorheucheln. Wie ich Alex kenne, ist der Spaß in zwei Wochen wieder vorbei. Aber vielleicht haben wir zumindest ein ruhiges Wochenende vor uns, weil's Kind gerade glücklich ist. Ich hoffe hoffe hoffe…

Montagmorgen. Ja tatsächlich, das Wochenende war ein Traum. Wetter war super, Frühling pur. Alex schwebte im siebten Himmel mit dem Nasenring, Norbert bemühte sich um mich ohne Ende wegen des unsäglichen Zwischenfalls bei unserem Italiener und ich bin so stolz auf mich, weil ich nicht angerufen habe. Mal sehen, wie mein U-Bahnheld heute reagiert, nachdem ich ihm jetzt deutlich gezeigt habe, dass er doch nicht so unwiderstehlich ist, wie er meint. Genüsslich setze ich mich auf meinen Platz und warte triumphierend auf die Dinge, die da kommen. Aber, sie kommen nicht. Er kommt nicht. Aha, doch diese andere Frau. Gut, dass ich nicht angerufen habe. Das war es! Endgültig! Bei meiner Haltestelle hole ich die Handynummer raus, um sie endlich wegzuwerfen. Und was mache ich? Ich wähle diese Nummer. Na klasse! Er geht nicht ran, aber das macht es nicht besser. Mein gesamter Triumph ist im Eimer und er hat jetzt auch noch meine Nummer. Vielleicht bekommt er ja jeden Tag zig Anrufe von irgendwelchen Frauen, die er anbaggert, dann fällt meine natürlich nicht auf. Bei gegebener Gelenkigkeit würde ich mich jetzt, wie man so schön sagt, in den Hintern beißen. Ich bin aber vollkommen ungelenkig (denke an Pilates) und lange mir deshalb nur an den Kopf, was sicherlich auch erträglicher aussieht.

Ich versuche den ganzen Tag, nicht daran zu denken, was mir absolut nicht gelingt und bin am Abend dann auch noch sauer, weil er nicht angerufen hat. Wie verrückt ist das denn? Ich habe nicht einmal annähernd eine Affäre und dennoch schon den Oberstress. Wie hält Melli das nur aus?
Am Abend erwarten mich ein fröhlicher Norbert und eine strahlende Alex. Beide haben gekocht und unterhalten sich angeregt. Sicher über das Vogelnest. Da bringe ich mich doch gleich einmal unfreundlich ein und zerstöre die unangenehm gute Stimmung.
„Ich hatte heute in der Kantine schon Pasta", poltere ich unpassend los, als ich einen Blick in den Topf geworfen hatte.
„Aber doch nicht mit so einer fantastischen Sauce", freut sich Norbert augenscheinlich.
„Hast du Mathe rausbekommen?" grummle ich meine Tochter an. Diese Frage ist im Normalfall ein Garant dafür, die Stimmung auf den Nullpunkt zu bringen.
„Ja, stell' dir vor, ich habe eine Zwei. Pitt hatte mit mir gelernt."
Aha, Pitt. Wahrscheinlich brüten Matheformeln in seinem Haargebilde.
Mann, die gute Laune will ich jetzt nicht. Aber ich muss zugeben, diese einmalig gute Mathenote und das leckere Essen machen mir meinen Grant schon ziemlich schwer. Also bin ich halt auch fröhlich. Was interessiert mich Andi?

Dienstagmorgen. Andi interessiert mich nicht. Freundlich und geduldig ertrage ich das Schnarchen, den Mundgeruch und sonstige Düfte. Ich lass mich auch nicht von dramatischen Hustenanfällen, die eine ansteckende Tuberkulose vermuten lassen, aus der Ruhe bringen und freue mich über das Gleichgewicht, das sich wieder bei mir eingestellt hat.
Ich genieße den Frühlingsmorgen und überlege mir, ob ich am Sonntag vielleicht einen Osterbrunch für meine Freunde planen soll. Nur für meine Freunde, nicht für Norberts Fa-

milie, das ist schon immer ein unausgesprochenes Gesetz. Familie trifft nicht auf Freunde, weil wir die Freunde behalten wollen.
Ja, ich freue mich, das ist eine gute Idee. Ich werde gleich mal in der Büromaterialkammer Norbert anrufen und klären, ob es ihm passt. Norbert ist begeistert. Brunch bedeutet fröhliche Lilly und fröhliche Lilly denkt nicht an diese grässliche Frau, die er mal ganz unschuldig trösten musste. Ostern ist gerettet!
Auf meine SMS antworten auch alle gleich mit einer Zusage und vielen strahlenden Smileys, also ist der Sonntag gebongt.

Am Abend bin ich so gut aufgelegt, dass ich Alex sogar vorschlage, besagten Pitt am Sonntag einzuladen. Wer meiner Tochter Mathe beibringen kann, kann so übel nicht sein. Den sollte man sich warmhalten.

Mittwochmorgen. SMS von Andi: Hallo schöne Frau, ich hoffe, das ist deine Nummer und ich mache jetzt keinen Fehler. Schön, dass du angerufen hast. Ich bin leider krank. Wann treffen wir uns? Noch vor Ostern? Morgen bin ich wieder fit. Bussi A.
Der spinnt doch total. B u s s i. Geht's noch? Aber ich spinne noch mehr. Mein Herz klopft wie verrückt. Ich dachte, das Thema sei gegessen. Kann ich mich denn gar nicht mehr auf mich verlassen. Morgen ist er wieder fit, also wieder in der U-Bahn, also fängt das Gleiche wieder an. Morgen ist Gründonnerstag, danach sind sowieso erst einmal die Feiertage. Warum kann er dann morgen nicht auch noch zuhause bleiben. Ich will das nicht, kann es aber leider gar nicht erwarten, dass er mir wieder Avancen macht.

„Vielleicht ist es das? Vielleicht bin ich einfach nur gierig auf Komplimente? Ich fühle mich großartig, weil ich offensichtlich doch noch nicht unsichtbar geworden bin. Aber…

und da ist es schon wieder, das große unübersehbare ‚Aber'. Ich fühle mich andererseits total verunsichert, weil ich mir ständig denke, dass der doch nicht wirklich an mir interessiert sein kann. Ganz zu schweigen von meinem schlechten Gewissen, weil ich mir überhaupt darüber Gedanken mache."
Ich bin wieder im Büromateriallager und telefoniere natürlich mit Melli.
„Also erstens ist es Quatsch, wenn du dir ein schlechtes Gewissen einredest (na ja, dass für Melli der Begriff ‚schlechtes Gewissen' ein Fremdwort ist, ist mir schon klar, also in dem Fall nicht hilfreich), zweitens ist es Blödsinn, davon auszugehen, dass er nicht wirklich an dir interessiert sei, schließlich siehst du toll aus (das wiederum finde ich sehr aufbauend und hilfreich) und drittens treffe dich endlich mit ihm, dann weißt du mehr."
„Meinst du wirklich?"
„Mann, Lilly, das lässt dir doch sowieso keine Ruhe…"
„Pst", unterbreche ich sie, „da kommt jemand".
In dem Moment reißt eine unserer Beraterinnen die Tür auf. Ausgerechnet unsere Plaudertasche. Ich hoffe, sie hat nichts gehört.
Ich beende das Gespräch mit Melli vor Schreck, ohne mich zu verabschieden. Ich muss enorm schuldbewusst dreinschauen.
„Na, hast wohl Heimlichkeiten?" bekomme ich hinterhergerufen, als ich fluchtartig die ungastliche Stätte verlasse.

Ich kann mich den restlichen Tag ganz und gar nicht mehr konzentrieren. Melli hat Recht. Ich werde mich mit dem Mann verabreden und dann hat sich die Sache mit Sicherheit bald erledigt. Ich muss ja keine Staatsaffäre daraus machen. Ein bisschen Plaudern bei einem Kaffee ist schließlich kein Verbrechen und schon gar kein ‚Fremdgehen'.
Ich bin so durcheinander, dass ich unsere Arbeitsuchenden in die falschen Besprechungsräume schicke, was mir missmutige Blicke (im günstigsten Fall) und wüste Beschimp-

fungen (in einem weniger günstigen Fall) einbringt. Ich muss mich echt zusammenreißen. Sei freundlich, Lilly, schließlich ist das dein Job, sagt mir mein besserwisserisches Gewissen. Manchmal könnte ich mein Gewissen auf den Mond schießen.

Gründonnerstagmorgen. Mit einer leichten Leidensmiene lässt er sich auf den Platz mir gegenüber fallen. Muss ich ihn jetzt fragen, wie es ihm geht, ob er Kummer hat oder ob ihn die schlechte Luft in der U-Bahn stört? Ich weiß wirklich nicht, was ich sagen soll, aber schon befreit er mich von meinen Überlegungen.
„Was für ein Tag! Ich hatte mich echt darauf gefreut, dich endlich wiederzusehen, da ruft mich doch heute meine Geschiedene an, um mir zu sagen, dass ich die Kinder über Ostern nicht zu sehen bekomme." Er hat einen wahrlich tragischen Gesichtsausdruck und weckt sofort mein Mitleid.
„Das tut mir echt leid. Warum denn nicht?"
„Weil sie mich gerne quälen möchte. Ich verstehe das nicht, sie war es doch, die sich von mir trennen wollte, weil ihr ein anderer mehr bieten konnte. Ich verdiene als Pfleger im Krankenhaus einfach nicht genug."
Oh, er ist Pfleger im Krankenhaus, wie aufopfernd. Ich bin schwer beeindruckt. Diese böse Exfrau. Ich bin ganz auf seiner Seite, ohne wirklich zu wissen, was Sache ist.
„Jetzt sitze ich die ganzen Feiertage allein rum, weil ich mir natürlich für meine Kinder Urlaub genommen habe. Meine Eltern kann ich auch nicht besuchen, weil mein Vater mich nicht sehen möchte."
„Warum will dein Vater dich nicht sehen?"
„Er wollte, dass ich Medizin studiere und Arzt werde. Ich wollte lieber nicht studieren und Krankenpfleger werden. Das hat ihn dermaßen verärgert, dass er mich mehr oder weniger verstoßen hat."
Oh Gott, was für eine tragische Geschichte!

„Ich kann dir nur anbieten, dass wir uns am Ostermontagnachmittag treffen und einen Kaffee trinken gehen (Sonntagsfußball ist nämlich verschoben auf Ostermontag!!!)."
Kaum haben diese Worte ohne meine Erlaubnis meinen Mund verlassen, habe ich das Gefühl, dass alle Mitreisenden mich voller Verachtung begutachten. Zaghaft blicke ich um mich, um festzustellen, dass sich kein Mensch für mich interessiert. Vor allem nicht der riesige Mann schräg gegenüber, der mit seiner halbvollen Bierflasche spricht. Ich glaube, er versucht ihr gerade zu erklären, dass alle Politiker Idioten sind. Gut für mich, weil er alle Aufmerksamkeit auf sich lenkt.
„Das klingt wunderbar. Danke, du rettest mir mein Wochenende. Da kann ich mich darauf freuen. Ich rufe dich an, dann können wir das noch genauer ausmachen."
„Nicht anrufen, SMS schreiben", flüstere ich ihm noch beim Aussteigen zu.

Der Rest des Tages. Ohne Worte.

Karfreitagmorgen. Ich gehe brav in die Kirche. Das mache ich seit meiner Kindheit so und heute habe ich es besonders nötig, bilde ich mir ein. Ich will auch den ganzen Tag anständig leiden. Ich habe es verdient und außerdem habe ich es auch so gelernt.
Meine wirklich wunderbare Kindheit wurde in jedem Jahr von einem schrecklichen Karfreitag unterbrochen. An diesem Tag durfte man auf keinen Fall lustig sein, keine Musik hören, die Sonne durfte nicht scheinen und wenn sie es doch tat, durfte man das nicht registrieren. Das Schlimmste von allem allerdings war, dass es zum Mittagessen Fisch gab, das sogenannte Fastenessen. Die einzige allerdings, für die dieses Essen ein Fastenessen war, war ich, denn sowohl mein Vater, als auch meine Mutter liebten Fisch. Zur Feier des Tages durfte ich dann auch noch abspülen. Klingt alles nach einer streng religiösen Familie. Das waren wir aber

nicht. Meine Eltern haben mich zwar ‚im Glauben', wie sie es nannten, erzogen und für mich war das auch vollkommen in Ordnung. Sie waren aber nie streng und unsere Kirchgänge hielten sich sogar eher in Grenzen. Jedoch am Karfreitag ist meine Mutter regelrecht ausgeflippt. Dieser Tag war hochheilig und selbst heute ertappe ich mich noch dabei, ein leicht schlechtes Gewissen zu haben, wenn ich an diesem Tag den Fernseher einschalte.

Aber sie bekommt das ja nicht mit. Meine Eltern wohnen hoch im Norden und obwohl beide noch super fit sind, ziehen sie es vor, uns nicht an jedem Feiertag zu besuchen, schon gar nicht am Karfreitag. Wahrscheinlich will meine Mutter fernsehen und das kann sie bei mir natürlich vergessen.

Also wird brav für meine Lieben Fisch gebraten (heute mag ich ihn ja wenigstens) und ansonsten nicht viel unternommen. Denn, und das ist das Gute an dem Tag, man darf auf keinen Fall arbeiten.

Samstagmorgen. SMS von Andi: Was hältst du von einem Treffen am Montag um 14:00 Uhr im Hirschgarten. Bei schönem Wetter gehen wir ein bisschen spazieren und dann einen Kaffee trinken. Ok? Bussi A
Meine Antwort-SMS: Passt. Haltestelle Hirschgarten. L
Das Bussi kann er sich abschminken.

Ansonsten einkaufen, vorbereiten und natürlich nochmal einkaufen, weil man so einiges vergessen hat.

Ostersonntagmorgen. Heute scheint auf jeden Fall die Sonne, egal ob es stürmt oder schneit. Heute ist Ostern und alles ist gut (sehr gute Kindheitserinnerungen – wir waren damals ab Ostersonntag wieder auf einem normalen fröhlichen Level).

Wir fangen wie üblich um 11:00 Uhr an und wie üblich (wie Ihr auch schon wisst) wird Sigi erst um 12:00 Uhr erscheinen. Die anderen sind echt pünktlich und ich schaffe es, um 10:55 Uhr fertig zu sein. Fertig im wahrsten Sinne des Wortes. Wie immer will ich alles perfekt haben. Norbert sieht das meist sehr gelassen. Hauptsache, genügend Essen ist da. Ob die Tischdeko passt, die Speisen schön präsentiert werden, die Musik passend vorbereitet ist und ich selbst hübsch dekoriert und wohl riechend die Gäste empfangen kann, ist ihm eigentlich ziemlich egal. Er ist der Meinung, dass das alles überbewertet wird. Wichtig ist der Spaß und wie gesagt, dass wir alle satt werden.

Völlig überraschend bringt Melli heute Frank mit. Hat er wohl zurzeit nichts am Laufen. Ich weiß, ich bin ziemlich gemein, aber das ist nun mal so, mit den Beiden. Frank nimmt mich sogar liebevoll in den Arm, was mich völlig irritiert. Fragend geht mein Blick zu Melli, die nur mit den Achseln zuckt und die Augen verdreht.

Valerie und Ralf kommen natürlich, wie immer, Arm in Arm. Böse Zungen lieber Freunde behaupten, dass keiner alleine gehen kann. Manchmal frage ich mich, ob bei ihnen seit 18 Jahren immer die glückliche Ehe-Sonne scheint, oder ob es einfach nur zur Gewohnheit geworden ist, sich ‚umärmelt' fortzubewegen. Sie könnten es ja mal händchenhaltend versuchen, aber das bedeutet wahrscheinlich schon zu große Distanz. Jeder, wie er möchte, nur kein Neid. Ab und zu, ganz ganz selten beschwert sich die eine oder andere von uns über ihren Mann/Partner. Ich denke, das ist mehr als natürlich. Valerie hält sich da immer sehr vornehm zurück, was Sigi manchmal zu Weißglut bringt. Sie kann sich einfach nicht vorstellen, dass alles immer perfekt ist. Genauso, wie man auch nicht verstehen kann, dass die vier Kinder von Bea und Severin alle so perfekt sind, wie Bea uns das immer weismachen möchte.

Hanna hingegen dreht noch durch, weil Bruno ihr ewiger Lebensgefährte und Vater ihrer zwei Söhne ebendiesen alles, aber auch alles erlaubt. Da diese Beiden allerdings gerade auch im schönen Teenageralter sind, wären ein paar Verbote väterlicherseits durchaus angebracht. Aber man steckt halt nicht drin. So hat jeder seinen ganz persönlichen Spaß.

Herbert ist fast fünfzehn Jahre älter als Sigi. Sie haben keine Kinder und wir haben den Eindruck, dass Herbert unsere liebe Sigi ganz schön pampert. Die schwere Aufgabe, sie ab und zu daran zu erinnern, dass sie nicht allein auf der Welt ist, bleibt also uneingeschränkt uns, ihren lieben Freundinnen, überlassen.

Ich liebe diese Truppe mit all ihren Schwächen und Stärken. Deshalb freue ich mich wirklich riesig, als sie alle erscheinen (auch, wenn ich im Moment auf dem Zahnfleisch daher komme). Meine Tochter hat sich gerade erst einmal vor zehn Minuten aus dem Bett geschält, aber ich muss zugeben, wenn ich eine Feier vorbereite, kann ich gerne auf die Unterstützung meiner Lieben verzichten.

Norbert nimmt unsere Freunde strahlend und ausgeruht in Empfang.

Dann kann der Spaß beginnen. Ein schöner Tag liegt vor uns und schadenfroh betrachten die Gäste unsere Klappstühle, die für die drei letzten Ostergäste übrig sind. Wer nicht kommt zu rechten Zeit, der muss sitzen auf dem harten Stuhl, der übrig bleibt.

Wir sind auch alle neugierig auf unseren Ehrengast, Pitt, das Mathegenie. Dieser erscheint allerdings erst am späteren Nachmittag, nickt kurz in die inzwischen recht feuchtfröhliche Runde, häuft sich drei Teller auf, schnappt sich die strahlende Alex und verschwindet schneller, als wir piep sagen können. Alex kommt nochmal kurz zurück, um vier Flaschen Bier unter ihren Armen zu verteilen, damit die Hände noch für zwei Stück Torte frei sind. Etwas verwirrt schaue ich ihr hinterher, aber muss gleichzeitig zugeben, dass es mich sehr glücklich macht, sie so fröhlich zu sehen.

Natürlich ist dieser kleine Zwischenfall der Auslöser für viele Geschichten, darüber, wie wir uns selbst als Jugendli-

che daneben benommen haben. Nur Bea und Severin haben nichts dazu beizutragen, da sie offensichtlich damals selbst schon so perfekt waren, wie ihre Kinder es heute sind.
Ständig plimpert mein Handy und als ich einen schnellen Blick darauf werfe, muss ich feststellen, dass sieben SMS von Andi eingetrudelt sind. Irgendwie finde ich das aufregend auf der einen Seite und störend auf der anderen. Aufregend deshalb, weil es schon Spaß macht, offensichtlich wieder begehrt zu sein (ich freu mich so auf morgen, Bussi A; ich kann es kaum noch erwarten, Bussi A…..), störend, weil ich mich hier in meinem Leben mit meinen Lieben mich durchaus sehr wohl fühle und nicht gestört werden möchte. Bei Gelegenheit muss ich Melli mal fragen, wie sie dieses ‚Doppelleben' eigentlich aushält. Bis jetzt hatte ich mir darüber nicht allzu viele Gedanken gemacht.

Als uns die Truppe am Abend verlässt, sind wir alle schon ziemlich angedudelt und können uns kaum voneinander trennen, weil es echt wieder mal ein schöner gemeinsamer Tag war. Norbert hilft mir beim Aufräumen und welch' Überraschung, die Tür von Alex Zimmer öffnet sich wie von Geisterhand (ich hatte schon fast vergessen, dass wir ja noch einen Besuch haben) und diverse Teller und Flaschen finden ihren Weg in die Küche. Meine Tochter stürzt sich auch gleich darauf, uns zu helfen und auf die Frage, wo denn ihr Matheprofessor sei, meinte sie nur, dass er gerade so schön schlafen würde und es doch sicherlich kein Problem für uns sei, wenn er heute nicht mehr nach Hause gehen würde. Aha, daher weht der hilfsbereite Wind. Ich will nicht, dass meine Tochter schon so weit ist. Ich will, dass sie heute Abend zwischen uns sitzt und gemeinsam mit uns den Tag Revue passieren lässt. Mein Blick geht zu Norbert, der mich nur angrinst und für mich antwortet:
„Klar, wäre doch unmenschlich, ihn jetzt noch nach Hause zu schicken."
„Danke Norbert, danke Mama, ihr seid die Besten."

Na ja, wenigstens etwas. Ich glaube, wir waren das letzte Mal ‚die Besten', als sie einen Kinofilm für Zwölfjährige anschauen durfte, obwohl sie erst elf Jahre alt war.
Da geht sie hin, meine Kleine und lässt uns mit dem Ostersonntagtatort und wehmütigen Gedanken zurück.

Ostermontagvormittag. Ausschlafen.
Ich glaube, ich stehe heute einfach nicht auf. Ich bleibe im Bett liegen. Niemand kann mich zwingen, dass ich mich mit einem fremden Mann treffe. Habe ich ihn ermutigt? Nein, er hatte mich angegrinst, er hatte mich angesprochen, er will mich treffen. Ich bin ihm nichts schuldig. Ich habe ein schönes Leben, eine Familie, liebe Freunde, gesunde Eltern, einen guten Job und und und. Was also will ich denn? Es gibt absolut keinen Grund, irgendetwas aufs Spiel zu setzen. Ist es doch Rache? Ist es der Nervenkitzel, die Spannung, etwas Heimliches zu tun oder spinne ich einfach nur? Es ist mit Sicherheit nicht der Wunsch nach einem anderen Partner und eine Krise habe ich eigentlich auch nicht. Im Moment habe ich irgendwie das Gefühl, ich muss hingehen, weil er sonst enttäuscht sein könnte und er die ganzen Tage sowieso schon alleine verbringen musste und er eine böse Ex hat und überhaupt im Moment eine ganz arme Socke zu sein scheint.
Ich beschließe, ich werde mich einfach mit ihm treffen und es wird eine einmalige Sache bleiben. Dann habe ich meine kleine Heimlichkeit und gleichzeitig etwas Nobles getan, nämlich einem einsamen Mann ein paar schöne Stunden geschenkt. Dass der Mann sehr gut aussieht, ist dabei völlig nebensächlich und unwichtig.

Puh, nervös bin ich schon, als Norbert mich fröhlich in seiner hässlichen Fußballkluft verlässt und ich mich auf den Weg zu dem Treffpunkt mit Andi mache. Hoffentlich sieht mich keiner. Warum habe ich nur so ein schlechtes Gewissen? Ich mache doch nichts Verbotenes, außer vielleicht

Norbert eine Kleinigkeit zu verheimlichen. Melli konnte ich vorher auch nicht mehr erreichen, um mir noch etwas Mut oder vielleicht eine Abreibung (bei ihr weiß man nie so genau) zu holen.

Ich sehe Andi schon von weitem. Er ist also da. Ich hatte ein bisschen gehofft, er würde nicht kommen, dann hätte sich das Thema erledigt und ich hätte mir auch noch selbst leidtun können.

„Hallo schöne Frau!"

Was für ein blöder Spruch! Ich muss hier weg.

„Ich denke, wir setzen uns ins Café rein oder möchtest du draußen sitzen. Ich finde es nur etwas kalt."

Memme!

„Nein nein, alles gut, setzen wir uns rein. Denkst du, wir bekommen noch einen Platz?"

„Ich war schon drinnen und es ist ziemlich leer."

Das Café ist tatsächlich nur dürftig besucht. Der relativ kleine Raum wirkt zwar sehr gemütlich, hat aber so gar nichts von den Cafés, die zurzeit ‚angesagt' sind. Das ist eigentlich nicht schlecht, so wird mir hier niemand über den Weg laufen, den ich kenne. Es riecht gut nach Kaffee und die Sessel an den kleinen nett dekorierten Tischen sehen sehr gemütlich aus.

„Bestimmt bekommen wir hier noch Filterkaffee. Ich hoffe, du bestehst nicht auf den obligatorischen Latte, " grinst Andi fröhlich. Er macht wirklich den Eindruck, als würde er sich enorm über unser Treffen freuen.

Meine Stimmung verbessert sich zunehmend und ich finde es jetzt ganz schön.

„Hast du etwas von deinen Kindern gehört?" falle ich gleich mit der Türe ins Haus.

„Ja", strahlt er mich an, „sie haben mich angerufen, als sie die wenigen Stunden bei meinen Eltern waren. Da hatte ihre Mutter keinen Einfluss auf sie. Vielleicht kann ich sie bald besuchen, wenn es meine finanzielle Situation zulässt."

Und schon sind wir in ein Gespräch vertieft, das mir doch etwas sehr persönlich erscheint. Er erzählt mir von seiner Verschuldung, in die er geraten sei, weil seine Frau ihn nach der Scheidung sämtliches Geld aus der Tasche gezogen habe und sie noch immer fleißig damit beschäftigt sei. Er würde ja als Pfleger nicht allzu viel verdienen, möchte aber ein paar Kurse machen, damit er sich doch noch beruflich weiterentwickeln könne. Er redet und redet und redet. Irgendwie bekomme ich immer mehr Mitleid, bin aber auch ganz froh, dass ich nichts über mich erzählen muss. Ich will definitiv nicht über Norbert oder Alex sprechen. Das ist meine Privatsache.

„Und, was läuft bei dir schief?" überfällt er mich plötzlich mit einer Frage und weckt mich aus meiner Lethargie.

„Bei mir läuft nichts schief."

„Das kann ich mir bei dir auch gar nicht vorstellen. Einer so tollen Frau, wie du es bist, liegen doch sicher die Männer zu Füßen."

„Mit so einem Gesülze kommst du bei mir aber nicht an", entgegne ich barsch.

„Das ist kein Gesülze. Ich empfinde das so und wenn mir eine Frau gefällt, dann sage ich ihr das auch. Allerdings bist du die erste Frau seit meiner Scheidung, die mir wieder richtig gut gefällt und der ich das auch gern sage. Ich weiß nicht, woran das liegt, aber ich hatte vom ersten Moment an das Gefühl, dass ich dir vertrauen kann."

Na ja, wer ist nicht gerne die Frau, die als einzige einen Mann aus seiner trostlosen Eiszeit herausholen und ihn auch wirklich retten kann. Nicht, dass ich mich geschmeichelt fühle, aber es ist doch ganz schön, wenn man so eine unwiderstehliche Ausstrahlung hat.

Wir plaudern weiter sehr angeregt, aber nach zwei Tassen enorm starken Kaffees, einem halben Liter Sprudelwasser und einem riesigen Stück Torte fühle ich mich nicht mehr wirklich wohl. Außerdem sollte ich jetzt endlich diese gastliche Stätte verlassen und meine noch wesentlich gastlichere Wohnung aufsuchen, damit ich mich wieder darauf be-

sinne, dass ich eine ganz normale Frau bin und nicht Mutter Theresa mit der Figur eines Models.
Mit dem Versprechen, ihn einmal in seiner sehr kleinen Wohnung zu besuchen, um mich von ihm bekochen zu lassen, fliehe ich in Richtung Heimat. Ich habe doch wirklich nicht alle Tassen im Schrank.

„Irgendwie hat der etwas zu verbergen. Ich weiß nur nicht was. Mich macht das auf alle Fälle total neugierig. Trotzdem finde ich mich selbst bescheuert, dass ich mich habe so einlullen lassen."
Norbert ist noch nicht zuhause, Alex ist in ihrem Zimmer vergraben, also nütze ich die Gunst der Stunde und hänge sofort am Telefon, um Melli alles zu berichten.
„Bist du nicht nur neugierig, weil du gerne wissen möchtest, wie weit der geht?"
„Ja, das sicherlich auch ein bisschen, wenn ich ehrlich bin, aber trotzdem ist da noch etwas anderes. Irgendwie hat der massive Schwierigkeiten. Das tut mir auch leid, weil er wirklich ein ganz, ganz Lieber zu sein scheint."
„Oh Gott, dich hat es doch ein wenig erwischt. Jetzt kannst du nicht mehr zurück und dann können wir schauen, wie wir dich da wieder rausbekommen."
Jetzt übertreibt Melli aber ganz gewaltig. Ich ignoriere das, weil sie mir sowieso widersprechen würde. Außerdem muss ich auflegen, weil ein überaus schmutziger Norbert das Wohnzimmer betritt und ich ihn aufgrund dessen erst einmal wüst beschimpfen will.

Dienstagmorgen. Juhu, ich habe noch einen Tag frei. Ich habe mir heute Urlaub genommen, um meine Wohnung, dem Frühlingserwachen gemäß, auf Vordermann zu bringen.
Das passiert meist mit lauter Musik, die mir das Putzen erleichtert und als nützlichen Nebeneffekt erst mal meine Alex aus dem Bett holt. Völlig überraschend muss Alex

heute unbedingt Mathe mit ihrem selbsternannten Mathelehrer Pitt lernen und kann mir leider nicht helfen. Das bedauert sie natürlich ganz arg, aber Mathe ist nun mal wichtiger. Mich erstaunt es immer wieder, dass Kinder meinen, ihre Eltern seien doof. Aber ich bin zu gut aufgelegt, um einen Streit vom Zaun zu brechen und lasse sie ziehen.
SMS von Andi: Wo bist du?
Oh, ich hatte glatt vergessen, Andi zu erzählen, dass ich heute frei habe.
Antwort-SMS: Habe heute frei und mich im Haushaltswahnsinn vergraben
SMS von Andi: Schade, ich vermisse dich. Bussi. Bis morgen
Antwort-SMS: Wirst es schon verkraften. Bis morgen
Das Bussi verkneife ich mir immer noch.
Beim Putzen hat man sehr viel Zeit zum Nachdenken. Eigentlich müssten alle Putzfrauen große Denker sein. Heute schwirrt es in meinem Kopf. Ich betrachte meine neue ‚Lebenssituation' wieder einmal von allen Seiten und komme immer wieder zu dem Ergebnis, dass da irgendetwas nicht stimmen kann. Also verspreche ich mir selbst, auf der Hut zu sein. Böse Zungen behaupten sowieso, dass ich mir ständig, wegen meiner überdimensionalen Vorsicht und Skepsis selbst im Weg stehe. Finde ich ein wenig übertrieben, aber ein Fünkchen Wahrheit mag da wohl schon dran sein.
So schwanken meine Gedanken hin und her und je mehr ich nachdenke, desto verbissener steigere ich mich in meinen Frühjahrsputz. An und für sich hätte ich gerne eine größere Wohnung, aber an solchen Tagen könnte sie wiederum etwas kleiner sein. Norbert findet sowieso, dass ich nicht ganz dicht bin, denn seiner Meinung nach ist die Wohnung riesig. Kritisch gehe ich von Raum zu Raum. Wir haben eine fantastische wirklich große Wohnküche, in der wir wunderbar unsere Freunde bewirten können (siehe Osterbrunch), auch wenn es dann manchmal etwas kuschelig

wird. Alex hat ein Zimmer und die beiden restlichen Zimmer haben wir nicht im traditionellen Sinne (und auch nicht in dem meiner Eltern) in Wohn- und Schlafzimmer aufgeteilt, sondern in mein Zimmer und Norberts Zimmer. Norberts Zimmer nutzen wir allerdings meistens als gemeinsames Schlafzimmer, weil er ein großes Bett als absoluten Lebensmittelpunkt mitten im Raum stehen hat. Mein Bett ist eher eine Schlafcouch, deshalb hat mein Zimmer ein bisschen die Funktion eines Wohnzimmers. Ansonsten haben wir unsere eigenen Sachen in unseren eigenen Zimmern. Jeder von uns (einschließlich Alex) hat auch seinen eigenen Fernseher, was schon von so manchen unserer angeblich wenig-fernsehenden Freunde sehr bemängelt wurde und das regelmäßig.
SMS von Andi: Wann hast du Zeit?
Antwort-SMS: morgen früh U-Bahn
SMS von Andi: Ha Ha
Jetzt schleicht er sich schon wieder in meine Gedanken. Wo war ich nochmal? Ach ja, bei meiner Wohnung. Tja, alle Zimmer sind recht groß. Das Zimmer von Alex ist etwas kleiner, aber trotzdem noch ganz ok. Das einzige große Manko ist unser Bad. Es ist ziemlich klein und für drei Personen gibt es da ganz schnell mal einen wunderbaren Anlass zum Streiten. Aber wie gesagt, Norbert hat schon Recht, wir können wirklich froh sein, so eine Wohnung zu haben. Ganz abgesehen davon, dass ich sie auch ziemlich schön eingerichtet habe und ich sage mit voller Absicht und Angabe ‚ich'. Das Zimmer von Norbert ist nämlich etwas fragwürdig, was die Einrichtung betrifft. Wie gesagt, schmückt ein Riesenbett den Raum, umrahmt von einem wackeligen Kleiderschrank aus irgendeiner Erbschaft, einem sehr großen Fernseher, einem Schreibtisch, der aus einem Brett mit vier Stelzen besteht und Punkt, das war es auch schon. Die Wände sind schmucklos weiß und ohne Bilder. Nur über dem provisorischem Schreibtisch hängt ein entsetzlich hässlicher Kalender, den er wohl in der Arbeit abgestaubt hat (für so etwas gibt mein Liebster nämlich

kein Geld aus). Von Januar bis Dezember nur Baumaschinen, eine weniger dekorativ als die andere. Aber ich will nicht meckern, das ist seine Sache und das Bett ist klasse.
Mein Zimmer hingegen ist freundlich und geschmackvoll eingerichtet. Das behaupte ich zumindest angeberisch. Da meine Lieblingsfarbe gelb ist, ist natürlich eine Wand zartgelb gestrichen, die Möbel sind modern und lauter individuelle Eroberungen (kein Möbeleinkauf bei XXXXIrgendetwas von der Stange) und an den Wänden hängen viele Bilder, die meinem Reich eine ganz persönliche Note geben.
Alex Zimmer ist…na ja, wie es halt ist.
Die Küche ist auf der einen Seite funktionell auf der anderen Seite aber auch sehr gemütlich ausstaffiert. Sie ist sehr hell, weil eine große Balkontür den Weg öffnet in die Freiheit, die sich ein jeder Stadtbewohner wünscht: ein großer Balkon.
Im Großen und Ganzen eine perfekte Wohnung mit nicht perfektem Minibad.
Inzwischen bin ich fast fertig mit meiner Reinigungsaktion. Nur noch die Fenster sind zu putzen. Als ich allerdings voller Unlust (deshalb auch ganz am Schluss) damit anfangen möchte, beginnt es leider zu regnen. Was für ein Pech auch. Da bleibt mir nichts anderes übrig, als diesen fleißigen Urlaubstag mit einer großen Tasse Kaffee und viel Schokolade abzurunden.

Am Abend gehen wir zum Italiener. Ich will die Küche nicht schmutzig machen.

Mittwochmorgen. Die U-Bahn ist ziemlich leer. Ferien- und Urlaubszeit. Ich vermisse meine Lieblingsmitfahrer. Heute kein Schnarchen und kaum unangenehme Düfte. Wie soll ich die Fahrt in gewohnter Weise überstehen? Sehr positiv ist dabei, dass keiner mithört, als Andi mich unbedingt

davon überzeugen möchte, dass wir uns noch in dieser Woche bei ihm zuhause treffen müssen.
„Erstens kann ich in dieser Woche nicht und zweitens komme ich nicht zu dir nach Hause;" versuche ich ihm erst einmal deutlich klar zu machen.
„Du wirst wohl wenigstens eine Stunde Zeit haben, um bei mir einen Kaffee zu trinken."
„Nein, habe ich nicht und wenn ich die Zeit hätte, dann würde ich trotzdem nicht zu dir kommen."
Als ich aussteige habe ich eine Verabredung für Freitag Spätnachmittag zum einstündigen Kaffeetrinken in ‚unserem Café' im Gepäck. Da habe ich mich ja mal wieder toll durchgesetzt. Aber wenigstens werden wir uns nicht in seiner Wohnung treffen!

Donnerstagmorgen. Nicht erwähnenswert.

Freitagmorgen. Alex ist krank und ich habe ein schlechtes Gewissen, weil ich vorhabe, heute die besagte Stunde später nach Hause zu kommen. Ich muss mich allerdings nicht lange mit dem schlechten Gefühl herumplagen. Noch bevor Norbert und ich das Haus verlassen haben, klingelt es und der so beliebte Matheprofessor Pitt steht in der neuen Funktion als Krankenpfleger vor uns.
Wir können abdanken.

Die Kaffeestunde am Spätnachmittag entwickelt sich wieder sehr gut und ich muss mich zwingen, nicht zwei Stunden daraus werden zu lassen, aber ein bisschen Glaubwürdigkeit und Stolz will ich mir doch noch bewahren.
Ich fühle mich richtig gut, als ich zuhause ankomme und freue mich auf das Wochenende mit Norbert. Ich verstehe mich einfach nicht mehr. Es läuft wirklich super bei mir und meiner kleinen Familie, warum habe ich mich vor ein paar Minuten noch zu einem Date bei Andi daheim überre-

den lassen. Er hat es tatsächlich geschafft und musste sich nicht einmal sehr anstrengen. Ich bin entsetzt über mich und trotzdem bestens gelaunt. Ich kann ja am Wochenende davon träumen und am Montag sage ich dann halt ab. Das erscheint mir als ein guter Plan.

Samstagmorgen und der ganze restliche Tag sind sehr unspektakulär. Wir treffen uns gegen Abend mit Valerie und Ralf, um ins Kino zu gehen. Danach gibt es ein paar Cocktails bzw. Flaschen Bier und eine heiße Diskussion über den Film. Insgesamt ein schöner inspirierender Abend.

Sonntagmorgen
„Lass uns doch heute bei dem schönen Wetter spazieren gehen."
„Ok, aber du gehst doch zum heiligen Fußballspielen."
„Fällt heute aus, weil einige krank sind", murmelt Norbert frustriert vor sich hin.
„Danke auch schön. Muss ja schrecklich sein, einen Sonntagnachmittag mit mir zu verbringen", versuche ich beleidigt zu klingen. Ich bin nicht eingeschnappt, weil ich das nicht persönlich nehmen darf. Ich weiß genau, wie wichtig ihm dieser Fußballnachmittag ist, ich will ihn nur ein bisschen ärgern.
„Das meinst du jetzt aber nicht ernst, oder?"
Er schaut ganz verdattert und ich muss grinsen.
„Boa, das musst du büßen."
Er hebt mich hoch und trägt mich ins Pseudoschlafzimmer, um mich aufs Bett zu werfen. Wohl wissend, was gleich passieren wird, bitte ich ihn, die Türe zu schließen, da wir ja schließlich noch eine Tochter in der Wohnung haben, die allerdings selbstverständlich noch schläft, man kann aber nie wissen. Den Rest des Vormittags hülle ich in Schweigen.

Am Nachmittag schlendern wir gut gelaunt, Hand in Hand, durch den Englischen Garten. Die Sonne bemüht sich mit großem Erfolg, uns das Leben so angenehm, wie möglich zu machen. Doch plötzlich taucht wieder mein Alptraum, in Form dieser Person mit der mich Norbert betrogen hatte, vor uns auf. Wenn ich schon ihr grimmiges unattraktives Gesicht sehe (ich bin selbstverständlich völlig unvoreingenommen), kommt mir schon das kalte Grausen. Norbert hat sie noch nicht gesehen und plaudert fröhlich auf mich ein. Als er jedoch mein Gesicht (mit Sicherheit auch sehr grimmig) sieht, weiß er sofort, was Sache ist. Zerknirscht murmelt er vor sich hin:
„Kann die nicht endlich wegziehen."
„Hallo", nehme ich sie widersprüchlicher Weise in Schutz, " schließlich war sie nicht alleine daran schuld."
„Bitte, ich verstehe dich ja, aber bitte lass dir nicht den Tag verderben."
Norbert wirkt fast ein wenig verzweifelt.
Ha, er meint wohl, ich soll jetzt UNS den Tag nicht verderben. Gut, wenn er meint, dann tu ich jetzt so, als wäre nichts geschehen, obwohl mir echt kotzschlecht ist. Aber mein Date mit Andi werde ich nicht absagen. So, das hat Norbert nun davon.

Montagmorgen. SMS an Andi: Fahre heute eine U-Bahn früher
Irgendwie will ich ihn nicht sehen und nehme es in Kauf, deshalb verwunderte Blicke meiner Lieben zu ernten, meine üblichen U-Bahnmitfahrer mit meiner Abwesenheit zu enttäuschen oder auch nicht und früher in der Arbeit aufzutauchen, um mir die Wochenendgeschichten meiner Kollegen anzuhören. Alles besser, als mit Andi über unser nächstes „Date" zu sprechen, das (ich muss mir das immer wieder vor Augen führen) bei ihm zuhause stattfinden wird. Hilfe! Hilfe! H i l f e!!!!

Dienstagmorgen. Hilfe!

Mittwochmorgen. Hilfe!

Donnerstagmorgen. Ich schleiche zur U-Bahn, als müsste ich auf den Scheiterhaufen. Oh Gott, heute ist der Tag, den ich nur zu gerne überspringen würde. Wie ein geprügelter Hund sitze ich auf meinem Platz, als ein vor Elan überschäumender Andi sich auf den freien Platz neben mir plumpsen lässt. Die üblichen Verdächtigen lassen diesen Platz schon automatisch frei. Wenn ich um mich blicke, habe ich das Gefühl, dass alle Bescheid wissen und mir der ältere Herr schräg gegenüber wissend zuzwinkert. Wie eine verschworene Gemeinschaft wirken meine Mitfahrer auf mich und ich würde am liebsten sofort die U-Bahn verlassen und nie wieder um diese Zeit diese Strecke fahren.
„Ich freue mich schon so auf heute Abend. Ich werde dir etwas ganz Leckeres kochen. Ich hätte da nur eine Bitte: kannst du für dich einen Teller und Besteck mitbringen?"
Ich höre wohl nicht richtig und schaue ihn deshalb auch völlig entgeistert an.
„Meine Frau hat mir tatsächlich nur das Nötigste gelassen", fügt er dramatisch hinzu.
Wenn ich im Moment nicht gerade so sehr mit meinem eigenen Elend beschäftigt, das ich mir selbst zuzuschreiben habe, hätte ich mit Sicherheit mehr Mitleid mit der armen, von seiner Ex-Frau so schändlich behandelten Kreatur neben mir. Dafür habe ich jetzt aber keinen Nerv. Als ich an meiner Haltestelle regelrecht aus der U-Bahn fliehe, muss ich feststellen, dass ich mich nicht nur nicht verabschiedet habe, sondern nicht einmal genau weiß, wo ich heute Abend überhaupt hin muss.
Pling. SMS von Andi: Hallo, du brauchst doch noch meine Adresse, oder habe ich sie dir schon gesagt?

Als er mir dann seine Adresse und tausend Küsschen schickt, stelle ich fest, dass er ziemlich ungünstig wohnt. Anscheinend muss er am Morgen ziemlich lange mit dem Bus fahren, um zur U-Bahnstation zu kommen. Ich hatte mir darüber noch gar keine Gedanken gemacht. Oh Gott, wie soll ich da heute nur hinkommen?
Ich überstehe meinen Arbeitstag mehr schlecht als recht und verschwinde diverse Male in der Kammer, um mir Ratschläge von Melli einzuholen.
Den ganzen Tag überlege ich mir, was ich anziehen soll (egal, wie wild und kompliziert die Lage ist, man bzw. Frau will sich ihr auf alle Fälle passend gekleidet stellen).
Norbert ist heute Abend mit Freunden unterwegs und denkt automatisch, dass ich mich auch mit Freundinnen treffe. Ich lasse ihn natürlich in dem Glauben und fühle mich nur noch schäbig.

Dennoch kann ich es nicht lassen, mich am frühen Abend, ein bisschen aufreizend gekleidet (enorm kurzer, schon lange nicht mehr getragener Rock) mit Geschirr (wie absurd) und einer Flasche Wein bewaffnet auf eine lange Odyssee zu begeben.
Strahlend öffnet Andi mir die Tür, überschüttet mich mit Komplimenten (Rock!!!), um mich sofort in den Arm zu nehmen und zu küssen. Verdutzt, wie in letzter Zeit fast immer (ist richtig zur Gewohnheit geworden), lass ich es mit mir geschehen. Im Gegenteil, als der Überraschungseffekt nachlässt, stelle ich fest, wie angenehm ich den Kuss empfinde und küsse fleißig zurück. Es kommt, wie es kommen musste (Melli wird mich später fragen, was ich denn eigentlich erwartet hätte, das war schließlich von der ersten Sekunde an klar, dass es darauf hinausläuft). Bevor wir auch nur einen Schluck getrunken oder einen Bissen gegessen haben, sind wir über einander hergefallen. Na ja, so gut, wie der Kuss war, so anders war der restliche Körperkontakt (um es mal höflich auszudrücken). Im Zeugnis würde stehen: ‚er bemühte sich redlich'. Andi sieht das

wohl vollkommen anders. Als er aus seiner Ekstase ‚erwacht' (er ist wohl voll auf seine Kosten gekommen) ist er ausgesprochen begeistert über sich und schwärmt mir vor, während er mir ein Glas Wein einschenkt (das ich jetzt auch dringend brauche), wie ich ihn aus seiner Versteinerung gerettet habe, da er seit der Trennung keine andere Frau mehr anrühren konnte. Ich bin also eindeutig die Mutter Theresa für einsame enttäuschte Männer. Ist vielleicht nicht ganz der passende Ausdruck, aber ich fühle mich nun mal so.
Während des Essens, das wirklich gut ist (wenigstens das Essen), unterhalten wir uns wieder prächtig und mein schlechtes Gewissen verschwindet zunehmend, um mich dann auf meinem Heimweg allerdings vollends zu erschlagen.
Mein Gott, was hatte ich mir nur gedacht. Ja, ich bin ein bisschen verliebt und ja, ich fühle mich (in erster Linie) sehr geschmeichelt, aber wie will ich jetzt Norbert gegenüber treten. Ich hoffe, er ist noch nicht zuhause oder, falls doch, dann wenigstens schon im Bett. Glücklicherweise fällt es nicht auf, wenn ich jetzt noch unter die Dusche gehe, da ich relativ häufig am Abend vor dem Zubettgehen dusche. Ich muss ganz gezielt an den Seitensprung von Norbert mit dieser grässlichen Frau denken, dann habe ich vielleicht ein weniger schlechtes Gewissen. Na ja, mit dem Selbstbetrug haut das nicht immer so gut hin. Also schleiche ich mich in die Wohnung. Dort allerdings ist Halligalli. Alex hat die Gunst der Stunde genutzt, um ihre Freundinnen zum DVD-Abend (ganz spontan natürlich) einzuladen. In der Küche sieht es ziemlich wüst aus und Alex versucht mich gleich ganz wild davon zu überzeugen, dass sie das später definitiv noch alles blitzblank putzen wird. Ich frage mich zwar, wann später, aber bin doch sehr dankbar über das ganze Chaos, weil kurz nach mir Norbert hereinstolpert. Seine ganze Aufmerksamkeit wird durch die gackernden Mädchen von mir abgelenkt, da er schnellstens in sein

Zimmer flieht, um so wenig wie möglich von der reizenden Bande mitzubekommen.

Jetzt kann ich wenigstens in Ruhe duschen und als ich die Zimmertüre öffne, höre ich Norbert schon schnarchen. Da bin ich jetzt nochmal mit einem blauen Auge davongekommen, was ich ehrlich gesagt gar nicht verdient habe. Aber, wie wir wissen, bin ich ja trotz allem auch die Gute, weil ich heute einen Mann zurück ins Sexualleben geführt habe.

Freitagmorgen. Andi strahlt mich an. Alle Mitfahrer wissen es. Ich bin mir ganz sicher. Die Pinkfarbene (sie hat auch eine Frühlingsjacke in Pink, allerdings noch greller) schaut mich ganz verträumt an, während sie einen Frühstücksriegel verschlingt. Was sind denn das für neue Sitten. Wird jetzt hier gemeinsam gefrühstückt? Vielleicht ist es aber auch der Ersatz für Popcorn, da sie sich, wie im Kino fühlt, mit Andi und mir als Darsteller in einem Liebesfilm. Der ältere Herr zwinkert mir schon wieder zu und ich bin mir nicht so ganz sicher, ob er nicht vielleicht ein Augenleiden hat.

Ich höre gar nicht richtig zu, als Andi mir erzählt, dass er an dem nächsten Wochenende zu seinen Kindern fahren muss, weil irgendwelche wichtigen Entscheidungen anstehen...

Was für ein merkwürdiges Gefühl, einem Mann gegenüber zu sitzen, mit dem man sich am Vorabend äußerst intensiv der Erotik hingegeben hatte, der aber trotzdem immer noch wie ein Fremder ist. Er sieht echt gut aus, sehr gut sogar. Dass er um einige Jahre jünger ist, macht mir komischerweise nichts mehr aus. Wenn ich mein schlechtes Gewissen ausschalte, dann habe ich echt sogar Schmetterlinge im Bauch. Ich muss das alles mit Melli besprechen. Wir treffen uns heute nach der Arbeit in unserer Lieblingskneipe.

„Ich kann heute leider nicht so lange bleiben."
„Wieso nicht?"

Melli ist nicht begeistert. Das weiß ich schon. Sie hat meistens Zeit ohne Ende, wenn ihr Lover sie nicht sehen will. Pfeift dieser allerdings, dann springt sie sofort. Ich kannte das bisher nicht bei ihr und es erschreckt mich ein bisschen. Heute hat er offensichtlich kein Interesse daran, sie zu sehen, deshalb hätte sie gerne den ganzen Abend mit mir verbracht, damit sie nicht zu viel Zeit mit Frank verbringen muss. Falls dieser überhaupt zuhause ist.
„Weil ich gestern Abend schon so lange unterwegs war."
„Das ist doch kein Grund."
Melli schaut mich ganz entgeistert an.
„Doch, für mich schon. Erstens habe ich sowieso ein enorm schlechtes Gewissen und zweitens ist das bei uns anders als bei dir und Frank."
„Vielleicht jetzt noch, aber wer weiß, wie das bei euch weiter gehen wird. Vielleicht wirst du Norbert verlassen, um gemeinsam mit deinem schönen Grinser in der U-Bahn einzuziehen."
„Ha, ha, sehr witzig. Ich liebe Norbert, das weißt du ganz genau. Er ist zwar manchmal nicht einfach, aber, wer ist das schon? Allerdings müsste ich mit Andi tatsächlich woandershin ziehen. Vielleicht nicht gerade in die U-Bahn, aber seine Wohnung ist echt winzig. Eigentlich ist es keine Wohnung, eher eine Wohndusche mit Schlafküche. Wirklich total klein. Er hat wirklich kein Geld, um sich etwas Größeres zu suchen, hatte er mir erzählt."
„Hat er wenigstens ein bequemes Bett?"
„Was soll das jetzt heißen?"
„Komm jetzt, tu doch nicht so. Was hast du denn erwartet, das war schließlich von der ersten Sekunde an klar, dass es darauf hinausläuft (habe ich es nicht vorausgesehen, dass Melli das sagen würde). Also, erzähle mir alles. Bei meinem traurigen Liebes- bzw. Sexleben im Moment bin ich sehr an den Details interessiert."
„Ich glaube, das willst du nicht wirklich wissen."
Melli lacht laut los.

„Mein Gott, was machst du für ein Gesicht? Das muss ja echt schrecklich gewesen sein."
„Na ja, schrecklich ist jetzt auch übertrieben, aber direkt schön war es nicht. Ich bin mir vorgekommen, wie ein Stück Fleisch auf dem Grill. Ich wurde zig Male gedreht und gewendet. Das war unendlich anstrengend und für mich waren es nur leere Kilometer, da er wohl in seinem Leben noch nie etwas von den erogenen Zonen einer Frau gehört hat. Ihm hat es offensichtlich Spaß gemacht und er war auch sehr erfolgreich."
„Kein Wunder, dass ihn seine Frau verlassen hat."
Melli muss wissen, wovon sie spricht. Hoffentlich verlässt sie ihren Loser auch bald.
„Ne, das glaube ich nicht. Das wird wohl nicht der Grund gewesen sein. Ich denke eher, er konnte ihr finanziell nicht das bieten, was sie wollte. Vielleicht war er einfach aus der Übung, weil er angeblich so lange keinen Sex mehr hatte."
Schon während ich den Satz ausspreche, weiß ich, dass das Quatsch ist. So etwas verlernt man nicht.
Melli schüttelt nur den Kopf.
„Du weißt, dass du Unsinn redest. Ich könnte mir allerdings vorstellen, dass er zu aufgeregt war. Das ist beim ersten Mal manchmal so. Ich weiß, wovon ich rede. Manchmal bleibt es aber auch beim Gänseblümchen-Sex", fügt sie zerknirscht hinzu.
„Das hatte ich mir eigentlich auch schon gedacht. Mal sehen, wie es beim nächsten Mal ist."
„Aha, die brave Helene (damit bin natürlich ich gemeint) ist doch nicht so brav und plant schon das nächste Schäferstündchen."
„Ach Melli, ich will das eigentlich alles nicht. Ich will nicht ständig ein schlechtes Gewissen haben müssen, wenn ich mit Norbert zusammen bin oder mich durch die Gegend schleichen, um mich mit einem anderen Mann treffen zu können. Ich will mich aber auf gar keinen Fall von Norbert trennen. Das ist mir jetzt schon alles zu verwirrend. Hilfe!"

„Es kommt, wie es kommt, meine Süße. Jetzt steckst du schon mal drin, dann genieße wenigstens das Gefühl, begehrt zu werden und nochmal verliebt zu sein. Ich bin die Letzte, die sich als Moralapostel aufführen darf. In diesem Fall solltest du deine Geschichte Valerie oder Bea erzählen, dann bekommst du eine Strafpredigt, die sich gewaschen hat."
„Vielleicht täuscht du dich, und die beiden sind gar nicht so glücklich, wie sie immer wirken, bzw. wirken wollen. Meinst du eigentlich, dass Sigi schon mal fremdgegangen ist?"
Wir tratschen noch ein wenig über unsere engsten Freunde. Das ist nicht verwerflich, da braucht uns jetzt keiner verdammen, da sollte sich jeder an die eigene Nase fassen, ob er das nicht auch schon gemacht hat. Und? Natürlich! Es ist auch nicht böse gemeint, und die machen das mit Sicherheit auch.

Samstagmorgen. Eine SMS von Andi jagt die andere. Er hat so viel Sehnsucht und muss mich unbedingt bald wiedersehen. Pling Pling Pling
„Wer schreibt dir denn dauernd?"
Wir sitzen beim Frühstück und Norbert ist grundsätzlich genervt, wenn jemand eine SMS bekommt.
„Bestimmt ein heimlicher Liebhaber", mischt sich Alex ein.
Ich hoffe, die Farbe meines Gesichts bleibt vornehm blass und wird nicht so leuchtend rot, wie ich mich gerade fühle. Mir ist nämlich plötzlich schrecklich heiß.
„Ich mache das Handy schon aus."
Ich ignoriere sowohl Norberts Frage, als auch Alex Bemerkung.
„Was wollen wir denn heute bei diesem Mistwetter machen...", versuche ich das Thema in eine andere Richtung zu lenken.
„Ich bin mit Pitt verabredet."
„Ich wollte meinen Schreibtisch aufräumen."

Geglückt!

Ein wunderbar faules Wochenende. Der Winter ist zurück. Obwohl wir bereits Ende April haben, schneit es leicht. Wir setzen definitiv keinen Fuß vor die Tür.

Montagmorgen. Andi steigt nicht ein. Komisch. Er hatte in den ganzen vielen SMS, die ich übers Wochenende verteilt von ihm bekommen habe, nie erwähnt, dass er heute frei haben würde. Allerdings hatte er mir gestern nach 16:00 Uhr auch nicht mehr geschrieben. Ich dachte mir nichts dabei, sondern vielmehr, dass er aus ‚Schreiberschöpfung' eingeschlafen sei. Jetzt bin ich fast etwas beunruhigt. Vielleicht ist er krank?
SMS an Andi: Wo bist du? Bist du krank? Bussi L (jaaaa ist ja schon gut, richtig gelesen, er bekommt jetzt auch ein Bussi)
Keine Antwort.
Ich lege das Handy auf meinen Schreibtisch. Den ganzen Vormittag kein Pling. Mich stört jeder einzelne Besucher, der bei uns im Empfangsbereich aufschlägt und wie immer tausend Fragen stellt.
Freundlich bleiben, Lilly, sage ich mir, das ist dein Job.
Pling. Endlich!
SMS von Melli: Na, wie läuft's bei dir?"
Ich werde später antworten. Bin jetzt erst einmal total enttäuscht, dass die Nachricht nicht von Andi ist.
Pling. Ich bin jetzt echt aufgeregt.
SMS von Alex: Komme heute Abend später.
Meine Laune sinkt immer tiefer. Ich merke schon, dass man mir das ansieht.
Lächeln, Lilly, lächeln, sage ich mir wieder.
Es gibt aber auch ein eisiges Lächeln und das verschwende ich gerade großzügig an jeden, der mir eine Frage stellt.
Der eiskalte Wind draußen ist harmlos dagegen.
Pling. Ich stürze zu meinem Schreibtisch.

SMS von Hanna: Lust auf einen Mai-Ausflug am ersten Mai?
Spinnt die? Das Wetter ist miserabel. Mir kommt gar nicht erst in den Sinn, dass es schon morgen wieder wunderbar warm sein könnte. Wir haben schließlich April. Außerdem haben wir bereits Pläne. Ich werde später antworten.
Hilfe! Er will mich nicht mehr. Er hat gestern Abend eine andere kennengelernt. Auch gut, denke ich trotzig, dann habe ich wenigstens keinen Stress mehr. Nein, schreie ich innerlich, ich will, dass er mich will.
Pling. Ich schleiche um meinen Schreibtisch herum, weil ich Angst vor der nächsten Enttäuschung habe.
„Können sie mir mal bitte erklären, warum der Workshop nächste Woche ausfällt?"
Nicht jetzt! Jetzt will ich niemanden etwas erklären.
„Gerne, unser Trainer hat nächste Woche Urlaub. Das haben wir Ihnen aber zu Beginn des Jahres per Mail bereits mitgeteilt", versuche ich so freundlich wie möglich zu antworten.
„Die habe ich nicht bekommen", schnauzt mich der Herr unfreundlich an.
War ja klar.
„Oh, das bedauern wir sehr. Ich hoffe, Sie haben deshalb keine Unannehmlichkeiten."
Er brummelt noch irgendetwas und verschwindet.
Endlich kann ich mit zittrigen Händen mein Handy greifen und die SMS öffnen.
SMS von Andi: Sorry, tut mir so leid, dass ich mich nicht gemeldet habe, aber gestern rief meine Mutter an, um mir mitzuteilen, dass es meinem Vater sehr schlecht gehen würde. Können wir uns später noch ganz kurz treffen? Bussi
Antwort-SMS (von purer Erleichterung und Mitleid getrieben): Aber klar. Um 17:00 Uhr in unserem Café.
Ich habe eigentlich so etwas von gar keine Zeit, aber ich muss ihn nach diesem SMS-Stress heute sehen. Außerdem braucht er mich. Mir wird schon eine Ausrede einfallen.

„Kann ich Ihnen helfen?" frage ich den nächsten Besucher zuckersüß.

Er ist schon da, als ich ins Café stürme. Oh je, sieht der unglücklich aus.
"Mein Vater hatte am Wochenende einen Herzinfarkt und es geht ihm sehr schlecht."
"Willst du nicht hinfahren?"
"Wollen schon. Oh Gott, ist mir das peinlich. Ich muss ehrlich zugeben, dass ich nicht genug Geld dafür habe."
"Kannst du dein Konto nicht überziehen?" Ich werde mit Sicherheit seinen Kaffee zahlen.
"Keine Chance mehr, aber lass uns über etwas anderes reden, es ist mir echt zu unangenehm."
"Nein, auf keinen Fall. Du musst da hin. Du machst dir später Vorwürfe. Würdest du überhaupt frei bekommen? Frage doch deine Mutter, ob sie dir nicht Geld überweisen kann." Meine Worte überschlagen sich. Ich stelle mir vor, wie schrecklich es für mich wäre, wenn mein Vater einen Herzinfarkt hätte und ich ihn nicht besuchen könnte. Entsetzlich.
"Nein, das will ich nicht. Meine Mutter hat dafür jetzt auch keinen Nerv. Sie würde es mir sicher geben, wenn ich dort bin, aber überweisen...das ist ihr zu stressig."
Aha? Merkwürdig! Aber wer weiß, vielleicht ist sie sehr gebrechlich. Wie schlimm, wenn jetzt dem Vater etwas passieren würde und Andi seine Unstimmigkeiten mit ihm noch nicht geklärt hätte.
"Ich kann dir das Geld leihen", höre ich mich sagen. Nein, das kann nicht sein, das habe ich nicht gesagt.
"Wieviel brauchst du denn?" setze ich noch eins drauf. Hilfe, halte doch endlich deinen Mund, Lilly!
"Würdest du das wirklich tun? Oh mein Gott, das ist ja fantastisch. Du bekommst das Geld sofort zurück, wenn ich wieder da bin. Meine Mutter gibt es mir bestimmt. Ich denke, ich brauche so ungefähr 300 Euro."

Gedanklich bin ich gerade vom Stuhl gefallen. Meine Hülle allerdings, die offensichtlich die Macht über mich bekommen hat und großzügig Geld verleiht, sitzt freundlich lächelnd weiter auf ihrem Platz und schlürft Kaffee.
Wir besprechen noch, wann die Geldübergabe stattfinden kann und gehen für heute getrennte Wege. Ich bin mir absolut sicher, dass ich jetzt endgültig den Verstand verloren habe.

Dienstagmorgen. Andi redet und redet und redet. Ich höre nicht zu, sondern sehe ständig die 300 Euro vor meinen Augen zerfließen. Das kann ich im Moment nicht einmal Melli erzählen. Ich kann doch keinem fremden Mann, und das ist er nun mal für mich nach dieser kurzen Zeit (Sex ist definitiv kein Vertrauensbeweis), so viel Geld leihen. Doch ich kann. Ganz offensichtlich!

Mittwochmorgen. Geldübergabe. Er muss mit mir aussteigen. Das war meine Bedingung. Ich drücke ihm doch nicht vor versammelter frühmorgendlicher U-Bahnmannschaft das Geld in die Hand. Leider muss ich die Einladung zum Kaffee auch ausschlagen (den würde er doch sowieso mit meinem Geld bezahlen), da ich dringend pünktlich in der Arbeit sein muss. Er verabschiedet sich mit einer Riesendanksagung bezüglich meiner großartigen Leihgabe und verschwindet mit dem Versprechen, sich sofort zu melden, wenn er seinen Vater besucht haben wird.
Ich stürme meinen Süßigkeiten Laden und kaufe erst mal richtig ein. Frustschokolade, ohne Ende.

Donnerstagmorgen. Er hat heute bereits Urlaub genommen, um am Nachmittag zu seinen Eltern zu fahren. Ich bin richtig froh darüber. So etwas passiert mir bestimmt nicht mehr. Das Geld ist wie die Sahnehaube auf meinem Fremdgehen.

Außerdem muss ich mich jetzt möglicherweise so lange mit ihm treffen, bis er mir das Geld zurückgeben kann. Aus irgendwelchen unerfindlichen Gründen habe ich das ungute Gefühl, dass das nicht so bald passieren wird.

Am Abend treffe ich mich mit den Mädels. Wunderbar. Ablenkung pur.
Thema: Jahresausflug.
Valerie wird erst später kommen. Sie ist heute wieder mal auf irgendeiner Tupper-Party. Ich kann damit überhaupt nichts anfangen. Ich habe grundsätzlich ein gespaltenes Verhältnis zu dieser Art von Verkaufsveranstaltungen. Irgendwie sind sie auch nicht anders, als die berühmten ‚Kaffeefahrten' älterer Damen. Die Teilnehmerinnen kommen dann mit einer Heizdecke oder einer Buchreihe über Nepal nach Hause und können dann absolut nichts damit anfangen. Aber egal, Hauptsache, die Busfahrt und der dünne Kaffee waren umsonst.
Wie gesagt, all diese schönen Partys machen mir in erster Linie keinen Spaß und bedeuten hochgradige Zeitverschwendung für mich. Zudem sind sie äußerst gefährlich, da ich zu jener Personengruppe gehöre, die sich schämt, nichts zu kaufen, wenn sich das Verkaufspersonal einen ganzen Abend dermaßen ins Zeug legt. Ich würde von einer ‚Kaffeefahrt' wahrscheinlich mit zwei Heizdecken und der Buchreihe zurückkommen.
Meine Freundinnen haben ähnliche Gedanken, wenn sie nur das Wort Tupper hören. Außer Valerie. Für uns bedeutet es Höchststrafe, wenn Valerie ankündigt, dass sie eine derartige Party ausrichten wird und wir natürlich als beste Freundinnen daran teilnehmen müssen. Ich suche mir schon ganz am Anfang den günstigsten und trotzdem einigermaßen brauchbaren (ich muss zugeben, es gibt sicher sehr viel brauchbares, aber demensprechend teures von Tupperware) Artikel heraus und gebe mich dann dem Alkohol und meinen eigenen Gedanken hin. Ich kann hervorragend vortäu-

schen, dass ich interessiert zuhöre. So kann ich solche Abende dann doch überstehen.
Jetzt aber zurück zum Thema Jahresausflug.
Wie gesagt, ist in diesem Jahr Verona die Stadt, die wir erobern wollen. Wir können dort auch wunderbar mit dem Zug hinfahren, was wir sehr schätzen, weil die Zugfahrten echt Spaß bedeuten (nicht die Zugfahrt nach Dresden, wie ihr bereits wisst). Bis jetzt haben wir einen fixen Termin ausgearbeitet (vom 21. bis zum 24. Mai), das Hotel ausgesucht und uns darauf geeinigt, an dem Freitag einen Ausflug mit dem Bus zum Gardasee zu machen. Unsere Reisechefin ist Bea. Sie ist es gewöhnt, ihr Leben mit vier Kindern zu organisieren. Deshalb, sei es für sie ein Leichtes, für uns die wichtigen Rahmenbedingungen, wie Hotel, Ausflüge, Restaurants etc. zu finden und zu buchen, behauptet sie. Sie hat uns auch an diesen gemeinsamen Wochenenden voll im Griff. Danach ist uns immer klar, warum ihre Kinder so gut erzogen sind. Aber genau das brauchen wir. Ich glaube, wir wären ein ziemlich verwirrter Haufen, wenn wir nicht ab und zu eine klare Ansage bekommen würden.
Wie immer macht dieser Planungsabend enorm viel Spaß. Allerdings bei der Diskussion über die Kosten der Busfahrt nach Lazise steige ich aus. Ist mir doch egal, ich habe schließlich Geld wie Heu, das ich großzügig an Sexkumpels verleihe, was stören mich dann ein paar Euro mehr, wenn wir mit dem komfortableren Bus fahren. Nicht daran denken. In dem Moment allerdings: Pling. Ich weiß genau, von wem die SMS ist, die jetzt auf meinem Handy brennt und dringend gelesen und beantwortet werden möchte. Ne, das muss warten. Keine Lust auf blöde Bemerkungen von meinen neugierigen Freundinnen. Mir reicht schon der wissende Blick von Melli.
Auf alle Fälle habe ich das angenehme Gefühl, einen lustigen Abend verbracht zu haben, als ich mich an den schnarchenden Norbert kuschle.

Freitagmorgen. Ich lese erst jetzt die SMS von Andi, die er mir gestern Abend geschickt hatte.
SMS von Andi: Hallo meine Schöne (gefällt mir). Meinem Vater geht es besser. Er wollte mich sogar sehen. Ich bin dir so dankbar. Komme am Sonntag zurück. Bussi Bussi Bussi
Antwort-SMS: Das freut mich sehr. Bussi (eins muss reichen)

Das Wochenende verläuft friedlich und harmonisch. Aber irgendwie stört es mich, dass sich Andi nur noch zweimal meldet. Am Sonntagabend habe ich auf einmal das Gefühl, dass ich ihn wirklich gerne sehen würde. Das ist ziemlich merkwürdig! Vielleicht aber auch nicht. Ist es nicht so, dass man das, was man haben kann, als selbstverständlich und wenig reizvoll empfindet, schlecht erreichbare Dinge hingegen, als äußerst spannend und wünschenswert. Wenn das stimmt, würde es bedeuten, dass nicht nur ich verrückt bin, sondern der Mensch an sich. Das wäre wesentlich besser für mich. Also, genug nachgedacht. Mal sehen, ob mir Andi morgen wieder ein Date vorschlägt.

Montagmorgen. Ein überschwänglicher Andi flüstert mir sofort zu, dass er mich unbedingt treffen möchte. Ich schlage den Dienstagabend vor (Norbert hat da seinen Fußballstammtisch, der relativ sporadisch stattfindet). Andi schlägt als Treffpunkt seine Wohnung vor (warum wohl?). Ich bestehe darauf, den Wein mitzubringen (durchgeknallt, wie immer!) und die Pinkfarbene schnarcht.

Am Abend kochen Alex und Pitt für uns. Unangekündigt. Als ich nach Hause komme, sind sie schon voll im Vorbereitungschaos. Meine Küche, meine schöne Küche. Sag jetzt ja nichts Lilly, bete ich mir im Stillen immer wieder vor. Das ist eine einmalige Sache und nur nett von ihnen gemeint. Ich sehe deutlich, dass auch Norbert sich die eine oder andere Bemerkung verkneift und sich skeptisch hinter den Tisch verzieht. Zu Recht ist Skepsis angesagt, denn sehr bald, nachdem wir wieder und wieder bekundet hatten, dass es uns hervorragend schmecken würde, eröffnen sie uns, dass sie gemeinsam in den großen Ferien nach Griechenland fliegen wollen. Tja, es gibt wohl wirklich nichts umsonst!!!!

Dienstagmorgen. Bin wieder total aufgeregt und bevor ich einen vernünftigen Gedanken fassen kann, stürme ich meinen Schokoladenladen. Ich muss gewaltig aufrüsten, um den Tag bis heute Abend überstehen zu können.
In der Arbeit werde ich gleich von einem Kandidaten vor der Tür überfallen. Ich habe nämlich diese Woche die Schlüsselgewalt, sprich, ich muss als erste da sein und aufsperren. Das fällt mir im Normalfall nicht schwer. Ich fange gerne etwas früher an und heute kam mir die Tatsache sehr entgegen, dass ich eine U-Bahn eher nehmen musste. Aber wie gesagt, ich werde schon vor der Tür mit einem Wortschwall empfangen.
„Warum muss ich hier vorm Haus warten? Das ist doch unmöglich. Schließlich habe ich um 8:30 Uhr einen Beratungstermin."
Ich lächle ihn freundlich an.
„Aber Herr Kirschbaum (manche Kandidaten kennt man bereits nach einer Woche beim Namen), sie wissen doch, dass unsere Öffnungszeiten von 8:00 Uhr bis 17:00 Uhr sind. Und jetzt ist es gerade erst einmal 7:50 Uhr. Sehen Sie, da ist es doch gut, dass ich jetzt schon da bin."
„Sagen Sie das mal der Bahn. Schließlich muss ich mich nach meiner Bahnverbindung richten. Was mache ich zum Beispiel, falls es einmal regnet, dann muss ich hier vor der Tür stehen. Das ist doch vollkommen unzumutbar."
Er ist echt stocksauer und ich frage mich, wie er mit seiner ‚freundlichen' Art bis jetzt durchs Leben gekommen ist und den ein oder anderen Regenschauer überlebt hat.

„Schauen Sie, Herr Kirschbaum, heute ist das Wetter Ihnen ja hold und wenn Sie möchten, können Sie gerne einen Verbesserungsvorschlag bei uns einreichen."
‚… und wir werden mit Freuden im Büro übernachten, um Sie am Frühmorgen mit einem Frühstück zu überraschen', würde ich gerne hinzufügen. Schlucke es aber mit einem lieblichen Lächeln wohlweißlich hinunter.
Ohne mich eines weiteren Blickes zu würdigen, verschwindet er sofort in unserem Aufenthaltsraum.
Guten Morgen, lieber Arbeitstag, hast ja schon mal gut angefangen.
Dennoch lasse ich mich nicht weiter aus der Ruhe bringen. Ich freue mich auf heute Abend. Mal sehen, was mich erwartet. (Jetzt seid Ihr wohl überrascht, wie relaxed ich das Ganze auf einmal sehe. Ich auch, ehrlich gesagt.)

Auf dem Weg zu Andi fühle ich mich fast ein wenig verrucht. Bin ziemlich gespannt, was mich erwartet. Besserer Sex, als das letzte Mal? Eine Geldrückgabe?
Zumindest guter Wein, denn den bringe ich selbst mit.
Kaum hat er die Tür hinter mir geschlossen, küsst er mich wieder gleich zu Boden (buchstäblich). Abermals muss ich zugeben, dass er ein begnadeter Küsser ist, doch leider überwältigt ihn die Lust, was die erotische Zweisamkeit dieses Mal auf eine Minute reduziert. Wenn das der Fortschritt sein soll, den er gemacht hat, weil wir uns jetzt schon besser kennen, dann frage ich mich, was mich das nächste Mal erwartet. Wenigstens bleibt mir die stundenlange Wendeaktion erspart, aber mein einziger Höhepunkt heute Abend wird wohl wieder keinen sexuellen Hintergrund haben. Er hat natürlich sofort wieder eine Ausrede und ist an und für sich trotz Schnellschuss sehr zufrieden mit sich. Er ist vielmehr sogar der Meinung, dass ich darüber doch sehr glücklich sein muss, wie sehr er mich begehren würde. Na ja, wie man's nimmt.
Er erzählt danach ganz begeistert, als er sich das zweite Glas von meinem Wein einschenkt, wie gelungen der Be-

such bei seinem Vater gewesen sei. Von dem Geld kein Wort. Ich höre ihm schon gar nicht mehr zu, sondern überlege krampfhaft, wie ich das Thema aufs Tablett bringen kann.
„Und wie geht es deiner Mutter?"
„Sehr gut, sie war so dankbar, dass ich kommen konnte."
Kein Wort über mein Geld.
„Dann war es wohl wirklich gut, dass du die Möglichkeit hattest hinzufahren."
Der Zaunpfahl, der ihn auf meine Leihgabe hinweisen soll, ist wirklich unübersehbar riesig. Aber Andi.....
„Ich hatte auch ein sehr gutes Gespräch mit meinem Bruder."
Oh, er hat einen Bruder. Der ist wohl plötzlich aus dem Nichts erschienen. Warum hatte er den nicht um das Reisegeld gebeten.
„Ach", fällt es ihm plötzlich ein, „ich habe dir ja noch gar nicht von meinem Bruder erzählt. Der ist ein paar Jahre älter, als ich. Ungefähr so alt, wie du (danke!), nur lange nicht so attraktiv (klingt schon besser!). Auf alle Fälle ist er die meiste Zeit in Afrika. Er unterstützt dort ein Hilfsprojekt."
Ach du lieber Himmel! Das ist ja die heilige Familie. Alle sind im sozialen Sektor tätig. Seine Mutter hatte früher auch für Ärzte ohne Grenzen gearbeitet. Das hat mir Andi bei unserem letzten Treffen erzählt. Nur der Vater scheint dem Mammon nahe zu stehen. Sein Bruder hat also mit Sicherheit auch kein Geld zu verleihen. Kann ja nicht jeder Bill Gates sein, so wie ich.
Auf alle Fälle hatte sein Bruder ihm wohl vorgeschlagen, noch mal eine Zusatzausbildung zu machen. Er würde dann auch finanziell besser eingestuft werden.
„Allerdings", so fügt er tragisch hinzu, „fehlt mir das Geld für diese Ausbildung. Und meine Eltern kann ich im Moment wirklich nicht damit belasten."
In meinen Ohren klingelt es nicht nur, es läuten die Glocken vom Kölner Dom. Erstens will er mir damit wahr-

scheinlich sagen, dass er seine Mutter noch nicht um das Geld gebeten hat, das er mir zurückzahlen muss und zweitens ... hoffe ich, dass ich mich ganz arg täusche. Er kann doch nicht im Ernst annehmen, dass ich darauf anspringe und ihm das Geld für diese Ausbildung vorstrecke. Nein, das kann nicht sein. Ich höre schon das Gras wachsen. Dennoch habe ich ein flaues Gefühl im Magen, als ich mich zwei Stunden später auf den ewig langen Heimweg begebe. Ich muss das morgen mit Melli besprechen. Unbedingt.

Mittwochmorgen. Uninteressant.

Nach der Arbeit hänge ich sofort am Telefon. Melli ist entsetzt. Von dem Gänseblümchensex und von dem Geldverleih, den ich neuerdings betreibe. Ich habe ihr doch alles erzählt und sie ist baff.
„Ich dachte, dass so etwas nur mir passieren kann und jetzt hast ausgerechnet du dir die gleiche Pfeife geangelt."
„Na ja, so kann man das auch nicht sehen," versuche ich mich zu verteidigen, „ich bekomme das Geld ja zurück und er ist wirklich in einer Notlage."
„Glaubst du das eigentlich selbst, was du da sagst?"
„Ja, schon, weil sonst müsste ich das Ganze ja sofort beenden. Und übrigens, du bist ja definitiv auch nicht besser mit deinem Loser."
„Schon, aber du hast eine glückliche, wenn auch vielleicht inzwischen etwas langweilige Beziehung. Ich hingegen habe Frank und seine Freundinnen."
„Warum trennst du dich denn eigentlich nicht endlich von Frank?"
Ich bin jetzt ein bisschen sauer.
„Weil ich nicht so konsequent bin wie du. Bis jetzt zumindest warst du es immer."
„Na toll, du hast doch gesagt, ich soll mal abwarten, wie der Sex beim zweiten Mal sei..."

„Das meine ich ja gar nicht. Mich stört das mit dem Geld. Das kommt mir komisch vor. Ich überschütte Martin (Name der derzeitigen Affäre) zwar mit Geschenken, aber um Geld hat er mich noch nie gebeten."
„Hat Andi mich ja auch nicht", grummle ich vor mich hin, wohl wissend, dass sie eigentlich Recht hat.
„Sei nicht sauer, Lilly, ich will nur nicht, dass du bösartig enttäuscht wirst. Ich kenne das Gefühl zur Genüge."
„Ich bin nicht wirklich sauer. Du sprichst nur meine Gedanken laut aus und ausgesprochen hören sie sich nicht gut an."
„Vielleicht übertreiben wir auch nur. Schauen wir mal, wie es weiter geht."

Donnerstagmorgen. Heute muss ich Andi verklickern, dass ich an diesem langen Wochenende keine Zeit für ihn habe, weil ich mit Norbert nach Wien fahren werde. Das machen wir immer am 1. Mai. In diesem Jahr ist es perfekt, weil wir das ganze Wochenende bleiben können. Ich denke erst einmal lieber nicht an Alex, die zuhause bleiben will (natürlich mit Pitt im Schlepptau). Auf alle Fälle muss ich es Andi sagen. Vielleicht sage ich ihm nicht die ganze Wahrheit. Er muss ja nicht alles wissen und ich will nicht, dass er traurig ist, weil ich mit meinem Liebsten ein schönes Wochenende verbringen werde, während er Dienst im Krankenhaus hat.
„Wir werden uns leider am Wochenende nicht sehen können, weil meine Tochter kommt", strahlt er mich an, als er sich neben mich setzt.
Was? Er will mich gar nicht sehen. Toll! Jetzt bin ich beleidigt und vergesse dabei ganz, dass ich sowieso keine Zeit habe.
„Aha, bleibt sie wohl das ganze Wochenende? Bringt deine Ex-Frau sie zu dir?"
„Nein, sie kommt heute Abend allein mit dem Zug und bleibt bis zum Sonntag. Meine Ex-Frau würde sie nie zu

mir bringen und sie zahlt natürlich auch keinen Cent für die Zugfahrt, weil sie vermeiden möchte, dass ich meine Kinder zu sehen bekomme. Ich hoffe, ich kann ein paar extra Stunden arbeiten, damit ich mit dem Geld im Mai auskomme, weil ich die Fahrt bezahlen muss und ich natürlich auch etwas mit ihr unternehmen möchte."
Mein Gott, sieht er jetzt traurig aus. Mein Geldbeutel ruft mir zu, dass ich zwei Fünfzigeuroscheine dabei habe. Die könnte ich doch dem armen Vater neben mir geben, der seine Tochter so selten sieht. Ich denke an Alex und daran, dass es selbstverständlich ist, dass sie ihren Vater sooft sehen kann, wie sie möchte und wie glücklich ich darüber bin, dass sie bei mir wohnt. Neeeiiiiin Lilly, tu es nicht schreit mein Verstand, während meine Hände schon in der Tasche nach dem verräterischen Geldbeutel suchen. Ich werde am Wochenende so viel Spaß haben, warum sollten andere keine schönen Tage haben? Als ich mich von unseren Mitfahrern unbeobachtet fühle (wir sind inzwischen schon nicht mehr so interessant, dass uns dauernd einer belauscht oder laszive Blicke zuwirft), stecke ich ihm tatsächlich 100 Euro zu. Ich fühle mich, wie gelähmt, als er mir dankbar heimlich die Hand drückt. Bin ich tatsächlich Mutter Theresa oder einfach nur wahnsinnig?
Als ich mich, wie benommen, auf der Straße wiederfinde, ist mir klar, dass ich definitiv wahnsinnig sein muss.

Am Abend diskutiere ich beim Packen mit meiner Tochter darüber, wie ich mir ihr Wochenende allein in der Wohnung vorstelle und was sie sich dagegen von ihren freien Tagen erwartet. Meine Idealvorstellung ist natürlich, dass das Mädel brav zuhause sitzt und lernt (meinetwegen mit Pitt, dem Matheprofessor, da der inzwischen sowieso fast bei uns wohnt), Alex hingegen ist der Meinung, dass sie eigentlich jeden Abend eine Party veranstalten könnte und die Hälfte ihrer Freundinnen samt Anhang bei uns übers Wochenende wohnen sollten, weil dann alles viel einfacher wäre. Ich habe zwar keine Ahnung, was dann einfacher wäre, ich habe nur eine Ahnung, wie es dann hier aussehen würde und wie selten meine Tochter in ein Buch schauen würde. Wir einigen uns auf eine kleine Feier am Freitagabend (dann hat sie länger Zeit, die Wohnung wieder aufzuräumen) und darauf, dass Pitt beide Abende übernachten darf mit der Bedingung, dass sie ein paar Stunden Mathe lernen würden. Alex ist so glücklich darüber, dass Pitt sooft da sein darf, dass sie sich erst gar nicht weiter bemüht, mich davon zu überzeugen, dass sie am Samstagabend eine zweite Party machen möchte.

„Das hat sie aber geschickt eingefädelt", lacht Norbert später. „Sie hat ganz genau erreicht, was sie wollte. Indem sie dir deine Horrorversion von ihrem Wochenende selbst vorgeschlagen hatte, hat sie erreicht, dass du einer milderen Variante zugestimmt und dabei noch das Gefühl hast, dich durchgesetzt zu haben."
„Tja, ehrlich gesagt, ist mir das auch klar, aber lassen wir ihr die Freude. Beim nächsten Mal sieht es wieder anders aus."
Ich kann Norbert schließlich nicht sagen, warum ich meiner Tochter auch etwas Gutes tun wollte, wenn ich mich schon für das Wohlbefinden von Töchtern anderer Personen einsetze.
Und jetzt will ich einfach nicht mehr darüber nachdenken und mich ausgiebig auf Wien freuen.

MAI

Freitagmorgen. Keine U-Bahn, keine Kandidaten, keine Pinkfarbene und andere Lauscher. Juhu, wir sitzen im Auto und befinden uns bereits kurz vor Österreich.
Pling. SMS von Andi: Danke danke danke, ich bin so glücklich, dass die Kleine da ist. Werde heute mit ihr zum Pizzaessen gehen und morgen auf den Olympiaturm. Bussi Andi
Ich werde erst später antworten. Ich bin eine Heldin. Habe einer Zwölfjährigen und ihrem Vater ein paar schöne Stunden finanziert. Oh Gott, ich bin so verrückt, dass es mir schon Bauchschmerzen bereitet.
Trotzdem träume ich auf der Fahrt so vor mich hin. Als ich das letzte Mal bei Andi zuhause war, ist mir aufgefallen, dass eigentlich sehr viele Markenklamotten auf seinem Kleiderständer hängen. Irgendwie komisch, wenn man seinen notorischen Geldmangel betrachtet, aber er hat mal so etwas erwähnt, dass ein Freund ihn immer wieder mal mit abgelegten Pullis und T-Shirts versorgen würde. Ich fand das etwas merkwürdig, für ihn allerdings schien es mehr als selbstverständlich zu sein.
Ach, was soll's, ich will jetzt nur noch über Schönes nachdenken. Je weiter wir uns von München entfernen, desto angenehmer werden meine Gedanken an Andi. Die Bauchschmerzen verkrümeln sich und ich genieße die Träumereien, die mit der Realität absolut nichts mehr zu tun haben.

In Wien besuchen wir Freunde von Norbert. Er hat sie sozusagen in unsere ‚eheähnliche Gemeinschaft' mit eingebracht. Es handelt sich dabei um seinen ‚Sandkastenfreund, wie man so schön sagt, samt Ehefrau. Kathi ist Wienerin und wir lieben sie. Georg, wie gesagt, ist mit Norbert aufgewachsen und ein echter Niederbayer.
Traditionsgemäß erwarten sie uns schon mit einem Frühstück und da wir traumhaftes Wetter haben, biegt sich der

Tisch auf der Dachterrasse mit Köstlichkeiten. Habe ich schon erwähnt, dass ich Frühstück liebe? Ok, habe ich schon, aber ich kann es nicht oft genug betonen.
Wir haben uns viel zu erzählen und sie wollen alles über den Freund von Alex wissen. Sie vergöttern Alex, weil sie keine eigenen Kinder haben und Alex hat sie auch schon des Öfteren in den Ferien besucht. Ich bin davon überzeugt, dass Georg und Kathi uns bald in München aufsuchen werden, allein um Pitt kennenzulernen.
Die Beiden haben eine traumhafte Wohnung und das mitten in Wien. Ich gebe es zu, dass ich ganz arg neidisch bin. Das sage ich ihnen auch regelmäßig. Sie wissen genau, dass mein sogenannter Neid definitiv nichts mit Missgunst zu tun hat. Ich freue mich vielmehr darüber, dass es ihnen so gut geht und wir auch noch das Glück haben, ein paar Tage im Jahr in dieser extravaganten Umgebung verbringen zu dürfen.
Nachdem wir alle Neuigkeiten ausgetauscht haben (natürlich nicht die, meiner ganz persönlichen verwerflichen neuen Neigung zum Fremdgehen und Geldauswerfen), überlegen wir, wie wir die nächsten Tage gestalten wollen. Das ist unglaublich entspannend, da Kathi und Georg schon ein paar Vorschläge parat haben und wir ihren ortskundigen Heimvorteil nutzen können. Somit sehen wir jedes Mal Wien von einer Seite, die der normale Tourist selten zu sehen bekommt. Außerdem kommt kein Vorschlag von Norbert, was für mich sehr von Vorteil ist, weil die Vorschläge von Norbert meistens mit Bergwandern zu tun haben. Üblicherweise spielt sich das dann so ab:

Er sagt: „Wir könnten doch mal wieder auf den Berg gehen. Ich wollte schon immer mal auf den Trallalla Berg."
Ich sage: „Ne, also dafür ist es heute wirklich zu spät, da hätten wir früher aufstehen müssen, außerdem ist mir der sowieso zu hoch."
Er sagt: „Das schaffst du doch leicht. Komm, lass uns doch mal losfahren, dann sehen wir schon, ob es zu spät ist.

Sonst ist wieder ein Wochenende vergangen und wir waren wieder nicht auf dem Berg!"
Ich frage mich im Stillen: „Wo ist das Problem?"
Ich sage: „Toll, jetzt habe ich wieder Stress und muss mich beeilen und alles zusammenpacken...."
Er hört schon gar nicht mehr zu.
Wir starten nach einer Einpack-Aktion meinerseits und einer ‚da hab ich ja noch Zeit zum Zeitunglesen'-Aktion seinerseits los. Der Berg kommt bedrohlich näher und wird immer höher. Ich werde immer erschöpfter und bekomme schon innerliche Panikattacken, habe langsam aber keine Lust mehr, Norbert davon überzeugen zu wollen, dass ich absolut kein Interesse habe, diesen oder einen anderen Berg zu erklimmen.
Wir wandern los und der Spaßfaktor meinerseits unterschreitet bereits die minus Einhundert Hürde. Sein Spaßfaktor hingegen steigt ins Unermessliche und wenn ich seine Freude so sehe, schlucke ich nach zehn Schimpf- und Verzweiflungsattacken eine weitere Frustration herunter, die mich plagt, weil ich mich voller Angst von Norbert über den schmalen Grad ziehen lassen muss. Ich lächle ein bisschen aus Höflichkeit und Dankbarkeit, als wir auf dem Gipfel stehen und fast von einer Windböe nach unten befördert werden.
Er sagt: „Ist das nicht traumhaft?"
Ich sage, während ich mich verzweifelt an den nächstbesten Felsen klammere und mit Schreck den Abstieg vor mir sehe: „Ja, es ist echt schön (will ich doch seine Freude nicht verderben)."
Und dann kommt er und er kommt jedes Mal, der Satz, den ich wirklich nicht mehr hören kann:
„Siehst du, ich wusste, dass es dir gefallen würde. Ich muss dich halt immer wieder zu deinem Glück zwingen. Jetzt bist du bestimmt froh, dass ich dich überredet habe."
Das ist der Moment, wo ich innerlich zum Schreien anfange und zum wiederholten Male an seinem Verstand zweifle.

Aber wie gesagt, wir sind in einer fremden Stadt und somit bin ich vor Vorschlägen dieser Art sicher.

Es wird ein wundervoller Tag und als wir am Abend in dem riesigen, aber dennoch sehr gemütlichen Wohnzimmer sitzen, um unseren 5. Absacker zu trinken, muss ich plötzlich an Andi denken. Es geht mir so traumhaft gut, warum habe ich mich anderweitig verliebt? Habe ich mich überhaupt verliebt? Ich denke schon, warum würde ich sonst das Risiko eingehen, Norbert zu verlieren, wenn das Ganze rauskommt. Der klägliche Sex kann es wohl nicht sein. Und warum werfe ich Andi mein Geld nach? Helfersyndrom? Ich weiß es einfach nicht. Ich schiele auf mein Handy. Keine SMS. Finde ich auch nicht gut und es macht mich gleich wieder nervös. Sofort muss ich an diese Frau denken, mit der ich ihn gesehen habe. Quatsch, seine Tochter ist da, beruhige ich mich selbst, da ist er natürlich gut beschäftigt.

„…von einem Tag auf den anderen. Könnt ihr euch das vorstellen?" höre ich Kathi noch sagen.

„Was ist von einem Tag auf den anderen?"

„Du schläfst wohl schon", lacht Georg. „Kathi hat gerade von ihrer Freundin erzählt, die Hals über Kopf ihre Familie verlassen hat, nur weil ihr ein jüngerer Mann den Hof gemacht hatte, wie man so schön sagt, und jetzt steht sie vor dem Nichts. Die wunderbare Romanze hat genau einen Monat gedauert, aber die Familie will jetzt erst einmal nichts mehr von ihr wissen."

„Nachvollziehbar," sagt Norbert und ich würde mich jetzt liebend gerne in einem Loch verkriechen.

Pling, sagt mein Handy und lacht mich in meinem Dilemma aus.

Warum ausgerechnet jetzt?

Alle drei schauen mich erwartungsvoll an.

„Wer schreibt dir denn jetzt noch zu so später Stunde eine SMS?" Kathi schaut mehr neugierig, als interessiert.

„Weiß nicht", antworte ich bockig.

„Dann schau doch mal nach, vielleicht ist es ja wichtig, vielleicht ist es Alex."

Tja, da muss ich wohl in den sauren Apfel beißen und die SMS öffnen. Es ist der sehr sehr sehr verspätete Hinweis meines Netzanbieters, dass ich mich ja nun in Österreich befinden würde und er mir deswegen das ein oder andere Angebot machen möchte, um mir zu ermöglichen zu traumhaften Preisen zu telefonieren. Ich befürchte, dass man mir die Erleichterung ansehen kann, aber dem ist wohl nicht so. Ich bekomme von Georg nur wieder den Seitenhieb, dass ich doch endlich mal mit der Zeit gehen muss und mich für WhatsApp anmelden soll….bla bla bla.
Ich bin so dermaßen erleichtert, dass ich noch einen Absacker verlange. Freue mich schon auf den Kater, der mir in ein paar Stunden Gesellschaft leisten wird.

Samstagmorgen. Leichter Nebel. Aspirin. Duschen. Danach plötzlich wunderbares Wetter, wunderbares Frühstück und der Ausblick auf einen weiteren wundervollen Tag.

Sonntagmorgen. Siehe Samstagmorgen.

Montagmorgen. Zurück zur Normalität. Ich will nicht. Kein Wunder, dass mich gestern auf der Heimfahrt der bitterböse Sonntagsblues ergriffen hat. Ich leide nämlich ganz massiv unter der meist wöchentlich wiederkehrenden Traurigkeit, dass ja nach dem Sonntag ein Montag folgen wird. Dieses traurige Gefühl ist der sogenannte Sonntagsblues. Bei mir ist das schon chronisch. Ich hatte diese völlig unnötigen und das Leben erschwerenden Symptome schon als Kind. Es ist nicht an jedem Sonntag gleich schlimm, aber ganz massiv trifft es mich immer, wenn das Wochenende besonders schön war. Und besonders wild ist es, wenn mich am Montag etwas Unangenehmes erwartet.
Dieses Mal kommt natürlich alles zusammen. Selbst der Sonntagabend war noch super schön. Wir schlichen uns mit

dem Gefühl in die Wohnung, dass uns ein Chaos mit entsprechender Erklärung meiner Tochter erwarten würde. Dem war aber nicht so. Im Gegenteil, die Wohnung war picobello aufgeräumt, der Tisch gedeckt und es roch köstlich nach einer Pasta Sauce mit Steinpilzen. Pitt war natürlich auch da, und ich hätte ihn dafür küssen können, was er aus meiner Tochter gemacht hat. Bitte lieber Gott aller Mütter, lasse diese Beziehung noch lange anhalten.

Tja, aber heute ist Montag.
Angesäuert sitze ich in der U-Bahn und kein Mensch würde darauf kommen, dass ich ein so schönes Wochenende hinter mir habe und mit einer einhundertprozentigen Sicherheit würde mich jetzt kein Mensch ansprechen. Mein Blick ist mörderisch. Ich gebe zu, dass die Tatsache, von Andi keine SMS bekommen zu haben, mein Wochenende sporadisch schon ein wenig negativ beeinflusst hat, aber im Großen und Ganzen konnte ich es verdrängen. Jetzt allerdings bin ich richtig grantig. Was denkt der sich? Schließlich habe ich mich hervorragend und sehr großzügig verhalten, indem ich etwas Geld für ein gelungenes Wochenende mit seiner Tochter beigesteuert hatte. Ich bin nicht kleinlich, falls das jetzt jemand denkt und ich rechne auch nicht auf, aber eine kleine SMS ist mit Sicherheit nicht zu viel verlangt.
Fröhlich lässt er sich neben mir auf den speckigen U-Bahnsitz fallen.
„Mann, war das ein schönes Wochenende. Mein Mäuslein war so glücklich, hier zu sein.
Sobald es geht, werden wir das wiederholen."
Mit welchem Geld? Ich kann meine zynischen Gedanken nicht unterdrücken.
„Das ist ja toll", quäle ich aus mir raus. „Ihr ward wohl sehr beschäftigt."
Vergeblich versuche ich, nicht zickig zu klingen.
„Ja, wir waren nicht nur im Tierpark, sondern auch bla bla bla…."
Er hört gar nicht mehr auf zu reden.

„Das kannst du mir ja alles heute Abend erzählen."
Wir hatten vor dem Wochenende geplant, uns am Montagabend nach der Arbeit in unserem Café zu treffen. Irgendwie freue ich mich jetzt darauf. Kaum sehe ich ihn, schon schleichen sich doch wieder die Schmetterlinge in meinen Bauch.
„Ach, das tut mir leid, ich muss leider absagen, wir müssen verschieben."
„Aha!" Ich kann meinen Frust jetzt nicht mehr hinterm Berg halten. „Da hättest du mir ja gestern mal 'ne SMS schreiben können. Vielleicht hätte ich mir dann gerne etwas anderes vorgenommen."
Er schaut mich ganz unschuldig an.
„Jaaaa, das ist auch noch ein Problem, ich konnte meine Handyrechnung nicht bezahlen. Man hat mir kurzfristig mein Handy stillgelegt. Ich war ganz traurig, dass ich dir nicht schreiben konnte (na das kann er aber gut verbergen). Ich habe aber inzwischen gezahlt und es wird bald wieder funktionieren."
Na das ist zumindest eine Erklärung dafür, dass er keine SMS geschrieben hatte und meine Seele fängt langsam an, sich zu beruhigen. Dennoch ist meine Enttäuschung riesengroß, dass wir uns heute nicht sehen werden. Es trifft mich wesentlich mehr, als ich jemals gedacht hätte. Ich muss unbedingt wissen, warum wir uns heute nicht treffen können.
„Ich muss noch ein paar Extrastunden schieben, damit ich ein paar offene Rechnungen zahlen kann. Wir werden uns in nächster Zeit nicht wirklich oft sehen können. Ich muss echt ganz schön ranklotzen. Meine nächste Handyrechnung steht auch schon wieder bald an und ich finde es schrecklich, wenn ich dich nicht anrufen kann oder dir nicht schreiben kann, wie sehr ich in dich verliebt bin."
Das ist wie Balsam für mein überstrapaziertes Herz und mein Selbstbewusstsein, das noch vor ein paar Minuten massiv zu bröckeln begonnen hatte, bäumt sich gerade

wieder auf, um mir einen aufrechten Gang zu ermöglichen, als ich die U-Bahn verlassen muss.
Wir verschieben das Treffen auf den Mittwoch.

Dienstagmorgen. Freue mich auf Andi und lächle meine Mitfahrer der Reihe nach fröhlich an. Die Pinkfarbene (heute in violett) lächelt freundlich zurück. Es stört mich nicht einmal, dass der Herr mir gegenüber mit offenen Mund gähnt und nicht verbergen kann, dass er wohl vorher eine Banane gegessen hatte, die ihm einen übelriechenden Mundgeruch beschert hat. Als mein freundlicher Blick allerdings auf den Herrn mit den üblicherweise lasziven Blicken trifft, zwinkert dieser mir natürlich sofort wieder anzüglich zu, was mich dazu veranlasst, doch besser wieder in meiner Tasche rumzukramen.
Mein Herz hüpft regelrecht vor Freude, als Andi sich neben mich auf den Sitz fallen lässt und mir heimlich meine Hand drückt. Unglaublich, alle Gedanken bezüglich Schluss machen etc. sind verflogen. Ich fasse es ehrlich nicht mehr. Ich benehme mich wie ein irrer Teenager. Ist es das? Will ich nur wieder ein verliebter, irrer Teenager sein, jung sein? Vielleicht ja, vielleicht ist das die Erklärung. Aber irgendwie ist es doch anders. Als ich jung war, hätte ich nie einem Mann mein Geld (das bisschen, das ich hatte) in den Rachen geworfen. Nie und Nimmer!!!!!

Mittwochmorgen. Habe meinen Geldbeutel zuhause vergessen, muss also noch einmal umkehren, um ihn zu holen. Kann dementsprechend nicht mit unserer U-Bahn zur Arbeit fahren, sondern muss zwei Bahnen später nehmen. Mist.

Der Arbeitstag vergeht überhaupt nicht. Eine Kollegin erzählt mir ausführlich, warum ihr Sohn mit seiner Freundin Schluss gemacht hat. Es interessiert mich überhaupt

nicht, aber leider bin ich wieder einmal zu höflich und höre andächtig zu. So wirkt es zumindest. In Wirklichkeit denke ich die ganze Zeit an etwas anderes.
Pling. Meine Kollegin fühlt sich gestört.
„Tschuldigung, muss mal kurz schauen."
Mit diesen Worten verlasse ich die durchaus nicht über diese Störung erfreute Labertasche und bin mir dessen wohl bewusst, jetzt in Ungnade gefallen zu sein.
Ist mir egal.
SMS von Andi. Ich würde dich lieber bei mir treffen (Augenzwinkersmiley). Du kannst dir sicher denken, warum.
Hilfe.
Antwort-SMS. Ok.
Nochmal Hilfe.

Die Küsserei und den für mich wieder einmal sehr unbefriedigenden Sex erspare ich euch dieses Mal. Ich befinde mich bereits in seinem Badezimmer, um mich frisch zu machen. Etwas in diesem Raum stört mich schon die ganze Zeit und jetzt glaube ich, weiß ich, was es ist.
Er hat ein unglaublich teures Duschgel und ein mindestens dreimal so teures Parfüm samt Deo. Das überrascht mich enorm bei der angeblich prekären Finanzlage, in der er sich befindet. Vielleicht hat er alles ja geschenkt bekommen. Aber von wem?
Als ich in den dürftig eingeräumten Wohnraum zurückkomme, fallen mir auch sogleich wieder seine teuren Klamotten ins Auge. Ich bin jetzt mal ganz frech und frage ihn einfach nochmal. Schließlich ist es ihm auch nicht zu peinlich, sich von mir Geld zu leihen.
„Sag mal, du hast ziemlich schöne Pullis."
„Danke! Schön, dass sie dir gefallen", freut er sich selbstgefällig.
„Aber sind die nicht ziemlich teuer?"
„Keine Ahnung, die hat mir ein Freund überlassen, der plötzlich ziemlich zugenommen hat." Es fällt ihm nicht einmal auf, dass wir schon darüber gesprochen hatten.

Aha, denke ich mir, und das Parfüm wollte er sich dann nicht mehr über seinen dicken Körper schütten? Aber ich bohre nicht mehr nach. Ist mir gerade zu stressig, mir darüber Gedanken zu machen.
Wir unterhalten uns äußerst angeregt, als er plötzlich einen Anruf bekommt. Nach einen Blick auf das Display, entschuldigt er sich kurz und verschwindet im Bad. Sehr höflich, kann ich da nur sagen. Trotz seiner Bad-Flucht kann ich doch relativ deutlich hören, dass es sich um kein angenehmes Gespräch handelt. Seine Stimme klingt ziemlich verzweifelt und ich habe schon wieder Mitleid. Doppeltes Mitleid: erstens mit ihm, weil er sich wohl wieder mit schlechten Nachrichten herumschlagen muss und zweitens mit mir, weil ich meine Affäre nicht mal wirklich genießen kann, wenn ich mit ihm zusammen bin.
„Das darf doch einfach nicht wahr sein", poltert er gleich los, als er wieder auf dem Bett sitzt und einen kräftigen Schluck Wein in sich reinschüttet.
„Was ist denn los?"
„Ach, entschuldige bitte, dass ich dich ständig mit meinem Mist belästige. Lass uns über etwas anderes reden."
„Ok, wenn du meinst ...."
Meine Worte übergeht er völlig und jammert fleißig weiter:
„Stell dir vor, ich darf meine Kurse nur noch geben, wenn ich tatsächlich diese Zusatzausbildung mache, von der ich dir schon erzählt habe. Das wäre eigentlich nicht so schlimm, da ich sie an einem Wochenende machen kann, aber sie kostet natürlich einen Batzen Geld."
„Wieviel denn?" frage ich verzweifelt, weil ich schon wieder anfange an den Geldbeutel in meiner Tasche zu denken.
„Und wann musst du das Geld haben?"
„Genau das ist ja das größte Problem. Die Organisatoren der Kursprogramme meinten, dass ich diese Ausbildung noch vor meinem Kurs machen muss, den ich in zwei Wochen halten soll. Sie sagten, das wäre doch kein Problem, weil an diesem Wochenende genau das für mich in Frage kommende Trainingsprogramm angeboten würde."

„Ok, und du kannst nicht, weil du arbeiten musst?"
„Nein, weil ich das Geld nicht habe. 450 Euro."
Genau das habe ich befürchtet. Mist Mist Mist.. Halte dich ganz ruhig Lilly, das Geld kannst du ihm nicht geben, das ist doch völlig wahnsinnig.
„Entschuldigung, ich werde mal kurz meinen Bruder anrufen. Vielleicht kann er mir das Geld leihen." Mit diesen Worten verschwindet Andi wieder im Bad.
Komischerweise verstehe ich dieses Mal kein Wort, auch wenn ich mich noch so sehr anstrenge. Er scheint regelrecht zu flüstern.
Als er wieder zurückkommt, sieht er nach wie vor sehr angespannt aus und ich denke voller Sorge an mein Helfersyndrom.
„Tja, Robert würde mir 250 Euro leihen…"
Aha, sein Bruder heißt Robert, schweifen meine Gedanken ab. Ja, lass sie schweifen, die Gedanken, versuche ich mir selbst einzureden. Denke etwas anderes, denke nicht an das Geld. Er muss sich das anderweitig besorgen. Lilly, aufpassen, das Geld wirst du nie wieder sehen…
„Ok, dann leihe ich dir den Rest, 200 Euro."
Meine Stimme hat sich ganz einfach selbstständig gemacht und meine Gedanken total ignoriert. Es ist offiziell. Ich bin nicht mehr der Herr meines Körpers. Mein Herz sagt, ich liebe Norbert und im gleichen Moment schläft mein Körper mit Andi, mein Gehirn sagt, halte dich zurück, gebe ihm kein Geld mehr, mein Mund bietet es ihm großzügig an.
„Du bist ein Engel. Ich danke dir so sehr. Mit dieser Ausbildung kann ich nicht nur weiterhin die Kurse geben, mit denen ich mir bisher etwas dazu verdient habe, nein, da kann ich auch noch andere Schulungen für die Kollegen anbieten. Das heißt, ich werde mehr Geld verdienen und kann mir vielleicht bald eine größere Wohnung leisten."
„Das klingt doch sehr gut, dann kannst du mir das Geld, das ich dir geliehen habe, ja auch bald wieder zurückgeben."

Ich bin ganz stolz, dass ich dieses Mal die Worte über die Lippen gebracht habe, die mit meinen Wünschen und Gedanken übereinstimmen.
Er geht überhaupt nicht darauf ein und schwärmt von einer wunderbaren Zukunft. Man könnte meinen, dass er an einem Trainingsprogramm zum Geld drucken teilnehmen wird.

Donnerstagmorgen. Uninteressant.

Am Abend treffe ich mich mit den Mädels. Wir müssen dringend unseren Kurzurlaub in Verona weiter planen. Alle haben Zeit. Wunderbar. Ich freue mich darauf. Norbert ist leicht genervt, dass ich mich heute schon wieder ‚herumtreiben muss' (seine Worte!!!).
Geht's noch? Ich meckere ja auch nicht über seine Fußball- und sonstige Treffen.
Heute sind alle ziemlich pünktlich. Es geschehen tatsächlich noch Wunder. Sigi ist sogar schon da, als ich mit Melli gleichzeitig das Lokal betrete. Es sind nur noch zwei Wochen bis wir uns auf die große Fahrt begeben und wir müssen noch einige wichtige Details besprechen, wie z.B., wer den Prosecco für die Zugfahrt besorgen kann oder die Chips für den Notfall, dass wir spät am Abend im Hotel noch Hunger bekommen und in der Hotelbar keine „Nüsschen" ausgegeben werden. Bea war wieder superfleißig und hat neben den Bustickets für die Fahrt zum Gardasee auch schon die Eintrittskarten für die Arena (AIDA) mitgebracht. Außerdem hat sie uns schon einen Tisch für Donnerstagabend in einem Restaurant reserviert, das bekannt ist für seine hervorragende Küche und zudem noch erschwinglich. Das kommt mir sehr entgegen, da ich mir ja angewöhnt habe, mein Geld anderweitig ‚anzulegen'. Nur nicht daran denken.
Meine Hotelzimmernachbarin wird, wie üblich, Melli sein. Valerie wird sich das Zimmer mit Bea teilen. Sigi und Han-

na werden wieder Einzelzimmer nehmen, da angeblich ihre Schnarch Attacken zu massiv sind. Sigi wird dazu verdonnert, sich um eine kleine Reiseapotheke zu kümmern (Aspirin und viele, viele Pflaster für eventuelle Blasen an den Füßen).
Der Abend ist schnell vorbei, weil wir natürlich wieder einmal unsere bisherigen Reiseerlebnisse aufrollen und gut durchkauen.
Ich freue mich so auf das lange Wochenende mit meinen albernen Freundinnen.

Freitagmorgen. Andi ist heute schon auf der, von mir teilfinanzierten, Schulung. Es ist unglaublich warm in der U-Bahn. Die Schnarcherin hat ein lila (man beachte: nicht pink) Top an und ich muss feststellen, dass ein BH durchaus angebracht wäre. Sie sitzt mir gegenüber und scheint heute wohl nicht einschlafen zu wollen.
„Wo ist denn Ihr netter Bekannter?"
Was ist denn das für eine Frage? Erstens geht sie das nichts an und zweitens woher will sie wissen, dass er mein Bekannter ist und drittens, woran erkennt sie, ob er nett ist. Was soll ich jetzt da antworten?
„Keine Ahnung. Wir kennen uns nur sehr oberflächlich."
Warum sage ich so etwas? Ich bin doch niemanden hier in der U-Bahn Rechenschaft schuldig. Der anzügliche Herr hört auch schon zu.
„Ich habe das Gefühl, dass ich Ihren Freund kenne."
Das wird ja immer besser. Jetzt ist es schon mein 'Freund':
„Wie gesagt, wir kennen uns nur oberflächlich."
„Kann das sein, dass er in einem Krankenhaus arbeitet?" ignoriert sie voll meinen Einwurf.
„Keine Ahnung", lüge ich und fange an, wie so oft, wenn mir etwas unangenehm ist, in meiner Tasche zu kruschen.
„Doch", redet sie einfach weiter, „ich glaube, er ist Arzt. Ich denke ich habe ihn im bla bla bla Krankenhaus gesehen, als ich bei meiner Mutter zu Besuch war. Sie müssen wis-

sen, meiner Mutter hat man riesige Gallensteine herausoperiert."
Ich will das aber gar nicht wissen.
„Das tut mir aber leid", lüge ich schon wieder und springe von meinem Platz auf, um eine Haltestelle zu früh die U-Bahn zu verlassen.
Ich höre nur noch „Halt, Sie sind doch noch gar..." bevor sich die Türen schließen und ich mich auf den langen langen Weg zu meiner Arbeitsstelle machen muss. Ausgerechnet heute habe ich auch noch hochhackige Schuhe an. Dennoch bin ich froh, mich nicht länger mit der Pinkfarbenen unterhalten zu müssen.

Samstagmorgen. Wunderschönes Wetter. Bestens aufgelegte Alex (letzte Matheschulaufgabe: 2) dementsprechend hervorragend aufgelegte Mutter und Norbert ist sowieso ein fröhlicher Morgenmensch. Wir planen einen Ausflug für Sonntag in die Berge (Pitt darf mit) und wollen den Samstag jeder für sich einfach nur rumgammeln. Norbert plädiert zwar noch ein wenig an unsere Vernunft, das schöne Wetter heute schon zum Wandern zu nutzen (es könnte ja am Sonntag regnen), aber selbst bei ihm siegt die Faulheit.
Also wird auf dem Balkon gelesen und geschlafen.
Dazwischen immer wieder:
pling
pling
pling
Er denkt also trotz Kurs an mich. Vielleicht denkt er aber auch nur an meinen Geldbeutel. Wer weiß?

Sonntagmorgen. Muttertag. Muttertag wird völlig überbewertet und war mir von jeher nicht wirklich sympathisch. Als Alex noch ‚Kindergarten-klein' war, machte es zwar Spaß, wenn sie mir ihre etwas unbeholfen gebastelten Geschenke voller Stolz präsentierte, aber später fand ich es

echt unnötig, dass mir an einem Tag im Jahr (nur an einem Tag im Jahr) die volle Aufmerksamkeit galt.
Kurz und gut, mir ist dieser Tag nicht wichtig.
Übrigens, es schüttet und Norbert verbringt den ganzen Tag damit, uns darauf hinzuweisen, dass er es ja gewusst hätte. Die Hinweise sind allerdings nicht verbaler Art, sondern zeichnen sich vielmehr durch bedeutende Blicke aus, die er uns immer wieder zuwirft. Wir können damit allerdings bestens umgehen und ignorieren ihn einfach.
Und das, obwohl er doch extra wegen uns auf seinen heiligen Sonntagsfußball verzichtet hat.

Montagmorgen. Andi hat heute Spätschicht. Wir telefonieren. Selbstverständlich in der Büromaterialkammer. Während er mir aufs ausführlichste alle Schulungsinhalte erläutert und ich ihm definitiv nicht dabei zuhöre (bin beim zweiten Satz schon ausgestiegen) stelle ich fest, dass die Kammer inzwischen einer Müllhalde gleicht. Ich bin froh, dass ich zurzeit keinen neuen Block, Stift etc. brauche, denn hinter all den Kisten würde ich nur mit Mühe etwas finden. Wer ist eigentlich dafür zuständig? Bestimmt wir vom Empfang. Immer, wenn etwas nicht eindeutig zugeordnet werden kann, klatscht man es uns aufs Auge. Also werde ich mich ganz ruhig verhalten. Vielleicht erbarmt sich ja mal einer der Herren und entsorgt die ganzen leeren Druckerpapierkisten.
„Was meinst du?" will Andi wissen.
Ups, keine Ahnung was ich meine. Ich habe schließlich nicht zugehört.
„Tja, was meinst du denn?" frage ich vorsichtig zurück in der Hoffnung, dass er den letzten Satz wiederholen würde.
Prompt antwortet er auch perfekt für mich.
„Also, ich würde vorschlagen, dass wir uns am Mittwoch bei mir zuhause treffen. Ich habe allerdings nur eine Stunde Zeit. Überhaupt werde ich in den nächsten zwei Wochen einen zeitlichen Engpass haben, wegen der Kurse. Da muss

ich in dieser Woche auch noch einiges vorbereiten. Außerdem werde ich viele Nachtschichten haben, das bringt mir mehr Geld ein."
Gut so, denke ich.
„Fleißig!" lobe ich ihn. „Ich denke, wir sollten uns lieber in unserem Café treffen. Für eine Stunde lohnt es sich wirklich nicht, so weit zu fahren."
Oh, das war vielleicht nicht ganz so gut. Er schweigt beleidigt.
„Aber, wenn du möchtest, komme ich natürlich auch sehr gerne zu dir. Ich dachte nur…"
„Nein nein, du hast ja Recht. Café ist gut, aber nur, wenn ich dich dort auch küssen darf?" stimmt er mir zu.
Eigentlich nicht, denke ich.
„Aber klar", beteure ich.
Als ich wieder an meinen Platz zurückgehe, bin ich doch etwas pikiert, dass er nicht mehr darauf bestanden hatte, dass ich zu ihm kommen soll… verstehe einer die Frauen, würde mein Vater sagen, der hoffentlich nie etwas von meinem momentanen Zustand erfahren wird.

Dienstagmorgen. Nicht erwähnenswert.

Mittwochmorgen. Musste Norbert wieder mal anlügen, weil ich nach der Arbeit gleich ins Café gehen werde. Das fällt mir immer schwerer. Dann lass es doch Lilly, sage ich mir, aber dazu bin ich auch nicht bereit. Noch nicht!

Er hat mich tatsächlich sofort geküsst, als wir uns vor dem Café getroffen haben. Mein Gott, hoffentlich hat mich niemand gesehen.
Inzwischen sind wir wieder beim Thema Geld angekommen. Ich habe dieses Mal nur 10 Euro dabei. Wohlweislich.
Seine Frau möchte irgendeine Extra-Zahlung von ihm, wegen einer Schulveranstaltung oder so.

„Ich überlege mir ernsthaft, wie ich noch Geld dazu verdienen kann. Ein Freund von mir (der Dicke, der ihm die abgelegte Kleidung schenkt?) meinte, ich solle doch als Callboy arbeiten."
Spricht's und schaut mich erwartungsvoll an.
Jetzt bin ich erst einmal platt. Habe ich richtig gehört? Das meint der doch nicht ernst? Was erwartet er jetzt von mir? Dass ich laut aufschreie und ihn mit aller Macht daran hindern werde, weil ich ihn nicht mit tausend anderen Frauen teilen möchte? Denkt er, dass ich ihm gleich genügend Geld anbiete, damit er sich nicht verkaufen muss? Nein, das war bestimmt nur ein Witz.
„Mein Freund meint, ich wäre genau der Typ für so etwas. Die Frauen würden sich sicher um mich reißen."
Jetzt bin ich doppelt platt. Er meint das echt ernst und klingt richtig selbstverliebt.
Soll ich ihn darauf hinweisen, dass er sich wirklich nicht als Callboy eignen würde. So unfassbar schlecht, wie er sich auf der erotischen Ebene erwiesen hatte, wird er keine gute Reputation bekommen. Nein, das kann ich natürlich auch nicht machen, also ziehe ich es vor, weiter überrascht zu schauen.
„Nein, du brauchst keine Angst haben, dass du mich teilen musst, das mache ich nicht", beruhigt er mich völlig Sinn frei, weil ich gar keine Angst habe. Oh! Oh! Ich zweifle jetzt doch ein bisschen an seinem Verstand.

Donnerstagmorgen. Mein
Freitagmorgen. Leben
Samstagmorgen. Plätschert
Sonntagmorgen. Fröhlich
Montagmorgen. Vor
Dienstagmorgen. Sich
Mittwochmorgen. Hin

Donnerstagmorgen. Juhu, auf geht's nach Verona. Wir treffen uns am Hauptbahnhof und warten voller Panik auf Sigi, die natürlich erst in letzter Minute auf den Bahnsteig gelaufen kommt. Irgendwie hatte sie sich wohl bei der Auswahl ihres Koffers vergriffen. Sie hat nämlich ein riesiges Gepäckstück für diese 3 Nächte dabei. Ich wette, sie hat wie immer ihren riesengroßen Spezialföhn für ihre raspelkurzen Haare dabei. Jedes Mal behauptet sie, dass sie mit dem Fön im Hotelzimmer nicht zurechtkommen würde. Ich bin überrascht, dass sie ihre Haare überhaupt föhnen muss. Das ist, wie immer, guter Stoff für einen Lachflash (Ja, Lachflash! Laut diverser Frauenmagazine nennt man einen ‚Lachanfall' heute so. Ich befürchte sogar, dass man das schon viel länger so nennt, aber ich habe es einfach mal wieder nicht mitbekommen). Übrigens hatte natürlich Herbert unsere Sigi zum Bahnhof fahren müssen, sonst hätte sie es nie geschafft.

Laut gackernd suchen wir unsere Plätze und die Mitreisenden schauen schon ganz verängstigt. Sie sind mehr als glücklich, dass wir in den nächsten Großraumwagen müssen, weil wir natürlich zu früh eingestiegen sind, aus Angst, man könnte uns wohlweislich gleich am Bahnsteig zurücklassen. Im nächsten großen Wagon sitzt eine beachtlich laute Gruppe von männlichen Italienern. Wir sind empört. Wie kann man nur so laut sein!

Erfreut über die sechs mitreisenden Damen, bieten uns, wie es sich für einen Italiener gehört, die Herren gleich Rotwein an. Entschlossen lehnen wir ab. Zum einen wollen wir keine unnötige Verbrüderung und zum anderen haben wir ja unseren eigenen Prosecco dabei. Außerdem ist es wirklich noch zu früh für Alkohol. Wir werden mindestens noch eine Stunde warten. Jetzt organisieren wir uns erst mal alle einen Kaffee. Besser gesagt, macht das Hanna, die ohne Kaffee nicht existieren kann. Ich wette, sie hat heute zuhause schon ein paar Tassen getrunken.

„Allora! Ihr, wo fahren hin?"

Während wir unseren Kaffee schlürfen, hat sich inzwischen Italien, in Form von vier betagten Herren, um uns versammelt.

„Verona", antworte ich höflich und versuche die vernichtenden Blicke meiner Freundinnen zu ignorieren.

„Ahhhhh, Verona, che bella città! Ihr müsst gehen zu ristorante Mario."

Oh je, jetzt weiß ich, warum die anderen mich so mit ihren Blicken bombardiert haben. Die Italiener sehen meine kleine freundliche Antwort anscheinend als Beginn einer wunderbaren Freundschaft. Sie hören gar nicht mehr auf, uns mit blumigen italienischen Phrasen zu überschütten. Uns bleibt nichts anderes übrig, als sie solange zu ignorieren, bis sie schulterzuckend wieder auf ihre Plätze zurückgehen. Valerie, die seit ein paar Jahren auf der Volkshochschule mit einer unermüdlichen Begeisterung Italienisch-Kurse belegt und dementsprechend so Einiges verstehen kann, schaut etwas angespannt, als die Herren lauthals dem Rest der Truppe über uns Bericht erstatten.

„Was sagen die denn?"

„Das wollt ihr gar nicht wissen."

„Wollen wir schon."

„Ich sag es euch nur, wenn ihr mir versprecht, dass ihr locker darauf reagiert. Vor allem du, Melli, ich kenn dich."

Wir nicken alle eifrig und enorm neugierig.

„Sie lassen sich gerade darüber aus, dass wir wohl ein paar frustrierte deutsche Hausfrauen seien, die keine Ahnung vom schönen Italien und von den Männern haben würden."

„Geht's noch?" reagiert Melli aufbrausend. „Die sollen sich doch mal anschauen. Wir haben vielleicht nur kein Interesse an dickbäuchigen schmierigen Typen."

„Pst, sei leiser. Wir lassen uns doch von denen nicht unsere gute Laune verderben."

Bea holt zur Rettung den Prosecco aus ihrer Tasche.

Jetzt können der Spaß und das Gegacker beginnen. Den ersten Anlass für ein lautes Durcheinander gibt uns, wie auf jeder Zugfahrt, unsere liebe Hanna. Wir sind inzwischen schon in Kufstein und wie bei jedem etwas längerem Halt, steigt Hanna aus, um ihrem Laster zu frönen: Rauchen. Häufig ist das nur in bestimmten gelb markierten Bereichen erlaubt (zumindest in Deutschland) und es wird für uns jedes Mal zur Zitterpartie, falls dieser gelbe Bereich zu weit weg ist und Hanna quer über den Bahnsteig laufen muss, um wieder rechtzeitig im Zug zu sein.

Auf alle Fälle ist sie gerade hier in Kufstein ausgestiegen und ward nicht mehr gesehen. Der Zug setzt sich in Bewegung und versetzt uns damit in helle Aufregung, da keine Hanna auf ihrem Platz sitzt.

Melli versucht das Fenster zu öffnen, um zu sehen, ob sie am Bahnsteig steht, während wir wild durcheinander schreien, was zu tun sei. Die Italiener schauen uns verächtlich zu. Am liebsten würde ich ihnen die Zunge rausstrecken.

Nach fünf Minuten fallen wir in Schockstarre. So ein Mist. Ihr Handy klingelt fröhlich in ihrer Tasche auf ihrem Platz, als wir versuchen, sie anzurufen.

Plötzlich steht sie grinsend vor uns.

„Na, ihr dachtet wohl schon, ihr seid mich los."

Erleichtert schimpfen wir wild auf sie ein. Sie ist in einem völlig anderen Wagon eingestiegen und hat sich dann auch noch verlaufen. Typisch Hanna. Für uns allerdings eine weitere wunderbare Möglichkeit für einen neuen Lachflash (ihr seht, ich bin begeistert von diesem neuen Begriff, der meinen Wortschatz regelrecht erobert hat).

Inzwischen sind wir nach einer Flasche Prosecco (wir wollen am frühen Morgen doch nicht übertreiben), diversen Tassen Kaffee und üppig belegten Semmeln (für Nichtbayern: Brötchen), zwei kleinen Tüten Gummibärchen und einer großen Tafel Schokolade, heil und fröhlich, aber mit einem unendlichen Völlegefühl in Verona angekommen.

Das Wetter ist super und das Hotel gefällt uns allen auch sehr gut. Die Betten sind etwas klein, aber ich denke, Melli und ich, wir werden das schon schaffen.

Geduscht und aufgehübscht schwingen wir uns in den Shuttlebus. Der Fahrer ist ein ausgesprochen netter und galanter Italiener, der schon mal, in der Hoffnung auf ein fürstliches Trinkgeld, eine kleine Stadtrundfahrt mit uns macht. Das dauert nicht so lange, da Verona nicht gerade riesig ist. Trotzdem bekommt er einen ansehnlichen Obolus.
Der Nachmittag vergeht wie im Flug und nach einem kurzen Umziehaufenthalt im Hotel sitzen wir auch schon wieder, dezent parfümiert, im Shuttlebus. Der Fahrer hat inzwischen gewechselt und der neue erzählt uns sofort, dass unser selbsternannter Fremdenführer vom Nachmittag kein Italiener sei, sondern Pole. Er hingegen würde aus Sizilien kommen, was wir eindeutig auch erkennen können. Das Essen in dem vorreservierten Restaurant ist hervorragend und der Wein äußerst süffig. Da wir am ersten Abend nicht gleich übertreiben wollen, entscheiden wir, dass wir noch einen Absacker in der Hotelbar trinken wollen, die Hanna natürlich noch, bevor sie aufs Zimmer gegangen ist, besichtigen musste und für annehmbar befunden hatte.
Was für eine Enttäuschung. Die Bar hatte bereits um 23:00 Uhr geschlossen.
„Wir haben noch eine Flasche Prosecco übrig", verkündet Bea triumphierend, „und da ich immer mitdenke", gibt sie schamlos an, „habe ich die Flasche in den Kühlschrank im Zimmer gestellt."
„Du bist eine grässliche Angeberin, aber wir lieben dich", freuen wir uns alle und stürmen davon, um unsere Zahnputzgläser zu holen.
Ich hätte nach all dem Wein eigentlich lieber ein Bier, aber das in der Minibar ist so unverschämt teuer, dass ich freiwillig darauf verzichte.
Somit beschließen wir den ersten Tag auf einer kleinen Bank auf dem Parkplatz vor dem Hotel. Sehr unromantisch, aber wer braucht in dieser Konstellation Romantik?
Apropos Romantik. Ich habe fast nicht an Andi gedacht und bin sehr froh darüber.

Als ich schon im Bett liege macht es Pling. Egal, ich werde morgen antworten.

Freitagmorgen.
„Was rauscht denn da so?" Melli springt auf, um aus dem Fenster zu schauen.
„Es schüttet", schreit sie mich an, obwohl ich nur friedlich im Bett liege und mit Sicherheit nichts dafür kann.
Irgendwie hatten wir alle nicht damit gerechnet, dass es regnen würde. Zumindest nicht am Freitag, wenn wir zum Gardasee fahren wollen. Wir hatten zwar alle Notmaßnahmen bezüglich Arena und Regen besprochen, aber nie kam es uns in den Sinn, dass die Fahrt zum Gardasee buchstäblich ins Wasser fallen könnte.
Grummelig sitzen wir alle beim Frühstück und diskutieren hin und her, was wir nun machen sollen.
„Wir könnten ja stattdessen ein bisschen zum Shoppen gehen."
„In Verona kann man echt gut einkaufen, aber im Großen und Ganzen sind es die gleichen Geschäfte, wie in München."
„Und heute schon Julias Balkon bewundern? Im Regen?"
Sigi schaut bei dieser Bemerkung so verzweifelt aus, als müsste sie Julia noch nachträglich vor ihrem tragischen Schicksal bewahren, dass wir alle losbrüllen vor Lachen.
Das tut gut und bringt sofort die gute Laune zurück.
„Ja, ihr Lieben, vergesst nicht, dass wir schon die Bustickets haben, also bleibt uns sowieso nichts anderes übrig, als zu fahren", beendet Bea energisch die Diskussion.
Also schwirren wir aus in unsere Zimmer, packen unsere Regenjacken ein, die für die Arena geplant waren und schwingen uns in den Bus. Von der Landschaft bekommen wir gar nichts zu sehen, da es immer noch schüttet.
Pling.
„Muss Liebe schön sein", bemerkt Hanna, die hinter mir sitzt.

Wie erstarrt schaue ich Melli an, die ebenso überrascht ist, wie ich. Was weiß Hanna denn, schwirrt es mir durch den Kopf. (Kennt Ihr das, wenn man tausend Gedanken gleichzeitig hat?)
Wer hat es ihr erzählt? Hat sie mich gesehen? Warum hat sie mich bis jetzt nicht darauf angesprochen?
„Wie meinst du das?" frage ich vorsichtig und so leise, dass mich die anderen drei nicht hören können.
„Na ja, ich denke mal, dass das Norbert ist, der dir dauernd schreibt. Alex wird sich sicherlich nicht so oft melden, wir sind alle hier und – keine Ahnung, wer dir sonst so schreibt?" schaut sie mich neugierig an.
Puh, da fällt mir ein Stein vom Herzen, aber ich muss Andi sagen, dass er mir nicht mehr so oft schreiben soll. Das fällt echt auf.
„Ja, gestern hast du auch ständig SMS bekommen", mischt sich Sigi ein, „vielleicht hast du ja einen Verehrer?"
Das fragt die Richtige. Sigi trifft nämlich auf unsern Städtereisen jedes Mal mindestens einen männlichen ‚Bekannten'. Das ist inzwischen schon ein ungeschriebenes Gesetz.
„Nur keinen Neid", versuche ich abzulenken, „Norbert hat halt Sehnsucht."
„Ich hätte ihm nur nicht zugetraut, dass er so gerne simmst."
„Schaut mal lieber raus", beendet Melli mein Leiden, „die Sonne schiebt sich gerade durch die Wolken..." und erlöst mich von der lästigen Fragerei. Ich atme dankbar innerlich auf.
Tatsächlich hat sich das Thema für alle sofort erledigt, als der Gardasee im Sonnenschein vor uns liegt. Die Wolken haben sich ganz nach oben verzogen und hüllen die Berge bei Riva ein.
Wir trennen uns erst einmal in eine Bikinifraktion, die zum Baden an den See geht und eine Shoppingfraktion, die ihr Geld in Bardolino loswerden möchte.
Wir genießen nach den verregneten Anfangsschwierigkeiten alle einen wunderbaren Tag, den wir mit einer großen

Portion Spaghetti und viel Wein (und Bier) beenden, bevor uns der Bus gegen 22:00 Uhr zum Hotel zurück bringt. Heute verzichten wir sogar auf unseren obligatorischen Absacker im Hotel. Die Bar hat sowieso schon wieder geschlossen. Man könnte meinen, man ist auf einer Schülerfreizeit im tiefsten Bayrischen Wald und nicht in einem Hotel in Italien.

Samstagmorgen. Pling, pling, pling.
Als ich mein Handy anschalte, poppen schon wieder drei Nachrichten von Andi auf. Ich muss ihm wirklich sagen, dass das nicht mehr geht.
„Sag mal, warum stellst du das Ding nicht einfach auf lautlos?" Melli schaut mich verständnislos an.
„Weil ich das nicht kann", gebe ich kleinlaut zu.
„Was bist du denn für eine Pfeife?" lacht Melli, „Das kann doch wirklich jeder." Sie kann sich gar nicht mehr beruhigen und wo sie Recht hat, hat sie Recht.
Jetzt bekomme ich vor dem Frühstück erst mal 'ne Lektion zum Thema: wie stelle ich mein Handy lautlos. Juhu.
Das Wetter ist ein Traum. Nach dem Frühstück geht es ab in den Shuttlebus. Der polnische Fahrer begrüßt uns wieder mit seinem gebrochenen Deutsch und dem italienischen Akzent. Er klärt uns bereitwillig darüber auf, dass der angeblich ‚sizilianische' Fahrer vor zehn Jahren aus Rumänien gekommen sei und seit fünf Jahren in Verona leben würde, nachdem er die ersten fünf Jahre in Südtirol in einem Hotel gearbeitet hätte. Man könnte den Eindruck bekommen, dass diese beiden Fahrer sich nicht wirklich gut leiden können und dass wir definitiv keine Ahnung von Italienern haben.
Heute schlendern wir durch Verona und selbstverständlich muss der Balkon von Julia besichtigt werden. Wir sind natürlich nicht die Einzigen und lassen uns mit vielen anderen romantischen Schaulustigen in den Innenhof schieben.

„Na ja, ist ein bisschen klein und unscheinbar, der Balkon", meckert Bea vor sich hin.
„Was hast du denn erwartet? Eine riesige Dachterrasse?" Valerie klingt genervt. Sie ist sehr romantisch veranlagt und liebt Shakespeare. Ich kann mich noch sehr gut daran erinnern, als sie uns einmal ins Theater geschleppt hat, um gemeinsam mit ihr ‚King Lear' zu erleiden.
Wir stehen noch ganz hinten und ich kann mir nicht vorstellen, dass wir es jemals schaffen werden, unter dem Balkon zu stehen.
„Was ist denn da vorne los? Ich habe den Eindruck, dass da ein Fernsehteam ist."
Hanna hat einen Blick für so etwas. Sie ist immer an Prominenz interessiert und die Bunte ist ihr kein fremdes Magazin.
„Kannst du etwas erkennen, Sigi?"
Sigi ist die Größte von uns. Manchmal wirken wir wie ‚Schneewittchen und die fünf Zwerge', wenn wir zu sechst ‚auftreten'.
„Ja, ich glaube, da hinten ist Herbert Grönemeyer. Er wird gerade interviewt."
Eine Dame vor uns dreht sich empört um und schnauzt uns an.
„Das ist doch nicht Grönemeyer, das ist Westernhagen."
Oh Gott, Sigi hat mal wieder keinen Schimmer.
„Wie kannst du die verwechseln?"
Hanna ist entsetzt.
„Wir brauchen unbedingt ein Foto."
Melli als totaler Fan von Westernhagen ist völlig aufgelöst.
„Kommt, wir drängen uns nach vorne und stellen uns ganz in die Nähe, so, dass jemand ein Foto von uns machen kann und er hinten mit drauf ist." Ich bin inzwischen auch schon total aufgeregt.
„Das mache ich", schlägt Sigi vor, „ich habe sowieso kein Interesse an so einem Foto."
War ja klar, aber für uns super. Wir drängen uns unter Schimpfkanonaden rücksichtslos nach vorne. Uns allen

voran natürlich Sigi mit dem Fotoapparat. Ganz in der Nähe stellen wir uns so gut es geht auf, damit Sigi uns mit Marius gemeinsam auf die Linse bekommt.
Der Balkon und Julia sind uns inzwischen völlig schnuppe.
„Mach noch eins mit dem Handy." Melli drückt Sigi das Handy in die Hand. „Ich schicke es euch dann allen."
Als wir uns umdrehen, ist Westernhagen schon durch ‚irgendeine geheime Tür' verschwunden.
„Mann, jetzt war ich so nahe dran und habe ihn mir nicht einmal ganz genau angeschaut", jammert Melli verzweifelt.
„Ja, aber du hast wenigstens das Foto."
„Stimmt", und sofort hellt sich ihr Gesicht auf.
„Kommt weg hier von dem ganzen Getümmel oder wollt ihr noch ein Foto mit der goldenen Julia-Statue?"
Nein, das will keiner. Wir wollen alle die Fotos sehen.
Auf dem ersten Foto sind vorne fünf aufgeregte Hühner und im Hintergrund neben vielen anderen Köpfen, der des Herrn mit dem Mikrofon in der Hand zu sehen und sonst ‚NICHTS'. Auf dem zweiten Foto ist nicht einmal der Herr mit dem Mikrofon zu sehen, auf dem dritten Foto ist mein Kopf von dem Kopf eines Hundertjährigen verdeckt, was egal ist, weil auf keinem der Bilder (auch nicht auf Handyaufnahme) irgendwo Marius Müller Westernhagen zu sehen ist. Doch halt, auf dem Handyfoto sieht man ihn von hinten, als er gerade den Ort des Geschehens durch die Tür verlässt.
Wie erstarrt schauen wir Sigi an, die zufrieden lächelt.
„Was hast du dir denn dabei gedacht?" entlädt Melli ihren Frust.
„Wieso, Ihr seid, bis auf das eine Mal doch toll getroffen."
„Ja schon, aber er ist nirgends zu sehen."
„Tut mir leid, ich wusste nicht genau, wie er ausschaut. Ich dachte, es sei der neben dem Interviewer, weil er so auf das Mikro gestarrt hat."
„Nein, das war der Kabelhalter", rufen wir alle. Wir können es einfach nicht fassen.

Die nächsten zwei Stunden hat Sigi keine gute Zeit. Erst sind wir alle sauer, aber nachdem sich das gelegt hat (so wichtig ist das Foto auch wieder nicht) kommt der gnadenlose Spott. Wieder einmal hat es Sigi erwischt, aber sie hat genug Selbstbewusstsein und kann das gut ertragen.
Valerie schreibt schon wieder an Ralf. Er könnte ja mal eine Minute ihres Lebens verpassen. Wir lästern ein bisschen, aber das lässt sie kalt.
„Wir lieben uns halt", ist ihr ewiges Argument, das wir schon gar nicht mehr hören.
Der Rest vom Tag verläuft sehr gut und wir haben total viel Spaß.
Ich mache mir allerdings Gedanken um Melli. Schon lange hatten wir nicht mehr so viel Zeit, uns ausgiebig miteinander zu unterhalten. Ihr Lover hat sie anscheinend total im Griff und ich mag es nicht, wenn ich sehe, dass er alles mit ihr machen kann. Ich muss zwar den Mund halten, da ich mich durch meine großzügigen ‚Geldgeschenke' vor Melli ziemlich disqualifiziert habe, aber die Gedanken sind bekanntlich frei. Ihr Tonfall verändert sich sogar, wenn sie von ihm spricht. Sie hört sich regelrecht unterwürfig an, wenn sie von ihm erzählt und das sind alles keine schönen Geschichten. Ich kenne meine Melli so überhaupt nicht. Ich versuche, sie davon zu überzeugen, dass dieser Mensch nicht gut für sie ist, aber das ist im Moment noch hoffnungslos. Nicht zuletzt deshalb, weil ich ja nicht besser bin. Ob die anderen so ganz ohne Fehler dieser Art sind, fragen wir uns oft. Vielleicht schreibt Valerie ja nicht dauernd an Ralf. Wer weiß?
Der Abend in der Arena beginnt fantastisch. Wir haben ein kleines Picknick dabei und ganz viel Wein (und Bier). Die Regenjacken haben alle, im Hotel gelassen, da das Wetter genial schön ist. Ich allerdings habe immer ein Miniregencape aus dem Schnäppchenmarkt dabei. Ich war extra vor unserer Reise noch einmal dort, um sechs Capes zu kaufen. Die habe ich alle in meiner Handtasche, weil ich schon

weiß, dass die anderen mit Sicherheit darüber froh sein werden, falls es zu regnen anfangen sollte.
Und prompt fängt es in der letzten halben Stunde an zu schütten. Ich bin jetzt die absolute Heldin und der Sprizz nach der Vorstellung ist mir sicher.
Kaum ist die Oper zu Ende, hört der Regen auf. Es ist immer noch warm genug auf dem Marktplatz etwas zu trinken und dank meiner weisen Voraussicht sind wir auch alle trocken.
Ich fühle mich bestens. Meine Freundinnen lieben mich (nicht nur wegen der Regencapes), Norbert hatte mir am Spätnachmittag bei einem kurzen Telefongespräch noch versichert, dass er sich ja so dermaßen auf mich freuen würde (übertreib, übertreib) und er und Alex (mit Professor natürlich) am nächsten Abend für mich kochen würden. Was will ich mehr? Dennoch, obwohl ich es nicht mehr hören kann, weil ich ja jetzt der absolute Handyspezialist bin, spüre ich die vielen Pling, Pling, Pling und kann mir im Moment überhaupt nicht vorstellen, wie es weiter gehen soll. Nicht daran denken, sondern die Nacht genießen!!!

Sonntagmorgen. Geschniegelt und gebügelt sitzen wir schon beim Frühstück. Die Koffer sind bereits gepackt. Außer bei Sigi natürlich, auf die wir sicherlich wieder warten müssen. Hanna hat ihre erste Zigarette auch schon geraucht. Alles perfekt. Dennoch wirken wir alle etwas traurig. Nicht wegen der misslungenen Westernhagen-Fotos, sondern vielmehr deshalb, weil heute schon der letzte Tag ist.
„Los, Mädels, legt den Trauerflor ab, schließlich haben wir noch fast einen ganzen Tag zusammen. Wir kommen doch erst um 19:00 Uhr in München an. Bis dahin gehört der Tag noch uns ganz alleine."
Bea hat ganz Recht. Den letzten Tag noch voll genießen ist angesagt: wenig Bewegung, viele Cafés und für jede noch eine große Portion Spaghetti oder Risotto.

Am späteren Nachmittag heißt es dann: Ciao Verona

Montagmorgen. Neeeeiiiin, der Alltag hat mich wieder. Andi begrüßt mich, als wäre ich Wochen verschollen gewesen. Die anderen U-Bahnfahrer ignorieren uns inzwischen schon so, als wären wir unsichtbar. Auch gut.
„Na, wie war dein Wochenende?" Andi schaut mich erwartungsvoll an.
Als ich den Mund öffne, um zu antworten, spricht er aber bereits weiter.
„Also mein Wochenende war schrecklich. Ich musste Extra-Stunden schieben, weil ein anderer Pfleger sich leider plötzlich einen Virus eingefangen hatte. Eigentlich sollte ich ja darüber froh sein, nicht über den Virus, sondern über die Überstunden, die mir wieder mehr Geld einbringen. Aber das ist ja nur ein Tropfen auf den heißen Stein bla bla blub."
Ich höre nicht mehr zu. Dauernd das Thema Geld. Gut so! So macht er meine manchmal noch aufflammenden romantischen Gefühle ganz allein zunichte. Gedankenverloren schaue ich mir ihn ein bisschen genauer an. Ich glaube, er hat ein ganz neues Hemd von Marco Polo an.
„Hast du deinen Freund getroffen?" unterbreche ich seine Jammerei ganz unvermittelt.
„Nein, wieso? Welchen denn?"
„Na, den, der dir seine abgelegten Sachen schenkt."
„Ach so, der. Nein, habe ich nicht weil ich schließlich kaum Zeit hatte…, " kommt er wieder zurück auf seine viel zu lange Rede.
Ich bin dann gedanklich mal weg. In Verona. Ciao.

Norbert erzählt mir am Abend davon, dass er wohl zurzeit ein paar Probleme in der Arbeit hat. Das stresst mich ungemein. Ich kann damit umgehen, wenn es mir selbst schlecht geht. Das ist dann meine Sache, die bekomme ich schon hin. Wenn meine Lieben allerdings Probleme haben, dann drehe ich durch. Damit komme ich nicht zurecht, weil ich möglicherweise nichts dafür tun kann, um sie zu retten. Dementsprechend leide ich jetzt mit Norbert mit. Ich befürchte, ich leide sogar noch mehr, als er. Ganz zu schweigen, dass ich diesen armen Mann auch noch hintergehe.

Erst heute Morgen nach der langen Jammerrede hatte mir Andi seinen Zweitschlüssel anvertraut, weil wir uns am Mittwochabend in seiner Wohnung treffen wollen. Dienstagabend hat er nämlich schon wieder mal Dienst, was ich langsam aber sicher sehr merkwürdig finde und mir diese Frau, mit der er in der Kneipe war, wieder in Erinnerung bringt, die er allerdings nie mit einem Wort erwähnt hat Hysterie, Lilly, reine Hysterie. Außerdem kann es mir theoretisch vollkommen egal sein. Ich bin schließlich auch in einer Beziehung und habe auf keinen Fall vor, Norbert zu verlassen. Also, kann Andi schließlich auch machen, was er will. Aber ich finde, er müsste es mir sagen, wenn da noch eine Frau in seinem Leben ist. Und eigentlich will ich das nicht. Ich will die einzige sein, diejenige, die ihn aus seiner ‚nachehelichen Depression' befreit hat, wie er mir auch immer wieder beteuert. Auf alle Fälle konnte er mir heute früh nicht genau sagen, ob er am Mittwoch pünktlich da sein würde und um mir das Leben leichter zu machen (seine Worte) sollte ich doch den Schlüssel nehmen, damit ich dann in der Wohnung auf ihn warten kann. Das geht mir echt schon zu weit, aber die Bequemlichkeit siegt.

Jetzt brennt der Schlüssel in meiner Tasche. Ich kann den Brandgeruch bis ins Bett riechen. Oh Gott, meine Phantasie geht wieder mit mir durch.

Dienstagmorgen. Kein Andi in der U-Bahn. Merkwürdig.
Bis Mittag kein Pling (obwohl ich den Ton laut gestellt habe). Gegen 13:00 Uhr bekomme ich einen Anruf von Andi. Mit schwacher Stimme (ich befürchte eine neue Jammerei und Geldabfrage, werde aber gleich eines Besse-

ren belehrt) berichtet er, dass er im Krankenhaus sei und der Verdacht auf Herzinfarkt bestehen würde.
Waaaaas? Mit Ende 30 einen Herzinfarkt. Das kann und will ich nicht glauben. Sofort verfalle ich in ein Wechselbad der Gefühle. Sorge, Mitleid, Angst. Was soll ich jetzt nur tun? Er sagt, er würde mich auf dem Laufenden halten. Ich könne ihn heute sowieso noch nicht besuchen. Oh Gott, wie schwach seine Stimme klingt. Ich sehe ihn direkt vor mir: auf der Intensivstation mit tausend Schläuchen, völlig allein, weil er eine böse Exfrau hat, die sich mit Sicherheit nicht um ihn kümmert, alte Eltern, die er nicht belasten darf, da der Vater selbst erst eine Herzgeschichte überlebt hat, einen Bruder, der gerade die Welt retten muss, Kinder, die zu weit weg sind und eine Geliebte, die sich auf keinen Fall als solche outen möchte. Apropos ʻnicht outen möchteʻ, sie möchte auch nicht entlarvt werden und genau in diesem Moment fällt ihr ein, dass sie beim letzten Besuch in Andis Wohnung ihren Pulli vergessen hatte.

„Hilfe Melli, ich muss unbedingt in diese Wohnung, meinen Pulli holen…"
Natürlich habe ich sofort Melli angerufen, um ihr von dieser schrecklichen Herzinfarkt-Geschichte zu erzählen.
„…Man wird ihn finden und dann auch noch meine Fingerabdrücke…"
„Jetzt kommʻ aber wieder mal runter", unterbricht Melli mich, „du bist ja vollkommen hysterisch. Warum sollte denn jemand deine Fingerabdrücke finden? Warum sollte denn überhaupt jemand danach suchen? Bei einer Herzgeschichte? Außerdem lebt er doch noch…"
Melli hat Recht (schon wieder einmal), ich bin einfach total durcheinander.
„Was soll ich jetzt nur tun? Muss ich mich jetzt um ihn kümmern?"
Ich will aber nicht für ihn da sein müssen. Ich bin seit ein paar Wochen ein sechzehnjähriger Teenager, der nur ganz kurz mal von zuhause ausgebüchst ist, um etwas zu erleben

(zumindest benehme und fühle ich mich so) und Teenager haben keine Freunde, die einen Herzinfarkt haben.
„Nein, du musst dich um gar nichts kümmern. Er hat doch Familie. Darf ich dich daran erinnern, dass du nur seine Affäre bist und sonst nichts."
Melli hat wie meistens die richtigen Worte, um mich aufzurütteln und in die Wirklichkeit zurückzuholen. Das tut gut und hilft mir ein bisschen.
„Aber den Pulli muss ich echt holen. Ich habe zufällig den Schlüssel von seiner Wohnung. Denkst du, ich kann da einfach reingehen?"
„Klar, sonst hätte er dir den Schlüssel doch gar nicht erst zu geben brauchen, wenn er das nicht möchte."
„Ja, aber die Situation hat sich verändert. Er ist jetzt im Krankenhaus und …"
„Wenn du denn Pulli willst, dann hast du keine andere Möglichkeit. Was soll also das ‚Wenn und Aber'?"
Und schon wieder hat sie Recht.
Wir telefonieren noch eine Weile, um meine „Aktion" für den Abend zu planen. Am liebsten hätte ich es, wenn Melli mitkommen würde. Sie kann aber nicht, weil sie heute Hochzeitstag hat und ausnahmsweise oder ironischer Weise (den feiern sie nämlich komischerweise trotz ihrer miesen Ehe immer) heute mit Frank zum Essen geht. Mist.
Vor der Büromaterialkammer stehen sie quasi schon Schlange und schauen mich genervt an, als ich noch genervter den Raum verlasse. Sollen sie sich doch denken, was sie wollen, das ist mit heute ausnahmsweise ganz egal.

Glücklicherweise ist Norbert heute Abend unterwegs und ich muss mir keine wilden Geschichten ausdenken. Ich fahre gleich nach der Arbeit zu Andis Wohnung. Mir ist ganz schlecht. Er hatte mich am frühen Nachmittag noch einmal angerufen, um mir zu sagen, dass es sich wohl doch nicht um einen Herzinfarkt handeln würde, aber irgendein grippaler Infekt, den er nicht gut genug auskuriert hatte, sei schuld an seinen momentanen Herzproblemen. Er würde

wohl noch diverse Untersuchungen über sich ergehen lassen müssen, bevor er wieder nach Hause kann.
Er tut mir jetzt echt leid. Keiner kümmert sich um ihn. Er hat wirklich nur mich. All meine Skepsis wegen der Geldgeschichten oder der wahrscheinlich von mir eingebildeten anderen Frauen, ist wie weggeblasen. Was für eine arme Socke! Im Krankenhaus unter Schmerzen werden ihm seine Attraktivität und sein Charme nicht weiterhelfen. Er braucht mich. Ich muss mir überlegen, wie ich es schaffen kann, ihn zu besuchen, ohne in Gefahr zu laufen, dabei erwischt zu werden.
Jetzt aber muss ich in erster Linie darauf achten, bei meinem Einbruch in seine Wohnung nicht ertappt zu werden. Komisch, obwohl er mir selbst den Schlüssel gegeben hat, habe ich das Gefühl, bei ihm einzubrechen. Irgendwie ist das schon ein Eingriff in seine Privatsphäre. In der kleinen Wohnung riecht es ein wenig eingesperrt. Vielleicht sollte ich lüften, dann hätte mein Eindringen in die Wohnung wenigstens auch für ihn einen Sinn. So versuche ich mir wieder einmal alles schön zu reden. Ich bin keine Betrügerin, sondern nur eine verwirrte Frau, die ihre Jugend zurück will, ich bin keine Einbrecherin, sondern nur eine Zimmerlüfterin....
Die Wohnung ist eigentlich ziemlich gut aufgeräumt. Sogar das Bett ist perfekt gemacht. Ich schnüffle ein bisschen am Kopfkissen und bekomme richtig Sehnsucht nach Andi, als ich sein Parfüm riechen kann. Neben seinem Bett liegen mehrere Reiseführer: USA - der Westen, die Ostküste USA, New York....Sehr merkwürdig. Bis er sich das leisten kann, muss noch viel passieren. Vielleicht hat er ja die Hoffnung, irgendwann beim Lotto zu gewinnen. Er ist wirklich zu bedauern. Alles Geld fließt in die Tasche seiner Ex und seine Träume liegen auf dem billigen Tisch in seiner Mini-Wohnung, während er dem Tode entronnen (die Dramatik habe ich von Norbert gelernt) im Krankenhaus liegt. Ich zerfließe langsam aber sicher vor Mitleid.

Mal sehen, was im Kühlschrank zu finden ist. Bestimmt ist der leer. Ich könnte ihn ja ein wenig auffüllen, bevor Andi wieder nach Hause kommt. Komischerweise ist der Kühlschrank nicht leer. Es befinden sich eine Flasche Prosecco, diverse Käsesorten, Lachs, Meerrettichsahne und Baguette zum Aufbacken darin. Mir dämmert es. Das hat er bestimmt schon für morgen besorgt, weil er mich damit überraschen wollte. Wahrscheinlich hatte er auch vor, mir morgen mein Geld zurückzugeben. Allerdings frage ich mich, wann er das gekauft hat. Er musste doch dauernd arbeiten und gestern ist er ins Krankenhaus gekommen. Als ich mir die Sachen dann auch etwas genauer anschaue, fällt mir auf, dass die Packungen schon geöffnet sind und überall schon etwas fehlt. Nur der Prosecco ist noch zu. Als ich dann allerdings sehr neugierig geworden, in seinen Mülleimer unter der Spüle nachschaue, entdecke ich daneben zwei leere Sektflaschen. Mein Herz klopft wie wild. Ich überlege mir gerade, ob ich anfangen soll, so tief zu sinken und seinen Müll zu durchsuchen, als mir eine Plastiktüte auffällt, die auch unter der Spüle liegt. In der Tüte befindet sich noch der Kassenzettel. Alle Dinge aus dem Kühlschrank und noch ein paar mehr sind darauf aufgeführt. Der Supermarkt, in dem der Kassenbon ausgestellt wurde, ist aber nicht in München, sondern in Nürnberg. Der Fragenberg, der sich inzwischen vor mir aufgebaut hat, ist riesig.

Hilfe Melli, warum bist du jetzt nicht dabei? Warum kann ich dich nicht wenigstens anrufen?

Soll ich jetzt anfangen, die Wohnung zu durchsuchen? Was heißt denn anfangen, ich bin ja schon mittendrin. Als ich den Raum mit einem (nur einer Frau angeborenen) Röntgenblick durchscanne, kann ich nichts Verdächtiges entdecken. Bevor ich mich aber aufs niedrigste Niveau (im Zimmer und in meinem Leben) begeben möchte, sprich auf den Boden, um unter das Bett zu schauen, klingelt es an der Tür. Jetzt ist es soweit. Jetzt bleibt mein Herz stehen und die Polizei, die wahrscheinlich von einer neugierigen Nachbarin informiert worden ist, wird die Türe aufbrechen

und mich tot vorfinden. Meine Beerdigung wird dann äußerst peinlich verlaufen, weil keiner (außer Melli) daran teilnehmen wird, da jeder dann weiß, dass ich eine Betrügerin und Einbrecherin bin. Ich kann mich ja dann nicht mehr rechtfertigen....
Es klingelt nochmal und mein Herz schlägt noch. Ich rühre mich nicht vom Fleck, um ja kein Geräusch zu machen. Eine Frauenstimme fordert den nicht anwesenden Andi auf, doch endlich die Türe zu öffnen. Schließlich wären sie verabredet gewesen und er sei einfach nicht erschienen.
Waaaas? Ich gebe meinen sicheren Platz neben dem Bett auf, um mich der Türe zu nähern. Meine Neugierde und das Gefühl, dass nicht die Polizei im Flur steht, lassen mich aus dem Spion schauen. Fehler. Die Person hat sofort mein Auge entdeckt und wird jetzt hysterisch laut. Das kann ich mir nicht erlauben. Womöglich holt die dann doch noch die Polizei. Ich überlege, ob ich aus dem Fenster springen soll, aber da die Wohnung im dritten Stock liegt, verwerfe ich diese Idee schnellstens. Die Frau wird immer lauter und meine Gedanken werden immer wirrer und ehe ich mich versehe, liegt meine Hand, die sich mal wieder selbstständig macht, auf der Türklinke, um die Pforte, die zwischen mir und meiner ungewissen Zukunft liegt, zu öffnen.
Das erste, was ich sofort erkennen kann, ist, dass es nicht seine Exfrau ist, da diese kurze rötliche Haare hat und die Frau vor der Tür hat hellbraune lange Haare. Wir starren uns gefühlte drei Stunden an, aber ich gehe davon aus, dass es mir Sicherheit nur drei Sekunden sind, bevor sie anfängt, mich wild zu beschimpfen. Wer ich denn sei, was ich hier zu suchen hätte, wo Andi sei...Während sie so vor sich her schreit, zerre ich sie in die Wohnung, um die Tür schließen zu können, da der linke Nachbar schon den Kopf aus seiner Tür gestreckt hat.
Ich muss sofort anfangen, Gegenfragen zu stellen. Schließlich bin ich in der Wohnung, ich habe den Schlüssel, also habe auch ich das einzige Recht, die Fragen zu stellen. Meine Logik ist manchmal überarbeitbar.

„Entschuldigen Sie bitte", beginne ich distanziert und höflich, da wir schließlich zivilisiert und erwachsen sind, „dürfte ich erfahren, wie Sie heißen und warum Sie hier so einen Radau veranstalten?"
„Wo ist Andi? Warum sind Sie in seiner Wohnung?"
Offensichtlich konnte ich die Dame nicht mit meiner großzügigen Höflichkeit überzeugen.
„Jetzt kommen Sie doch mal runter", versuche ich, mich auf ihr Niveau zu begeben, „der Andi ist im Krankenhaus und ich soll mich um seine Wohnung kümmern."
Wenigstens die Hälfte der Antwort ist nicht gelogen. Da fällt mir ganz spontan eine Frage ein:
„Sind Sie aus Nürnberg?"
„Wie kommen sie denn da drauf? Nein, bin ich nicht. Ich bin aus Giesing und das geht Sie auch gar nichts an. Warum ist Andi im Krankenhaus und warum hat er mir nie erzählt, dass er eine Putzfrau hat?"
Jetzt geht sie aber zu weit. Das kann ich nicht auf mir sitzen lassen. Ich, die Angst hatte, man könnte Fingerabdrücke von mir in der Wohnung finden und damit meinen ganzen Betrug gegenüber meiner Familie aufdecken, ich packe vor einer wildfremden und deutlich an Andi interessierten Frau mal so richtig aus.
„Wie kommen Sie da drauf? Ich bin nicht seine Putzfrau, ich bin seine Freundin und das schon ziemlich lange", übertreibe ich maßlos.
„Seine Freundin? Das kann nicht sein!" Die Braunhaarige ist deutlich etwas kleinlauter geworden, als sie weiterspricht:
„Ich kenne Andi schon seit drei Jahren und wir sind schon ewig zusammen. Wie kommt es, dass Sie seinen Wohnungsschlüssel haben? Mich hat er nur ganz selten hierher eingeladen."
Fassungslos schauen wir uns an. Ich erzähle ihr, seit wann ich Andi kenne und dass ich nicht im Entferntesten eine Ahnung von ihrer Existenz hatte.

Ich komme langsam unter Zeitdruck, da ich Norbert nichts davon gesagt habe, dass ich heute später nach Hause kommen werde. Ich will jetzt aber nicht hier weg, da es anscheinend einiges zu klären gibt. Ich will aber auch vor dieser fremden Frau nicht bei Norbert anrufen. Sie braucht schließlich nichts von meinem Leben zu erfahren. Wer weiß, vielleicht stalkt sie mich dann und findet heraus, wo ich wohne und erzählt Norbert dann alles. Gott sei Dank ist meine angeborene Supervorsicht wieder in Kraft getreten, nachdem ich vorher mal kurz die Balance verloren hatte. Ich schreibe eine SMS: plötzlicher Kneipenbummel mit Kolleginnen, wollte mich nicht ausschließen bla bla bla. Schäm schäm schäm.
Inzwischen hat sich diese Frau einfach hingesetzt und mustert mich schamlos. Ich habe das Gefühl, dass meine feuerroten Haare fast zu brennen anfangen, so einen heißen Kopf habe ich.
Ich weiß plötzlich absolut nicht mehr, was ich sagen soll und würde jetzt doch am Liebsten abhauen. Mir ist aber klar, dass das jetzt nicht geht. Warum eigentlich nicht? Ich könnte jetzt sang- und klanglos verschwinden, aus der Wohnung aus dem Haus, aus dem Stadtteil und vor allem aus Andis Leben. Wäre sicherlich die beste Lösung. Aber meine Neugierde und mein verletzter Stolz plagen mich so, dass ich mich auf das Bett fallen lasse, weil kein weiterer Stuhl vorhanden ist.
„Ich heiße Anna", unterbricht meine ‚Konkurrentin' meine Fast-Fluchtgedanken.
„Aha", ist meine etwas sinnlose Antwort.
Sie schaut mich irritiert an und ich finde mich selbst auch gerade etwas unhöflich. Als ich mir noch überlege, ob ich einen Namen erfinden soll, antwortet, wie üblich mein Mund schon ganz freimütig:
„Lilly."
Nachdem wir also der Höflichkeit genüge getan haben, fangen wir an, uns langsam aber sicher aneinander heranzutasten, um die Wahrheit über Andi herauszufinden.

Anna ist schon 55, was man ihr wirklich nicht ansieht, muss ich mir neidisch eingestehen. Sie kennt Andi drei Jahre und hat seit ca. 2 Jahren ein Verhältnis mit ihm. Sie waren kurzzeitig mal Kollegen in dem Krankenhaus, indem er vorher gearbeitet hatte. Er wohnt also definitiv schon länger in München und in dieser Wohnung, als er mir hatte weiß machen wollen. Ansonsten ist die Geschichte, die er Anna über sein Leben erzählt ha,t fast die gleiche, die er auch mir vielleicht vorgelogen hatte. Sowohl Anna, als auch ich zweifeln im Laufe des Abends immer mehr an all den Storys, die er uns im Laufe der Zeit über sich und sein trauriges und von seiner Ex zerstörtes Dasein vorgepredigt hatte.

Die anfängliche Rivalität zwischen Anna und mir, die sich automatisch zwischen zwei betrogenen Frauen bildet, schlägt immer mehr um in Sympathie, was sicherlich schon etwas ungewöhnlich erscheint. Wahrscheinlich liegt es daran, dass Anna sich genauso wenig wie ich der Anziehungskraft von Andi entziehen konnte, obwohl sie nicht danach gesucht hatte.

Irgendwie, und auch das erscheint mir merkwürdig, wie so vieles an diesem Abend, beruhigt es mich, dass ich nicht die einzige Doofe bin, die sich von diesem Mann hat einfangen lassen. Natürlich hat ihm auch Anna, und das ist fast der Kernpunkt der Geschichte, einiges an finanzieller Unterstützung zukommen lassen. Da bewege ich mich im Vergleich noch mit einer kleinen Summe auf einem Trinkgeldlevel, während Anna sich schon sehr weit aus dem Fenster gelehnt hatte. Natürlich kennt sie ihn auch schon länger.

Als wir uns beide einig sind, dass der Sex mit ihm echt trostlos sei (was wir zuerst verständlicherweise nicht wirklich zugeben wollten), kommen wir zu der Schlussfolgerung, dass er wohl nicht wirklich an uns, sondern vielmehr an unserem Helfersyndrom, Interesse habe. Als wir das erkennen und die Peinlichkeit uns fast erschlägt. holen wir die Flasche Prosecco aus dem Kühlschrank und fangen an, uns zu betrinken.

Ich verstehe das einfach nicht, schließlich hatte er mich ja total angemacht und augenscheinlich angehimmelt. Mir ist nicht bekannt, dass auf meiner Stirn geschrieben steht: Sei nett zu mir und ich gebe dir mein Geld.
Als ich auf die Uhr schaue, erschrecke ich. Oh je, es ist 23:00 Uhr und bis ich zuhause bin, dauert das bestimmt ewig um diese Uhrzeit. Mist.
Anna und ich verabreden uns für den nächsten Abend. Wir sind noch lange nicht fertig mit dem Thema. Anstatt den Rettungsring zu ergreifen und mit einem heilen Auge in den Hafen der Ehe oder Lebensgemeinschaft zurückzukehren, wollen wir freiwillig im Sumpf weiterschwimmen und die Abgründe des lieben Andi weiter erkunden. Ganz abgesehen davon, dass wir beide gern unser Geld zurück hätten und ein bisschen Rache wäre auch nicht schlecht.
Auf dem Nachhauseweg fällt mir ein, dass ich am Freitag, 5. Juni einen Workshop irgendwo im Nirgendwo habe und erst am Samstagnachmittag zurückkommen werde. Das passt ja wunderbar. Wie soll ich mich da konzentrieren. Ich bin sowieso kein Freund von Veranstaltungen dieser Art.

Mittwochmorgen. Überraschenderweise habe ich hervorragend geschlafen und fühle mich irgendwie frei und unbeschwert. Kann es sein, dass ich froh bin, dass das Thema ‚16jährige spielen' sich von selbst erledigt hat? Die Tatsache, eine betrogene Betrügerin zu sein, finde ich im Moment fast in Ordnung. Geschieht mir doch ganz recht, das ist die Strafe. Leider macht es aber das, was ich getan habe, nicht ungeschehen, fühlt sich jedoch besser an, als ich dachte. Tja, liebe pinkfarbene Schnarcherin (heute hat sie eine pinke Hose an, die sie lieber hätte im Schrank lassen sollen, da diese Hose einen Körperteil dermaßen unvorteilhaft betont, dass man gerne blind sein möchte), jetzt gibt es für dich und deine neugierigen U-Bahnkumpanen nichts mehr zu beobachten.

Pling. SMS von ‚ist doch mir egal, dass du im Krankenhaus liegst – Andi'
Werde SMS erst später lesen, da ich mich jetzt auf meinen Job konzentrieren muss. Der Workshop liegt mir im Magen und ich muss mich noch etwas vorbereiten. Ausgerechnet heute ist die Hölle los. Auch gut, dann kann ich nicht an die verzwickte Geschichte mit Andi denken. Ich muss auch noch dringend mit Melli telefonieren und Anna hat auch schon versucht, mich zu erreichen.
Während ich so zwischen allen Fronten hin und her jongliere, fällt mir plötzlich wieder der Kassenzettel von Nürnberg ein. Wir müssen heute Abend unbedingt in der Wohnung danach suchen, ob wir etwas finden, das uns Aufklärung verschafft.

Auf dem Weg nach Hause versuche ich Melli anzurufen. Mailbox. Irgendwie finde ich es komisch, dass sie gar nicht neugierig ist, wie ich gestern in der Wohnung von Andi zurechtgekommen bin. Sie muss ja noch immer davon ausgehen, dass ich nur meinen Pulli gesucht habe und dann verschwunden bin. Also denkt sie wahrscheinlich, dass ich mich gemeldet hätte, wenn etwas von meinen Horrorvorahnungen passiert wäre. Wenn die wüsste.
Pling. SMS von Melli: Sitze noch in einer Besprechung. Melde mich später. Na, geht doch.

Ich treffe mich mit Anna schon an der Bushaltestelle. So muss ich nicht wieder alleine in das Haus. Zu zweit fühlt sich das echt besser an. Irgendwie freue ich mich fast auf den Abend mit Anna. Könnte echt spannend werden. (Ihr müsst echt denken, ich bin der oberflächlichste Mensch auf der Welt, weil ich so gar nicht zerknirscht bin und still in der Ecke meiner verlorenen ‚Liebelei' nachtrauere, aber, wie gesagt, die Erleichterung ist zu groß.) Ich schäme mich nur, weil ich mich dermaßen habe blenden lassen. Ich kann ehrlich gesagt auch immer noch nicht ganz glauben, dass das alles von Andi gespielt war. Vielleicht ist er ja doch in

uns beide verliebt? Ach, wem mache ich da etwas vor? Er ist in das Geld verliebt, das er von uns genommen hatte.
In seiner SMS heute, hat er wieder nur gejammert.
Anna hat er heute auch mitgeteilt, dass er im Krankenhaus liegen würde und nicht besucht werden darf. Ich erzähle Anna nicht, dass er sich von mir gewünscht hat, dass ich ihn besuchen solle. Ich bilde mir nichts darauf ein. Ich bin noch eine nicht ausgeschöpfte Geldquelle für ihn.
In der Wohnung riecht es immer noch eingesperrt. Anna und ich stehen völlig unnütz in dem kleinen Wohnraum herum und können uns nicht wirklich zu dem aufraffen, warum wir heute eigentlich hier sind: zum Kruschen in seinen Sachen. Wir sind uns dessen wohl bewusst, dass das nicht in Ordnung ist, aber zwei Frauen vorzumachen, dass man in sie verliebt ist, nur um ihnen das Geld aus der Tasche zu ziehen, ist auch nicht in Ordnung, oder? Ich für meinen Teil finde das noch viel schlimmer.
Als wir anfangen, in den Jackentaschen zu suchen, fängt auf einmal die Uraltgruppe ABBA an zu singen: Money Money Money. Ich kann es nicht fassen. Was für ein Zufall. Plötzlich wird mir aber klar, dass das kein Zufall ist und irgendein Radiowecker in der Nachbarwohnung einen frühabendlichen Schläfer wecken will, sondern, dass das der Klingelton eines Handys ist.
Anna hat wohl den gleichen Gedanken. Wir schauen uns an, schütteln wortlos (es fehlen uns nämlich ganz offensichtlich die Worte) die Köpfe, um uns klar zu machen, dass es sich nicht um unsere Handys handelt und befürchten noch mehr Andi-Katastrophen.
Da er mich ja vom Krankenhaus immer mit seinem Handy anruft, muss hier noch ein weiteres Mobiltelefon sein Unwesen treiben.
Gleichzeitig fällt unser Blick auf das kleine Schränkchen neben dem Bett, von dem ich immer dachte, dass es nur Kondome enthalten würde.

Anna ist definitiv die Mutigere von uns. Sie holt das Korpus Delikti aus dem Schränkchen und meldet sich hastig, bevor der Anrufer wieder auflegt.
„Hallo!"
Ich höre nur ein Murmeln aus dem Gerät und deute Anna, dass sie es doch auf Lautsprecher umschalten soll. Ich höre noch eine weibliche Stimme:
„…sind Sie?"
„Wer sind Sie", schnauzt Anna die Stimme an, „schließlich rufen Sie mich an."
Stimmt jetzt nicht so ganz…
„Ist der Andi da? Das ist doch sein Handy, oder?"
Fränkisch, die spricht fränkisch,… der Kassenzettel aus Nürnberg. Oh mein Gott, das ist mit Sicherheit die aus Nürnberg. Noch eine seiner Geliebten. Mir ist schlecht. Anna ist auch total bleich.
„Ja, das ist sein Handy. Wer sind Sie denn?"
„Das geht Sie nichts an, denke ich."
Man hört, dass die Nürnbergerin langsam unsicher wird.
„Das geht mich wohl was an, ich bin seine Frau", lügt Anna fleißig vor sich hin.
„Wieso seine Frau? Ich verstehe gar nichts mehr. Sind Sie wieder gesund? Ist Andi nicht da?"
Man kann hören, dass sie fast zu weinen anfängt.
Aber Anna macht gnadenlos weiter.
„Ich bin nicht krank. Ich bin ehrlich gesagt auch nicht seine Frau, sondern seine Geliebte. Ich stehe hier in Andis Wohnung mit seiner anderen Geliebten und gehe davon aus, dass sie die Dritte im Bunde sind."
Puh, Anna ist jetzt richtig in Fahrt. Sie kann nicht mehr verheimlichen, wie sauer sie ist. Ich versuche krampfhaft, ihr zu deuten, dass sie ruhiger werden soll. Schließlich kann das weinerliche Elend, das unbedarft hier angerufen hat, nicht wirklich etwas dafür, dass unser Andi so ein … ist.
Was ist er denn eigentlich? Ein Callboy? Eher nicht, wir haben ihn schließlich nicht gerufen. Er war plötzlich da. Ein Heiratsschwindler? Auch nicht. Im Gegenteil. Er hat sich ja

auch Frauen ausgesucht, die fest gebunden sind. Mich! Er ist also einzig und allein eine Auswahl von unzähligen Schimpfwörtern, die ich euch jetzt aus Höflichkeit ersparen werde.

Inzwischen hat man in Nürnberg richtig zu weinen begonnen und Anna versucht, ihr Temperament zu zügeln.

Sehr abgehackt, weil sie ja weint, erfahren wir, dass sie seit einem Jahr mit ihm zusammen sei, was sich als nicht besonders einfach gestalten würde, da er ja nicht oft Zeit für sie haben würde, weil er ja immer wieder seine kranke Frau im Krankenhaus besuchen müsse.

Ja geht es denn noch schäbiger. Bei uns ist seine Frau wenigstens keine Todkranke, sondern eine völlig gesunde aber skrupellose Geschiedene.

Wir erfahren, dass die Anruferin wohl wirklich am Montag bei ihm war und den Kühlschrank aufgefüllt hatte. Außerdem wollte sie eigentlich am Wochenende auch wieder kommen. Natürlich nur für ein paar Stunden am Sonntag, weil er ja seine Frau nicht im Krankenhaus so lange alleine lassen könne.

Ich wünsche mir langsam, wir hätten eine Flasche Schnaps dabei, um das alles besser verdauen zu können.

Wir bitten Margo (inzwischen wissen wir, wie sie heißt), dass sie sich stattdessen mit uns an diesem Tag treffen soll, damit wir mehr Klarheit bekommen. Andi wird da zwar nicht mehr im Krankenhaus sein, aber keine von uns hat irgendein Interesse, sich mit ihm zu treffen. Ich jedenfalls nicht. Bei den anderen weiß ich das nicht so genau. Ich kenne sie ja nicht. Vielleicht sehen sie das ja anders. Aber wenn ich mir Anna so betrachte, dann bekomme ich das Gefühl, dass sich Andi warm anziehen sollte.

Also haben wir jetzt eine Verabredung für Sonntag. Glücklicherweise, da brauche ich keine Ausrede, weil ja gesegneter Fußballsonntag ist. Obwohl, ist da nicht Pfingstsonntag? Egal, Fußball findet trotz „heiligem Geist" statt.

Für uns wird es jetzt langsam Zeit, dass wir die Wohnung durchsuchen. Völlig konfus und beeinträchtigt von unseren neuen Erkenntnissen fangen wir damit an. Als wir feststellen, dass das gar nichts bringt, außer heilloser Unordnung, die wir dann wieder in Ordnung bringen müssen, fangen wir nochmal wesentlich systematischer damit an.

Unsere Beute nach einer Stunde Suchen besteht aus Fotos, die anscheinend erst vor kurzem gemacht wurden. Irgendwie sieht das nach Aufnahmen auf einer Familienfeier aus. Meistens ist er darauf Arm in Arm mit einer Frau zu sehen, die durchaus seine Ehefrau oder Ex-Ehefrau sein könnte. Außerdem glauben wir, dass die älteren Herrschaften darauf seine Eltern sein könnten, da vor allem bei dem Mann eine deutliche Ähnlichkeit mit Andi zu erkennen ist. Kinder sind keine auf den Fotos. Auf keinem einzigen. Komisch.

Des Weiteren besteht unser vorübergehendes Diebesgut (wir werden alles kurzzeitig mitnehmen, um es zu kopieren) aus einem Adressbuch und Kontoauszügen. Diese entpuppen sich als wahre Überraschungen. Er hat so einiges angespart (dafür haben nicht zuletzt wir gesorgt, stellen wir beschämt fest) und bekommt zudem neben seinem kläglichen (das muss man zugeben) Gehalt vom Krankenhaus eine monatliche beachtliche Finanzspritze von einem Herrn Dieter Schüble. Das muss sein Vater sein. Andi hat irgendwann mal erwähnt, dass sein Vater so heißen würde, er hingegen leider den Familiennamen seiner Exfrau angenommen hätte. Keine Ahnung, warum. Aber das ist ja jetzt auch alles total nebensächlich. Uns interessieren im Moment nur die Kontoauszüge. Seine Ausgaben über EC-Karte sind auch beachtlich und der ein oder andere hohe Betrag fließt in den einen oder anderen Designerladen.

Das reicht uns erst einmal für heute. Anna nimmt den Schlüssel mit, weil sie am nächsten Tag unser Diebesgut kopieren will und gleich anschließend alles wieder zurückbringen muss.

Geknickt, aber auch aufgeregt mache ich mich auf den Heimweg und schleiche mich in die Wohnung. Ich brauche heute nichts mehr.

Donnerstagmorgen. Völlig verrückt, aber ich fühle mich ziemlich gut. Erstens bin ich keine 16jährige Wahnsinnige mehr, sondern eine dilettantische Ermittlerin in eigener Sache und zweitens stelle ich auch heute fest, dass ich nicht an Liebeskummer oder Ähnlichem leide. Ich muss nur meine gekränkte Eitelkeit in Schach halten, dann fühle ich mich sogar bestens.
„Was strahlst du mich denn so glücklich an? Und das am frühen Morgen?"
Norbert ist äußerst verwirrt.
„Nichts, mir geht es gut. Das ist alles."
„Aha, hattest wohl einen schönen Abend?" will er skeptisch von mir wissen.
Ich ignoriere das und verlasse meine unaufgeräumte Wohnung samt misstrauischem Lebensgefährten, um mich, heute mal wieder hochhackig, auf den Weg zur U-Bahn zu begeben.

Ich muss mich jetzt aber wirklich und ganz ernsthaft auf den Workshop vorbereiten. Leichter gesagt, als getan.
„Hallo Sie, können Sie mal meinen Berater anrufen. Ich warte schon zwei Minuten."
Ein genervter Jobsuchender.
Pling. SMS von Melli: Können wir später telefonieren?
Klar.
Pling. SMS von Anna: Habe alles kopiert. Bringe jetzt alles zurück in die Wohnung. Hast du was von dem ... (sie ist wirklich sehr wütend) gehört?
Nein.
Pling. SMS von dem ...: Jammer Jammer Jammer
Langweilig
„Hallo, mein Berater ist noch immer nicht da."

Der Genervte
Ich versuche, die E-Mail mit den Anforderungen für den Workshop zu finden.
Pling. SMS von Anna: Alles erledigt.
Bravo.
Telefon: „Kannst du bitte Herrn Bader sagen, dass ich noch ein paar Minuten brauche?"
Berater vom Genervten
Pling. SMS von Andi: Muss noch heute im Krankenhaus bleiben. Vermisse dich.
Aber sicher und noch viele andere mehr.
Eine ganze Gruppe von diversen Kandidaten steht vor mir und redet gleichzeitig mit den unterschiedlichsten Belangen auf mich ein.
Gleichzeitig Telefon und Pling Pling Pling
Das wird heute wieder nichts mit der Vorbereitung.

Später telefoniere ich mit Melli auf dem Nachhauseweg und erzähle ihr alles ausführlich. Sie ist fassungslos, aber fängt nicht an, mich zu bemitleiden. Das rechne ich ihr hoch an. Das könnte ich nämlich nicht vertragen. Während ich erzähle, schäme ich mich schon ein wenig, aber ich bin ja offensichtlich nicht die Einzige, der so etwas passiert ist.

Heute Abend wird lecker gekocht und die ganze Familie um den Tisch versammelt. Schön. Zurück zur Normalität.
Pling. SMS von Anna: Können wir uns vor Sonntag noch sehen? Ich muss dir den Schlüssel zurückgeben.
Na ja, noch nicht endgültig wieder in der Normalität. Wir brauchen da wohl noch ein bisschen.

Freitagmorgen. Andi kommt heute aus dem Krankenhaus. Das hatte er mir gestern noch geschrieben. Er ist wütend, weil er nur eine Woche krankgeschrieben ist. Ich habe ihm dann gleich mal klar gemacht, dass wir uns am Wochenende nicht sehen können. Familiäre Gründe und so. Da war er krass sauer. Geschieht ihm recht. Anna wird ihn in den nächsten Tagen auch nicht sehen. Bin gespannt, wie Margo zu dem Thema steht.

Ich treffe mich nach der Arbeit kurz mit Melli, um die ganze Geschichte noch einmal durchzukauen. Sie will jedes Detail wissen und je mehr ich darüber spreche, desto unglaublicher erscheint es mir selbst. Vor allem, dass ich auf so einen Schwindler hereingefallen bin.
„Da traust du dich schon mal, auf die Seite zu hüpfen und dann passiert dir so etwas."
Melli wirkt tief geknickt und ich muss echt lachen. Man könnte annehmen, es sei ihr größtes Problem, dass es bei mir mit dem Fremdgehen so gar nicht geklappt hat.
„Du bist schon so eine Marke. Du kannst dir sicherlich gar nicht vorstellen, dass ich total froh bin, dass der Spuk vorbei ist. Für mich ist Untreue kein besonderes Lebenselixier."
„Aber du schienst echt verliebt zu sein."
„Ich glaube, ich war verliebt in die Faszination der völlig neuen und fremden Situation in der ich mich befand. In die Tatsache, dass mich jemand attraktiv findet. Ha ha, diese Seifenblase ist ja wohl geplatzt und ich kann froh sein, dass ich nicht tiefer gefallen bin mit der Erkenntnis, nur ausgenutzt worden zu sein."
„Ach komm, ich denke schon, dass du ihm gefällst, sonst hätte er dich sicher nicht ausgesucht," versucht Melli mich zu trösten, fügt aber gleich hinzu:
„Ja, ich weiß, das hilft dir jetzt nicht wirklich."
„Weißt du, das ist schon ein harter Schlag für das Selbstbewusstsein, festzustellen, dass man nur als Goldesel dienen sollte. Das Einzige, was mir wirklich ganz gewaltig hilft, ist, dass eine attraktive Frau, wie Anna, noch wesentlich länger auf seine Tour hereingefallen ist. Obwohl ich nicht weiß, wie lange das bei mir noch so weiter gegangen wäre."

„Da machst du dir jetzt aber unnötig einen Kopf. Das sind überflüssige Gedanken, weil du das einfach nicht mehr herausfinden wirst. Hast du eigentlich Anna gefragt, ob er bei ihr auch so schlecht im Bett war."
Diese Frage ist wieder mal ganz typisch für Melli. Sie schaut mich voller Spannung an und ich muss schon wieder lachen.
„Dich, wenn ich nicht hätte, liebe Freundin…"
„Wieso, das interessiert mich echt."
„Na gut, also das lief wohl genauso schlecht für sie, wie für mich."
„Ha", triumphiert Melli so laut, dass es mir fast unangenehm ist, „da siehst du es, es liegt also nicht an dir."
Zufrieden schaut sie mich an.
Na ja, das scheint für sie doch wohl am Wichtigsten zu sein.
Viel später zuhause fällt mir erst ein, dass sie ja selbst ein Problem mit ihrem derzeitigen Seitensprung auf diesem Gebiet hat. Das Ganze diente also mehr zur Beruhigung ihrer eigenen Ängste.
Ja ja, liebe Melli und wieder gibt mir das nur das gute Gefühl, befreit zu sein.

Samstagmorgen. Als ich aufwache, begrüße ich drei freie Tage, die vor mir liegen und freue mich über den Sonnenschein, der mich aufgeweckt hatte. Außerdem rieche ich den Kaffee, den Norbert wohl schon gemacht hat. Fröhlich schwinge ich mich auf in die Küche, um festzustellen, dass dort die Pinkfarbene mit Norbert angeregt plaudernd am Tisch sitzt. Ihr habt euch nicht verlesen: die Pinkfarbene! Ich kann nichts anderes tun, als sie mit offenem Mund anstarren. Oh mein Gott, sie hat herausgefunden, wo ich wohne und will Norbert alles erzählen. Aber warum? Nein, sie will mich erpressen….sämtliche Horror Szenarios schwirren durch meinen Kopf. Außerdem ist sie heute knallrot angezogen. Eine klare Kampfansage. Was mache ich jetzt

nur? Wieder einmal habe ich kurz den Wunsch, aus dem Fenster zu springen. Nein, den Gedanken verwerfe ich sofort. Ich könnte in Ohnmacht fallen und beim Aufwachen eine Amnesie vortäuschen. Quatsch, was sollte mir das denn bringen. Oder ich gehe einfach zurück ins Bett und tue so, als wäre ich gar noch nicht wach. Nein, ich werde einfach alles leugnen und behaupten, ich hätte diese Person noch nie gesehen. Leugnen ist gut.
„Schau mal, Lilly, wer da ist." Norbert freut sich redlich.
Ja, da schaut die Lilly, wer da ist. Die Pinkfarbene hat mich nun auch entdeckt und ist mindestens so erstaunt wie ich, allerdings nicht so mit Angst erfüllt, scheint mir.
„Das ist Pitts Mom", freut sich Norbert.
„Hallo, wir kennen uns doch", freut sich auch Pitts Mom.
Ganz offensichtlich wusste sie wirklich nicht, dass ich hier wohne. Vielleicht spielt sie aber nur die Überraschte, um mich in eine Falle zu locken. Lilly komm runter, muss ich mich selbst wieder einmal ermahnen. Sie ist doch Pitts Mutter. Das ist der reine Zufall. Allerdings weiß sie ziemlich viel von mir bzw. hat sie ziemlich viel mitbekommen. Oh mein Gott.
„Hallo Pitts Mom", fange ich an, zu stammeln, „wir kennen uns aus der U-Bahn."
Ich stelle mich mutig dem Unvermeinlichen. Was bleibt mir auch anderes übrig. Irgendwie zwinkert sie mir grinsend zu, als wären wir langjährige Verbündete. Das macht das Ganze nicht viel besser.
Und wie ich aussehe: Total verschlafen, Haare verwuschelt, Tränensäcke mit Sicherheit überdimensional groß (bin ja Mitte Vierzig, da fängt das Tränensackelend an), altes Männer T-Shirt, statt hübschem Negligé…
Und wie die Küche aussieht: Nicht abgespültes Geschirr von gestern Abend, wild verteilt im ganzen Raum, schlechte Luft bzw. abgestandene Küchendüfte (nur der Kaffeeduft ist köstlich)… Die Sonne bemüht sich aufrecht, ihre Strahlen durch mein ungeputztes Fenster zu schieben (ich konnte es ja nicht putzen, weil es zu regnen anfing, wie ihr euch

sicher erinnern könnt) und mitten im Chaos mein unrasierter, strubbeliger, aber durchaus vergnügter Norbert.
Meine Gedanken schweifen gnadenlos ab. Das tun sie gerne, wenn eine Situation zu kritisch für mich wird.
Also, reiße ich mich zusammen und konzentriere mich auf das Wesentliche. Norbert meinte soeben, dass sie hier sei, um Pitt abzuholen, also scheint es sich tatsächlich um einen, für mich, äußerst verwirrenden Zufall zu handeln.
Jetzt stellt sich mir die Frage, wieviel sie in der U-Bahn mitbekommen hat und wie mitteilungsbedürftig sie sich in diesem Fall erweisen wird. Dass sie gerne plaudert, wenn sie nicht gerade schnarcht, habe ich ja schon mitbekommen. Außerdem finde ich ihr Zwinkern verdächtig.
Als Norbert losschlürft (am Morgen die Füße zu heben, fällt ihm schon von jeher schwer), um Pitt aufzuwecken und sich im Bad kurz aufzuhübschen, flüstert sie mir sofort zu:
„Keine Angst, ich werde nichts davon erzählen, dass dich (aha, wir sind per du!) der junge gutaussehende Mann in der U-Bahn ständig anbaggert."
Sie hat es mitbekommen. War mir ja eigentlich klar. Die Frage ist nur, wieviel und was genau?
„Na ja, so wild ist das ja auch gar nicht," versuche ich das Ganze zu bagatellisieren. Leugnen würde hier mit Sicherheit nichts bringen und mich nur verdächtig machen.
„Finde ich schon. Er hat ja sogar mal versucht, deine Hand zu nehmen."
Oh, sie hat wirklich viel mitbekommen.
„Ich habe schon gemerkt, dass dir das unangenehm ist (aha). Aber er hat schon einen gewissen Charme. Also, wie gesagt, ich werde Norbert (mit ihm ist sie also auch per du) nichts davon erzählen."
„Warum auch?" frage ich trotzig, „schließlich kann ich nichts dafür und es ist ja auch total banal."
„Genau!"

„Was ist banal?" will Nobert wissen, der gerade aus dem Bad zurückkommt. Ein positives Ergebnis seiner Morgentoilette ist nicht wirklich erkennbar.
„Nichts." Wieder einmal bin ich sehr dankbar, dass Norbert eigentlich nie weiter nachfragt.
„Willst du mit uns frühstücken?" bietet Norbert Pitts Mom freundlich an und sie nimmt es zu meinem Leidwesen noch freundlicher an.
Eigentlich entwickelt das Frühstück sich ganz nett. Alex und Pitt sind inzwischen auch da, ich habe mit etwas mehr Erfolg, als Norbert, das Bad aufgesucht (hoffe ich zumindest) und meine Laune hat sich durchaus gebessert, weil ich davon ausgehen kann, dass Lydia (so heißt die Pinkfarbene) kein ernsthaftes Interesse an meiner Geschichte hat und schon gar nicht daran, unnütz Staub aufzuwirbeln.
Dennoch habe ich ein leicht unangenehmes Gefühl, als sie mich beim Abschied umarmt, als wären wir jahrelange Freundinnen. Sie ist nach wie vor eine Fremde, die viel zu viel von mir weiß und jetzt ganz offiziell Zugang zu meiner Familie hat. Außerdem kann ich mir vorstellen, wie in Zukunft meine U-Bahnfahrten am Morgen verlaufen werden. Das Plaudertäschchen wird nicht mehr schnarchen, sondern mich zu labern.
Da fällt mir vor Schreck ein, dass ich mich auch an Andi am Dienstagmorgen einstellen sollte. Ich werde ihn später anrufen und darüber aufklären, dass er sich absolut zurückhalten muss, weil die Pinkfarbene inzwischen Familienanschluss bei uns erhalten hat.

Sonntagmorgen. Pfingstsonntag. Ein weiterer Tag der Ernüchterung. Anna und ich werden heute Nachmittag Margo treffen.
Ich bin unglaublich aufgeregt, aber nicht „Angstaufgeregt", mehr „Neugierdeaufgeregt". Was werden wir heute wohl alles über Andi erfahren, was wir noch nicht wissen?

Ich treffe mich mit Anna schon etwas früher, weil wir es nicht mehr geschafft hatten, uns vor dem Sonntag zu verabreden. Wir wollen noch spazieren gehen und uns auf das Gespräch mit Margo vorbereiten.
Anna wirkt auch aufgeregt. Das überrascht mich, aber ich glaube das Thema Andi hat für sie doch noch eine ganz andere Bedeutung, als für mich. Sie bestätigt das auch. Obwohl sie unendlich wütend und verletzt sei, würde sie Andi wohl doch sehr vermissen und vor allem das aufregende Doppelleben. Sie erzählt mir von ihren Kindern und ich merke, dass ihr noch etwas auf dem Herzen liegt. Ich versuche sie zu ermuntern und schließlich und endlich erzählt sie mir ihre ganze unerfreuliche Geschichte. Da muss ich erst einmal richtig schlucken und kann sie jetzt richtig gut verstehen, aber ob da ein geldgieriger Liebhaber wohl die Lösung ist? Ich versuche ihr das ein bisschen klar zu machen, aber die Sinnlosigkeit meines Unterfangens wird mir bald relativ deutlich vor Augen geführt, als sie zugibt, dass sie für Andi echte Gefühle haben würde. Das tut mir sehr leid und ich bedanke mich im Stillen erneut, dass ich nochmal mit einem blauen Auge davon gekommen bin.
Gut, dass wir unsere eigene Gefühlslage schon im Vorfeld durchgesprochen haben, weil sich kurz darauf ein geballter tränenreicher fränkischer Gefühlsausbruch in Form einer bildhübschen strohblonden Kurzhaarfrisur über uns ergießt. Trotz einer, wahrscheinlich vom vielen Weinen in den letzten Tagen, entstellten knallroten Nase (Näschen eigentlich) sieht sie umwerfend aus. In meinem Kopf fangen jedoch durch eine bestimmt Assoziation meine Gehirnzellen gerade an, Rudolph, ‚the red-nosed reindeer' zu singen, als sich Margo schüchtern zu uns gesellt und sofort wieder zu weinen anfängt. Zu unserem Leidwesen ist das Café sehr gut besucht und alle gelangweilten Gäste, die versuchen mit Kaffee und Kuchen den Pfingstsonntagnachmittag totzuschlagen, drehen sich höchst erfreut und sensationslüstern zu uns um. Anna wirft allen Neugierigen sofort einen der-

maßen vernichtenden Blick zu, dass diese erschreckt ihren Kuchen weiter in sich reinstopfen und ein kleiner Junge sofort zu weinen anfängt. Das verängstigt das Mäuschen an unserem Tisch noch mehr und sie schluchzt laut auf. Ich komme mir vor, wie im falschen Film und nehme Margo, die mir vollkommen unbekannt ist, tröstend in die Arme. Eine weitere Fremde schleicht sich in mein Leben. Seid alle willkommen und wenn ihr Glück habt, gebe ich euch auch noch mein Geld.
Margo beruhigt sich bei einem Caramel Macchiato und fängt an, ihre Geschichte zu erzählen. Sie ist Mitte Dreißig (schluck), ungebunden und total verliebt in Andi (juhu). Sie seien sich ganz banal in der Fußgängerzone in München begegnet. Er habe sie fast umgerannt und daraufhin sofort zu einem Kaffee (Caramel Macchiato) eingeladen.
„Ich war so überrascht, dass ich mich einfach habe einladen lassen. Er war dann so charmant, dass ich mich sofort in ihn verknallen musste. Ich wusste da noch gar nichts über ihn. Von seiner Frau und so hat er mir erst später erzählt und von dir Anna natürlich gar nichts," stellt sie fest und fängt wieder zu weinen an. Oh je, wenn das so weiter geht, wird das ein feucht fröhlicher Nachmittag (nur leider ohne Alkohol).
Wir fragen sie ganz vorsichtig, um eine Überschwemmung und noch mehr neugierige Blicke zu vermeiden, ob sie ihm wohl auch Geld geliehen hätte. Und schon wieder öffnen sich die Schleusen.
„Wie kommt ihr denn darauf? Nein, ich habe ihm kein Geld geliehen. Vielleicht habe ich ab und zu für ihn eingekauft oder ihm etwas mitgebracht, aber ich habe ihm kein Geld geliehen," beteuert sie einmal zu oft.
Anna schaut mich so bedeutungsvoll an, dass ich fast lachen muss. Aber das kann ich jetzt echt nicht bringen. Für mich hat das Ganze inzwischen einen dermaßen skurrilen Touch, dass ich alles nur noch irre finde. Ich merke deutlich, dass mich die Person Andi nicht so sehr berührt hat,

wie die anderen, und darüber bin ich unfassbar dankbar. Vor allem, wenn ich das Häufchen Elend vor mir sehe.
Vielleicht liegt es daran, dass ich ihn doch noch nicht so lange kenne. Eine kleine Verliebtheit kann man doch schneller wegstecken, wenn es daneben geht. Die großen Gefühle hingegen, die sowohl Anna als auch Margo, jede auf ihre Weise, für Andi hegen, lassen sich natürlich nicht so schnell ausschalten, auch wenn man erkennt, dass alle schlimmen Schimpfwörter noch zu harmlos für ihn erscheinen.
„Es stimmt nicht ganz", unterbricht Margo meine Gedanken, „er hat mal eine Woche bei mir in Nürnberg verbracht und brauchte eine Pflegeperson für seine Frau, die sie jeden Tag besuchen sollte. Er hatte das Geld nicht und ich war so glücklich, dass er so viel Zeit mit mir verbringen wollte, dass ich ihm das Geld für die Hilfe gegeben habe."
Man kann Margo ansehen, wie sehr sie sich schämt und wir vermeiden es, sie nach dem Betrag zu fragen, obwohl uns das natürlich brennend interessieren würde. Als wir uns vorsichtig nach dem Sex erkundigen, was wir selbstverständlich unbedingt wissen wollen (Frau bleibt Frau), meint sie, der sei wohl immer sehr gut gewesen. Ihre Augen leuchten richtig, als sie uns davon vorschwärmt. Das gefällt Anna und mir natürlich gar nicht. Das gibt sogar mir, die ja so cool die Sache von der Ferne betrachtet (so sehe ich mich zumindest) einen tiefen Stich der Verletzung. Anna ist ganz blass geworden und zerpflückt angestrengt meine Serviette, die zufällig in ihrer Nähe liegt.
Nachdem wir Margo unsere Geschichten erzählt haben, ist sie relativ still. Sie zittert vor sich hin, wie eine kleine verschreckte Maus. Nicht, dass ich jemals eine Maus hätte zittern sehen, da für mich kein Stuhl hoch genug sein kann, auf den ich springe, wenn ich ein kleines Tierchen mit Fell vor mir sehe, aber man sagt es halt so. Unsere unerfreulichen erotischen Missgriffe mit Andi lassen wir unter den Tisch fallen. Wir sind uns ohne Worte einig, dass wir kei-

nen Triumpf der Jugend zulassen wollen. Wie albern, die Situation ist so schon absurd genug.
Wir sind alle drei einer Meinung, dass wir das alles nicht auf uns sitzen lassen wollen. Wir wollen Rache! Wir wollen unser Geld zurück! Das muss alles ziemlich gut durchdacht sein. Deshalb verabreden wir uns für das übernächste Wochenende, da ich am nächsten Wochenende ja unerfreulicher Weise, den Team Building Maßnahmen bzw. Workshop meiner Firma beiwohnen darf. Da Margo in Nürnberg wohnt, ist ein Treffen während der Woche zu ungünstig.
„Fährst du jetzt gleich wieder nach Nürnberg zurück?" frage ich ganz scheinheilig, weil mich schon die ganze Zeit das Gefühl nicht los lässt, dass sie das wohl nicht tun wird.
Sie wird knallrot und fängt an, zu stammeln:
„Ja..., nein, ich wollte doch nochmal bei Andi vorbeischauen. Schließlich sind wir für heute und morgen verabredet und er war doch im Krankenhaus...."
„Das ist vielleicht gar nicht so schlecht", erlöst Anna sie aus ihrer scheinbar misslichen Lage, „wir müssen schließlich den Schein wahren, uns ab und zu bei ihm sehen lassen und uns relativ normal benehmen, sonst merkt er noch etwas."
‚Nachtigall, ich hör dir trapsen', kommt es mir in den Sinn. Nicht nur Margo kann sich schwer mit dem Gedanken abfinden, dass das alles stimmt und dass alles vorbei sein soll mit dem charmanten Andi, auch Anna hat da so ihre Schwierigkeiten.
"Dann muss ich ihn ja auch noch weiter treffen, das passt mir gar nicht."
Ich klinge wohl ein bisschen trotzig, denn Anna schaut mich schulmeisterhaft an und teilt mir mit, dass das wohl unumgänglich sei.

Sie haben ja Recht, denke ich mir auf dem Heimweg, aber auf den miesen Sex lasse ich mich sicher nicht mehr ein, da soll er sich doch mit Margo vergnügen, die hat wenigstens etwas davon. Jetzt bin ich wirklich sehr trotzig und auch ein wenig beleidigt. Ich muss direkt selbst über mich lachen und das tue ich dann auch lautstark, zur Verwunderung der vielen Spaziergänger um mich herum. Ist mir doch egal!

JUNI

Montagmorgen. Pfingstmontag. Feiertag, sprich ein Tag Galgenfrist bevor ich mich in der U-Bahn dem Unvermeidlichen in Form von Andi und Pitts Mom stellen muss.

Es ist ein Traumwetter und wir treffen uns am Nachmittag mit all unseren Lieben (vgl. Personen Osterbrunch) im Biergarten. Am Vormittag habe ich aber noch ausgiebig mit Melli telefoniert, um sie auf den neusten Stand zu bringen. Ich muss mich echt wieder mehr um sie kümmern. Sie sieht richtig blass aus. Das passt gar nicht zu ihr. Wird wirklich Zeit, dass diese Andi-Episode bald zu Ende geht, damit ich meinen Kopf wieder frei für mein eigentliches Leben habe. Melli meint zwar immer, dass sie froh über meine Story sei, weil sie das von ihrem Mist ablenken würde, aber ich kann das nicht wirklich glauben.
Ich versuche mich so gut wie möglich zu amüsieren, weil mir ehrlich gesagt, ganz entsetzlich vor dem nächsten Morgen graut und noch viel mehr vor dem Workshop-Wochenende. Allerdings ist das eine wunderbare Ausrede, wenn Andi mich treffen möchte.

Dienstagmorgen. Und schon fährt sie ein, die U-Bahn, mein Gefährt des Grauens. Aber ich habe das große Glück, dass zumindest die pinkfarbene Mutter nicht anwesend ist. So kann ich mich ganz und gar auf Andi konzentrieren und muss nicht bei jedem Wort aufpassen, das mir über die Lippen kommt, weil es die Schnarcherin (jetzt habe ich doch tatsächlich schon ihren Namen vergessen) hören könnte. Im Gegenteil, ich kann ihre Abwesenheit dazu nutzen, Andi davon zu erzählen, dass sie sich in meine Familie eingeschlichen hat und wir nun auf gar keinen Fall mehr vor ihr turteln oder vertraut plaudern dürfen. Das ist wunderbar und löst gleich mein Problem, wie ich mit Andi weiter in der U-Bahn umgehen soll, bis wir uns ‚gerächt' haben werden. Ich hatte ihn nämlich nicht mehr am Wochenende angerufen, um ihn von Lydia (jetzt ist mir der Name wieder eingefallen) zu erzählen. Ich konnte mich einfach nicht überwinden. Die vielen SMS von seiner Seite waren nervig genug. Jammer Jammer Jammer. Obwohl ab Sonntagabend Margo bei ihm war hatte er anscheinend doch genügend Zeit, mich mit Kurznachrichten zu überschütten. Unglaublich. So hat er das immer gemacht. Mit Sicherheit auch, wenn wir zusammen waren. Ich denke mich richtig in Rage. Das passt jetzt nicht. Ich muss versuchen, wieder von meiner Wut runterzukommen, bevor er einsteigt, damit ich die fröhliche Geliebte mimen kann. Bin mal gespannt, was er mir von seinem Wochenende erzählen wird.

Etwas blässlich um die Nase lässt er sich auf den freien Platz neben mir fallen. Die U-Bahn ist ziemlich leer. Man kann deutlich die Pfingstferien spüren. Gut so.

„Wie froh bin ich, dich zu sehen", schmalzt er mir gleich ins Ohr.

„Geht mir genauso", süßele ich zurück.

Wieder muss ich feststellen, dass er wirklich verdammt gut aussieht, trotz blasser Nase. Das gibt mir einen Stich und passt mir eigentlich gar nicht.

„Geht es dir besser?" frage ich scheinheilig.

Das ist seine Chance sich erst einmal ausgiebig über die Leidenswoche im Krankenhaus auszulassen und mir diverse Seitenhiebe zu erteilen, weil ich mich nicht ernsthaft um ihn gekümmert habe. Das ignoriere ich einfach und frage ihn nach dem Wochenende.

„Das war ziemlich einsam. Du hattest ja keine Zeit."

Er sieht ziemlich beleidigt aus, als er mir das vorwirft.

Gestern hätte ich doch Zeit gehabt, da hattest du ja etwas Besseres vor, " kontere ich selbstbewusst, da ich ja weiß, dass Margo bei ihm war.

„Ach, wir sollten uns nicht streiten, ich bin so froh, dich zu sehen", versucht er sich rauszuwinden.

„Stimmt, aber was hast du gestern denn gemacht?"
Mit Genugtuung lasse ich hier nicht locker.
„Ach weisst du, mein Freund, der von dem ich ab und zu Pullis und so abstaube, war ausnahmsweise im Lande und hat mich eingeladen. Wir haben einen kleinen Ausflug gemacht."
Leider muss ich jetzt aussteigen und kann nicht weiter bohren.
„Wann sehen wir uns?" ruft er mir ohne Rücksicht auf Verluste nach.
Bin ich froh, dass die pinke Lydia nicht da ist. Mist, jetzt habe ich tatsächlich vergessen, ihm von ihr zu berichten. Das muss ich dringend per Telefon nachholen.

Ich erledige das sofort bei der erst besten Gelegenheit in der Materialkammer. Ich schildere ihm in Kurzform, aber durchaus sehr dramatisch, die Situation. Er zeigt sich sehr einsichtig, fordert aber kehrt wendend das endlich fällige Date. Wir einigen uns auf einen Spaziergang am Mittwoch, aufgrund Zeitmangel meinerseits wegen Workshop Vorbereitung. In diesem Fall ist das kommende Wochenende, wie gesagt, ziemlich hilfreich. Es hat halt alles seine zwei Seiten.
Trotzdem graut es mir ganz arg davor. Zum einen weiß ich nicht, welche Team Building Maßnahmen geplant sind und zum anderen muss ich einen kleinen Vortrag halten über die Situation am Empfang. Ganz zu schweigen von dem Workshop ‚Bereichsübergreifende Teamarbeit'.
„Sag mal, weißt du, welche wunderbaren Aktivitäten geplant sind, um uns alle im Team glücklich aneinander zu schweißen?"
Barbara, meine Kollegin am Empfang, hat wohl die gleichen Ängste.
„Ich habe nämlich irgendetwas von ‚Hochseilgarten' oder ‚Kletterwand' gehört, " stöhnt sie verzweifelt.

Oh Gott, da mache ich auf keinen Fall mit, da können sie sich alle auf den Kopf stellen", entfährt es mir voller Entsetzen.
Die Kandidaten sind uns gerade ziemlich egal und unsere Freundlichkeit hält sich etwas in Grenzen. Die Sorge bezüglich Wochenende gewinnt Oberhand und die Lust darauf sinkt ins Unendliche. Die Berater schleichen auch ziemlich lustlos um uns herum, in der Hoffnung, dass wir mehr Informationen diesbezüglich haben. Dem ist aber nicht so. Nur die Kollegen, die im Leitungskreis sitzen wirken fröhlich und ein bisschen pseudoentspannt. Sie wissen natürlich Bescheid.
Wir, das Fußvolk, wissen nur, dass das Ganze in einem Hotel im Dachauer Hinterland stattfinden wird. Wir werden gemeinsam mit einem Bus dorthin chauffiert werden (damit wir nicht fliehen können). Wetterfeste Kleidung und vor allem Sportschuhe sind ein Muss. Hilfe! Angst!

Armer Norbert. Er muss sich den ganzen Abend meine Horrorvorstellungen von dem ‚Arbeitswochenende' vorbeten lassen. Alex hat sofort Hausaufgaben vorgeschoben, nachdem sie meine Stimmung beim Abendessen zu spüren bekommen hatte.

Mittwochmorgen. Lydia ist wieder nicht da. Alex hatte mich am Vorabend darüber informiert, dass sie wohl in Urlaub gefahren sei. Juhu.

Der Tag verläuft ähnlich wie der Dienstag, bis auf die Tatsache, dass ich nach der Arbeit ein Spazierdate habe. Völlig irrational habe ich heute meine Hochhackigen an. Also landen Andi und ich gleich in einem Café, was mir gerade recht ist, weil er mich ja da nicht einmal küssen darf. Ich glaube, mein Unterbewusstsein hat mich gerettet. Ich erzähle ihm noch einmal von Lydia und er erzählt mir vom Krankenhaus und dass er traurig dem Wochenende entgegen sehen würde, weil ich ja überhaupt keine Zeit mehr für ihn hätte. Haha, ich weiß von Anna, dass sie sich am Samstag mit Andi treffen wird.

Donnerstagmorgen. Schönes Wetter. Angst.

Freitagmorgen. Super schlechtes Wetter. Noch mehr Angst. Heute keine U-Bahn. Norbert fährt mich zu meiner Arbeitsstelle, da dort der Bus auf uns wartet, der uns ins Ungewisse bringen wird.
Ein paar verirrte Kandidaten lungern vor der verschlossenen Tür herum, weil sie wieder einmal ihre Mails nicht gelesen und somit nicht mitbekommen haben, dass heute das Gebäude geschlossen ist. Als sie mich sehen, stürzen sie sogleich auf mich zu, in der Hoffnung, ich würde ihnen die Tür öffnen. Leider muss ich sie enttäuschen. Sie würden mir es sicher nicht glauben, wenn ich ihnen sagen würde, wie gerne ich mich jetzt mit ihnen in ihrem Internet-Café verstecken möchte.
Die Busfahrt ist allerdings ganz lustig, da wir alle in gleichem Maße nervös und gespannt sind, was uns in den fernen Landen hinter Dachau erwartet.
Das Seminarhotel ist ziemlich schön und die Stimmung steigt. Jeder bekommt ein sehr modernes Einzelzimmer, also Luxus pur.
Allgemeiner Treffpunkt ist der große Seminarraum. Wir dürfen mit einem Coach schöne Spiele machen und zum Schluss bekommt jeder eine Trommel, auf dieser wir dann mit einem enormen Trommelwirbel die Einführungsstunde beenden. Das war leicht.
Nach einer Kaffeepause in dem großzügig angelegten Speiseraum, finden wir uns wieder in dem Seminarraum ein. Alle sind inzwischen lockerer und wir stellen mit Freude fest, dass die erst unsinnig erscheinenden Spiele doch etwas gebracht haben. Jetzt wird es ein wenig formeller. Wir

werden in Arbeitsgruppen aufgeteilt und der Workshop beginnt. Wir blamieren uns der Reihe nach, wie es bei solchen Veranstaltungen anfangs so üblich ist, denn schließlich muss den Teilnehmern vor Augen geführt werden, wie wahnsinnig wichtig dieser Workshop für die Entwicklung eines jeden einzelnen von uns ist. Am Spätnachmittag sind wir alle davon überzeugt, dass wir, ohne die begonnenen Übungen am nächsten Tag fortzuführen, sicher nicht mehr in der Arbeitswelt und im sonstigen Leben überlebensfähig sein werden.

Zerknirscht, aber voller Hoffnung auf Besserung begeben wir uns auf die Zimmer, um uns für die Abendveranstaltung umzuziehen. Inzwischen hat man uns aufgeklärt, dass wir wohl unser Abendessen alle gemeinsam in kleinen Gruppen selbst zubereiten, was der allgemeinen Kochwelle und Kochwut sehr entgegen kommt. (Ihr kennt doch auch alle die vielen Kochsendungen und Kochkriege im TV, oder?) Das Ganze entwickelt sich sehr spaßig und wir zaubern gemeinsam eine recht erträgliche Mahlzeit. Leider hält sich mein Hunger in Grenzen, da ich natürlich beim Nachtisch-Team eingeteilt war und mich immer wieder selbst beim Naschen erwischt habe. Es gibt nur wenige Ausfälle. Unser Ober-Chef hat sich verbrannt und sitzt mit einem einigermaßen gequälten Gesichtsausdruck an unserem Tisch. Die Sitzordnung wurde ausgelost. Grundsätzlich hatte ich Glück, nur leider eben der Ober-Chef.... Barbara, die erfreulicherweise direkt neben mir sitzt, hat ihren weißen Blusenärmel in die Sauce eingetaucht und diverse andere Kollegen laufen mit großzügigen Flecken durch die Gegend, weil sie auf eine Schürze verzichtet haben.

Nach dem Essen wird das Team Building in der Bar bei Tanzmusik fortgesetzt.

Das macht Spaß. Vor allem, die etwas älteren Kollegen (ca. in meinem Alter oder älter) dabei zu beobachten, wie sie unsere ganz jungen Kolleginnen anbaggern und einfach nicht überreißen, dass sie sich damit lächerlich machen. Barbara amüsiert sich kräftig mit unserem Chef (platonisch natürlich) und ich werde von unserem ‚Fast-Rentner' dauernd zum Tanzen aufgefordert, was mir nicht wirklich schmeichelt, aber er ist, wie die anderen Männer auch, von seiner Unwiderstehlichkeit vollkommen überzeugt. Da hilft wieder einmal nur Alkohol (oh Gott, das muss echt aufhören, ich finde mich sonst irgendwann auf einem Entzug wieder).

Mein Handy schmort achtlos in meiner Handtasche vor sich hin, da ich es seit der veränderteren Situation mit Andi sehr häufig mit Nichtachtung strafe, als wäre es an meiner fatalen Situation Schuld. Ich habe im Moment schlichtweg kein Interesse an verlogenen Nachrichten von meinem geldgierigen ‚Möchtegernlover'. Als ich es in meiner Tasche allerdings klingeln höre, nachdem ich mich mit einer Ausrede von meinem schwerfälligen Tanzpartner loseisen konnte, versuche ich doch ganz neugierig mein Handy zu finden. Was in der riesigen Tasche, wie immer, ein schwieriges Unterfangen ist. Natürlich hat es längst aufgehört zu bimmeln, als ich es endlich hervorkrame. Oh je, sechs Anrufe von Anna. Sie wollte sich ja, wie gesagt, am Wochenende mit Andi treffen und ich glaube, sie meinte sogar, dass sie schon am Freitagabend, also heute, überraschend bei ihm vorbeischauen würde. Also rufe ich sie sofort voller Neugierde zurück.

„Stell dir mal vor", schreit sie gleich ins Telefon, " ich komme in seine Wohnung und finde dort einen nagelneuen Fernseher vor. Er meinte, es sei ein alter von seinem besagten Freund. Denkt der, ich bin bescheuert. Das Schlimme ist, ich kann nicht einmal etwas sagen, weil wir ja im Moment keinen Stress mit ihm wollen, bevor wir nicht wissen, wie wir weiter vorgehen."

„Ja, was denkst du, von wem er den Fernseher bekommen hat?"

„Vielleicht ist er ja an sein ‚gespartes' Geld ran? Oder denkst du, dass Margo...? Ne, also wirklich, so verrückt kann sie doch nicht sein."

„Ehrlich gesagt, weiß ich gar nicht mehr, was ich denken soll. Vielleicht hat er ja noch eine Vierte?"
Ich bin echt gerade überfordert.
„Ne, das glaube ich nicht, " zweifelt Anna etwas zögerlich, „da hätten wir doch bestimmt bei unserer Suchaktion noch Hinweise gefunden."
„Das glaube ich nicht. Von uns hat man ja auch nichts gefunden."
„Oder es war es doch Margo. Die spinnt wohl. Hat sie denn gar nichts verstanden?"
Oh je, da bahnt sich unnötiger Ärger an, habe ich das Gefühl. Mir erscheint es schon die ganze Zeit so, dass Anna, trotz der ganzen fatalen Situation, doch auch eifersüchtig auf Margo ist. Das können wir jetzt echt nicht brauchen.
„Jetzt beruhige dich. Es gibt bestimmt eine andere Erklärung dafür. Vielleicht haben seine Eltern…"
„Ha ha, das glaubst du wohl selber nicht."
Stimmt, das tue ich nicht, aber irgendwie muss ich sie beruhigen.
„Tja, das hilft jetzt alles nichts, das werden wir schon erfahren, wenn wir Margo treffen und dann können wir uns immer noch nach dem Zustand ihres Verstandes erkundigen."
„Ja, du hast Recht. Eigentlich ist es ja auch egal. Was schert es mich, wer diesem Idioten sein Geld hinten und vorne reinstopft. Ich will Genugtuung und dafür brauchen wir einen klaren Kopf."
Puh, Situation nochmal gerettet und ich gehe jetzt, zum Leidwesen meines schmachtenden Tanzhelden, ins Bett. Morgen wird es wohl ein harter Tag werden, da wir immer noch nicht die Team Building Geschichte im Freien in Angriff genommen haben.

Samstagmorgen. Es regnet. Hoffnung: vielleicht fällt die Außenveranstaltung aus.

Nichts da. Gleich nach dem Frühstück versammeln wir uns wieder im gewohnten Seminarraum, um den Tagesablauf zu besprechen.
Äußerst interessant ist es, die unterschiedlichsten Gesichtsfarben zu betrachten. Da gibt es ganz bleiche Gesichter bei denjenigen, die viel zu spät ihr Bett aufgesucht haben, es gibt grüne Gesichter, die sicherlich von einem ausgiebigen Kater herrühren und es gibt auch wenige rote Gesichter. Ich hoffe, diese verdächtige Gesichtsfarbe deutet nicht auf ein verspätetes Schamgefühl nach einer unruhigen Nacht hin, sondern vielmehr auf ein frühmorgendliches sportliches Lauftraining. Hoffen wir mal das Beste und denken ausnahmsweise nicht so schlecht, auch, wenn mir Barbara ständig grinsend zublinzelt.
Nun zur Planung des heutigen Tages:
Am Vormittag: Fortsetzung des Workshops mit anschließender Präsentation;
Am Nachmittag bei Nichtregen: Bauen eines fahrbaren Untersatzes in diversen Gruppen mit anschließendem Seifenkistenrennen. Na ja, wenigstens kein Hochseilgarten oder andere gefährliche Aktivitäten. Außerdem regnet es ja. Die Aussichten sind also durchaus hoffnungsfroh.
Der WS verläuft erträglich, der Blamage-Faktor hat sich deutlich reduziert und die Gesichter nehmen langsam wieder alle ihre natürliche Hautfarbe an. Es riecht bereits köstlich nach dem Mittagessen, als fröhlich die Sonne sich ihren Weg durch die Wolken bahnt und uns einen sehr arbeits- und bastelreichen Nachmittag erahnen lässt. Schade, schade, schade, wir hatten uns alle bereit auf eine frühzeitige Heimfahrt eingestellt.
Die Gruppen für die Nachmittagsbeschäftigung werden wieder ausgelost und wie es der Teufel will, bin ich schon wieder in einer Gruppe mit meinem Ober-Chef. Das ist allerdings noch nicht das wirkliche Problem, da auch mein Tanzpartner vom Vorabend fröhlich verkündet, mit mir in einer Gruppe zu sein. Zum Glück sind meine anderen Mitstreiter drei junge Leute aus dem Researchteam und ich

muss mich somit nicht dauernd mit der Penetranz meiner beiden älteren Kollegen herumärgern, die aus dem Thema eine Doktorarbeit machen wollen. Zu guter Letzt muss ich auch noch den Fahrer unseres wackeligen Fahrzeuges mimen, weil ich die kleinste im Bunde bin. Das liebe ich ja besonders.
Aber große Überraschung zum Schluss: wir gewinnen das Rennen und mir bleibt somit nur noch die Frage, wie schlecht die anderen erst ihr Fahrzeug zusammengebaut haben mussten, wenn wir mit unserem Klappergestell gewinnen konnten.
Dennoch muss ich zugeben, dass es im Endeffekt wirklich Spaß gemacht hat und die zwei Tage durchaus erfolgreich verlaufen sind.
Nach einer fröhlichen Siegerehrung bringt uns der Bus nach Hause.

Sonntagmorgen. Armer Norbert. Ich werde mit Sicherheit den ganzen Tag nur über die Vorkommnisse unserer Firmenveranstaltung reden.
Und so ist es dann auch.
Am Abend bemerkt Norbert nur schnippisch, wie gut er sich fühlen würde, dass das endlich überstanden sei.
Recht hat er.

Montagmorgen. Die Pinkfarbene (jetzt habe ich doch glatt schon wieder vergessen, wie sie heißt) sitzt in alter Frische und heute tatsächlich wieder in Pink in der U-Bahn. Sie quasselt gleich los, als sie mich erblickt und gibt mir zu verstehen, dass ich mich doch neben sie setzen solle. Andi, gut vorbereitet, setzt sich uns gegenüber und hält sich distanziert zurück, heißt, er spricht nur sehr wenig mit mir. Wir hatten das vorab so besprochen. Ganz ignorieren sollte er mich nicht, das würde schließlich auch auffallen. Er hätte sowieso Mühe, mehr als ein paar Worte zu sagen, da Pitts

Mom (immer noch kein Name eingefallen) von ihren freien Tagen berichtet, wie ein Wasserfall. Kein Wunder, dass Pitt immer so wenig spricht, er hat es wahrscheinlich nie richtig gelernt oder praktizieren können.
Als ich erleichtert aussteige, überlege ich mir krampfhaft, wie ich dieser unangenehmen Situation in Zukunft entfliehen könnte.
Bereits von Weitem kann ich erkennen, dass schon wieder Kandidaten vor der Türe stehen und sich gegenseitig aufheizen, damit sie sofort über dieses leidige ‚immer müssen wir vor der Türe warten' – Thema loswettern können, wenn sie mich sehen. Meistens ist es ihnen egal, ob ich überhaupt schon nahe genug bin, um zu hören, was sie sagen. Nicht, dass es für mich von Bedeutung wäre, da ich sowieso jede Beschwerde auswendig kann. Im Normalfall nerven mich diese nörgelnden schimpfenden Menschen am Morgen, heute hingegen erscheinen sie mir wie ein Segen, denn sie werden die Lösung für mein Problem sein.
Ich lasse mir bei meinem Chef einen Termin am Vormittag geben, um ihm zuerst die frühmorgendliche Situation so anschaulich und dramatisch wie möglich zu schildern, ihm dann aber gleich die Lösung zu liefern (er sieht dann auch gleich, dass ich auf dem Workshop viel über problemlösendes Denken gelernt habe). Ich schlage ihm also vor, dass wir doch eine halbe Stunde früher öffnen sollten und erkläre mich gleich dazu bereit, in Zukunft immer den ‚Superfrühdienst' (und schon hat das Kind einen Namen) zu übernehmen. Er ist sehr erfreut über die fleißige Mitarbeiterin und über die Nachwirkung vom Wochenende. Schon am Nachmittag ist es eine beschlossene Sache und in einer Woche wollen wir damit starten. Das nenne ich mal erfolgreich.

Den ganzen Tag über bombardiert mich Andi mit Nachrichten. Er möchte mich unbedingt treffen. Am Liebsten morgen, übermorgen und den Rest der Woche. Morgen habe ich eine Ausrede: Verona - Nachbesprechung! Trotzdem muss ich in den sauren Apfel beißen und verabrede mich mit Andi für den Mittwochabend. Bei ihm zu Hause. Hilfe.

Am Abend teilt mir Norbert mit, dass er ganz gerne am Wochenende mit seinem Fußballkumpel zum Wandern gehen würde. Das kommt mir sehr gelegen, da ich ja ein Treffen mit Margo und Anna geplant habe. Wenn Norbert nicht da ist, dann habe ich absolut keinen Zeitdruck. Ich kann sie sogar zu mir nach Hause einladen, da ich weiß, dass Alex auch nicht zuhause sein wird, weil sie von Donnerstag (Fronleichnam) bis einschließlich Sonntag mit Pitt nach Wien fahren wird, um Kathi und Georg zu besuchen. Zufrieden mit dem Tag, an dem sich so vieles positiv gelöst hat, gehe ich ins Bett und träume von Seifenkisten.

Dienstagmorgen. Keine besonderen Vorkommnisse.

Meine Mädels treffe ich heute beim Italiener. Wir wählen die Orte für unsere Treffen immer sehr themenbezogen aus. Da ist es klar, dass wir bei der Verona – Nachbesprechung ein italienisches Restaurant ausgewählt haben. Wir waren des Öfteren schon dort, weil das Essen köstlich ist und die Stimmung sehr italienisch. Die Kellner flirten immer mit einem italienischen Akzent mit uns. Nach unseren jüngsten Erfahrungen lassen wir uns allerdings nicht mehr davon blenden. Wahrscheinlich sind sie alle aus Rumänien oder Bulgarien oder Deutschland oder wer weiß woher. Jede hat brav einen USB-Stick dabei, mit den Fotos, die sie geschossen hat, damit Valerie, wie immer, für uns alle ein Fotobuch daraus zaubern kann. Sie ist darin perfekt. Ich muss sie dafür echt bewundern, weil es mit wirklich viel Arbeit verbunden ist, da wir die ein oder andere ‚Mamarazzi' unter uns haben.
Das Restaurant ist relativ klein und deshalb sehr gemütlich. Es ist geschmackvoll eingerichtet, vielleicht ein kleines bisschen zu übertrieben italienisch. Als wir heute allerdings

ein altes Foto von Verona über der kleinen Glasvitrine mit üppiger Grappa Auswahl entdecken, ist es um uns geschehen und das Lokal wird die nächsten Stunden stimmgewaltig von uns in Beschlag genommen.

Mittwochmorgen. Voraussichtlich ein letztes Mal um diese Uhrzeit in der U-Bahn, da am Donnerstag ja Feiertag und am Freitag Brückentag ist. Ich erzähle nicht, dass ich ab nächster Woche früher mit der U-Bahn fahren werde. Ich werde sie alle vermissen, die missmutigen Morgenmuffel, die gelangweilten Gähner, die Schnarcher, den lüsternen Alten, die Pinkfarbene, Andi.... Ich werde Andi am Abend davon berichten.

Gesagt, getan. Als ich ihn nach der Arbeit in seiner Wohnung besuche, fange ich gleich mit dem Thema an, um ihn geschickt von irgendwelchen erotischen Aktivitäten abzuhalten. Das ist allerdings enorm schwierig, da er voll in Stimmung sei, wie er mir fröhlich mitteilt und überhaupt nicht auf meine Hiobsbotschaft (ich dachte zumindest, es wäre eine für ihn) eingeht. Ich überlege mir schon den ganzen Tag krampfhaft, wie ich, ohne ihn hellhörig werden zu lassen, davon abhalten kann, mir die Kleider vom Leib zu reißen. (Entschuldigung, ihr wisst, ich neige manchmal in Stresssituationen zu Übertreibungen.) Ich lasse mich kurz auf ein bisschen Küssen ein und erzähle ihm dann von gynäkologischen Hintergründen, die es mir im Moment verbieten, Sex in jeder Form zu haben. Da er, wie die meisten Männer wenig Ahnung von solchen Dingen hat, glaubt er mir sofort, obwohl er seine Enttäuschung schwer verbergen kann. Das wiederum gibt mir eine gewisse Genugtuung.
Ich überlege, ob ich Anna fragen soll, ob sie weiter mit ihm schläft. Bei Margo bin ich mir da ja ganz sicher. Irgendwie bin ich stolz auf mich, dass ich wieder auf den Pfad der Tugend zurückgefunden und mich wieder ganz und gar der

Monogamie verschrieben habe. Dass mich die widrigen Umstände dahin gebracht haben, lasse ich bei meiner Selbstbelobigung außer Acht.

Er erzählt mir ausgiebig von seinen Kindern und seiner Exfrau, nachdem ich scheinheilig nachgefragt hatte, und ich kann es nicht fassen, wie unendlich seine Fantasie zu sein scheint. Er fängt natürlich auch wieder an, über Geld zu reden und da bleibt mir nur noch eins: zu fliehen. Nicht, dass noch die Gefahr bestehen würde, dass ich ihm wieder etwas Monetäres zukommen lassen würde. Sicher nicht! Aber das Thema nervt wirklich und er nervt auch. Bin gespannt, wie Anna und Margo das sehen.

Donnerstagmorgen. Ausschlafen? Eher nicht. Alex verbreitet Chaos in der gesamten Wohnung, weil sie ihre Fahrkarte nach Wien nicht finden kann, die Haare noch nicht trocken sind, der Koffer nicht zu geht, Pitt bestimmt schon am Bahnhof auf sie wartet und sie hoffnungslos zu spät dran ist.

Ich finde ihre Fahrkarte, Norbert quetscht ihren Koffer zu, ich schreibe Pitt eine ‚Alex kommt gleich – SMS' und Norbert fährt sie dann schließlich noch zum Bahnhof, weil heute die U-Bahnen nicht so häufig fahren. Ihre Haare sind noch immer nicht trocken.

Nachdem meine Lieben die Wohnung mit fliegenden Fahnen verlassen haben, gehe ich ins Bad, um mich vor Erschöpfung unter die Dusche zu quälen und um, wie könnte es anders sein, dort Alex Waschbeutel zu finden. Das Kind stresst manchmal gewaltig.

Umso ruhiger und angenehmer verläuft der ganze Feiertag und wir erlauben uns sogar schon an den See zu fahren. Das Wasser ist mir noch zu kalt, aber die Sonne ist herrlich. Es lässt sich angenehm auf unserer Decke dösen und über Rachefeldzüge nachdenken.

„Schläfst du?" stört Norbert meine Gedanken. „Irgendwie lächelst du hinterhältig, während du so daliegst. Man könnte fast Angst bekommen."
Zu Recht, denke ich mir, zu Recht.

Freitagmorgen. Andi hat sich gestern nur einmal gemeldet. Ich denke, Anna hat sich mit ihm getroffen.
Norbert wird heute gleich nach der Arbeit in die Berge fahren, das gibt mir viel Zeit, um mich heute ausgiebig mit Melli zu treffen. Sie hat mich zu sich nach Hause eingeladen und das ist gut so. Sie empfängt mich mit roten Augen in ihrer äußerst schicken, aber leider nicht sehr gemütlichen Wohnung. Frank ist auf Dienstreise oder so ähnlich. Ich hatte mich nicht gut genug informiert, weil es mich auch nicht unbedingt interessiert.
„Ich glaube, Frank hat eine Andere", fängt sie sofort zum Schluchzen an, als sie sich auf ihre elegante weiße Ledercouch fallen lässt.
„Das ist aber nicht unbedingt etwas Neues", rutscht es mir unsensibel heraus.
„Doch, es ist etwas Neues, denn ich glaube, es ist etwas Ernstes. Ich habe mitbekommen, dass er mit einem Anwalt telefoniert hat. Wenn mich nicht alles täuscht, ist das Wort ‚Scheidung' gefallen. Mensch Lilly, ich weiß, dass wir eine fürchterliche Ehe führen, aber eine Trennung..., nein, das wollte ich nie."
Wieder einmal schwebt die Beziehung meiner besten Freundin vor mir, wie ein riesiges Fragezeichen.
„Und er wollte das eigentlich auch nie", fährt sie fort, „darüber waren wir uns einig."
„Kennst du seine momentane Flamme?"
„Nein, aber sie scheint ihn richtig eingefangen zu haben. So kenne ich ihn gar nicht. Ich will das nicht, ich will keine Scheidung. Es lief doch alles so gut."

Na ja, wie man es nimmt, denke ich mir, vermeide es aber noch im letzten Moment, es auszusprechen. Wer bin ich denn, dass ich Richter sein darf?
„Ja, aber wie lange ist er denn schon mit ihr zusammen?"
„Keine Ahnung, und was heißt schon ‚zusammen'? Wir sind zusammen und treffen uns nebenbei nur mit anderen."
„Ok, aber bist du nicht auch ein bisschen in diesen Martin verliebt?"
„Nein, um Gottes Willen, doch nicht in den. Der nervt mich total. Ich weiß nur nicht, wie ich ihn loswerden kann."
Man höre und staune und wundere sich nur noch. Hatte sie mir nicht noch am Dienstag vor dem Veronanachtreffen erzählt, dass sie einfach nicht von diesem Loserlover loskommen würde. Es ist dermaßen verrückt, wie wild Beziehungen sein können. Kaum hat sie jetzt das Gefühl, dass sie Frank verlieren könnte, hat sie jeglichen Bezug zur Realität verloren. Die Realität ist, dass sie und Frank von jeher eine katastrophale Ehe führen und beide ständig Bestätigung bei anderen Partnern suchen. Aber vielleicht ist das gar nicht die Lebenswahrheit für die beiden, sondern nur das, was wir Außenstehende sehen wollen. Ich bin vollkommen verwirrt.
„Was soll ich denn nun machen, Lilly?"
Ich nehme das sonst so selbstbewusst erscheinende heulende Elend in den Arm.
„Ich bin mir sicher, dass du dir alles nur einbildest."
„Nein nein nein, ich bilde mir das nicht ein. Er ist total anders, als sonst."
„Dann müssen wir ihn bespitzeln."
Schon bin ich in meinem neu entdeckten Element. Ich sehe mich schon, wie ich mit Perücke und Sonnenbrille hinter Frank her spioniere…
„Bist du von allen guten Geistern verlassen? Das kannst du mit deinen neuen Freundinnen machen", beleidigt sie mich ausgiebig.
Ich muss ziemlich gekränkt aussehen, weil Melli schnell hinzufügt, dass es sich bei mir ja um etwas ganz anderes

handeln würde, was durchaus eine Racheaktion und ähnliches rechtfertigen dürfte.

Da hat sie gerade nochmal die Kurve gekriegt, bevor ich wütend und rücksichtslos mein Glas hätte auf den makellos geputzten Glastisch hätte knallen können (glaubt mir, ich war knapp davor).

Ich sollte mir allerdings mal dringend Gedanken über die Bemerkung ‚neue Freundinnen' machen. Mein Verdacht, dass Melli eifersüchtig sein könnte verstärkt sich zunehmend. Das muss ich bei Gelegenheit schnellstens im Keim ersticken. Anna und Margo sind, obwohl ich sie ganz nett finde, nur Leidensgenossinnen von mir. Sie sind definitiv keine neuen Freundinnen, die Melli den Rang ablaufen könnten.

Also nutze ich gleich mal die Chance und zeige mich von meiner besten Freundinnenseite, indem ich Melli die nächsten drei Stunden geduldig zuhöre, ihr vergeblich den ein oder anderen Rat zukommen lasse und mich gemeinsam mit ihr betrinke. Schon wieder zu viel Alkohol, aber das bin ich ihr schuldig. Also opfere ich mich und öffne uneigennützig die nächste Flasche, während sich Melli etwas übertrieben laut, die Nase putzt.

Samstagmorgen. Puh, das ist ein Kater vom Feinsten. Da hilft nur noch Aspirin und ...Aspirin. Ich muss mich beeilen und meine Wohnung noch auf Vordermann bringen. Anna will schon um 14:00 Uhr vorbeikommen. Margo hat vor, spätestens um 16:00 Uhr hier zu sein. Ich denke, sie ist seit gestern Abend bei Andi. Tja, Donnerstag Lilly, vorgestern Anna, gestern Margo – ein Abend schöner, als der andere für Andi. Na ja, der mit mir war wohl eher grenzwertig. Mich würde es ganz arg interessieren, ob die beiden anderen ihm noch immer Geld geben. Ich kann mir das zwar beim besten Willen nicht vorstellen, aber, wer weiß?

Melli ruft mich gegen 12:00 Uhr auch sehr verkatert und immer noch verzweifelt an. Ich habe zwar überhaupt keine

Zeit, kann ihr das aber auf keinen Fall sagen. Schon gar nicht, dass ich mich auf den Besuch meiner Mitstreiterinnen im Fall Andi vorbereiten muss. Wie ich ja am Vorabend erfahren durfte, ist dies ein sehr sensibles Thema. Sie weiß zwar, dass ich mich heute mit den Beiden treffe, hat es aber sicher in ihrem eigenen Kummer vergessen. Frank ist wohl immer noch nicht zuhause und hat sich überhaupt nicht bei ihr gemeldet. Jetzt hat sie zusätzlich auch noch Angst, dass ihm etwas passiert sein könnte. Ich, die absolut unbegabte Handynutzerin, gebe ihr den Rat, sie solle doch mal bei WhatsApp nachschauen, wann er wohl das letzte Mal online gewesen sei. Während sie offensichtlich sofort ihr Handy, besser gesagt natürlich, Smartphone, inspiziert, tue ich das mit einem kritischen Blick bei meiner Wohnung auch und muss feststellen, dass es absolut notwendig ist, ihr noch eine Aufräum- und Notputzaktion zu widmen. Inzwischen ist Melli fündig geworden. Das Ergebnis ihrer Suche erfahre ich aber nicht mehr, weil sie mir nur noch schnell zuflüstert, dass Frank wohl in diesem Moment die Tür aufsperren würde. Ich murmle noch was von ‚wird schon werden', da hat sie auch schon aufgelegt. Puh, nochmal Glück gehabt, jetzt kann ich loslegen und sämtliche Strümpfe, T-Shirts, etc. von Norbert in sein Zimmer verbannen. (Ich mag jetzt wirklich sehr unsensibel wirken, weil ich nur ans Aufräumen denke, während bei meiner besten Freundin gerade ihr Leben zusammen zu brechen scheint. Aber glaubt es mir, ich bin mir sicher, dass bei Frank gar nichts dahinter ist, nur eine übliche Affäre, sonst nichts.)

Als Anna mit einer Flasche Wein bei mir erscheint, bin ich fast fertig. Ich muss nur noch die Spülmaschine einräumen und schon sieht meine Wohnung wunderbar aus. Zumindest der Teil, der heute von mir bewohnt wird. Norberts und Alex Zimmer sind total tabu. Margo wird in meinem Zimmer schlafen und Anna hat sowieso vor, nach Hause zu fahren.

Anna scheint ziemlich überrascht zu sein, wie unkonventionell meine Wohnung eingeteilt ist. Sie wirkt fast ein bisschen neidisch.
Inzwischen hat es angefangen zu regnen. Ideal für einen Kaffeeklatsch und Verschwörungstheorien.
„Denkst du eigentlich, dass Margo immer noch in Andi verliebt ist?"
Etwas unfein fängt Anna gleich an, über die noch abwesende Margo zu sprechen. Sie hat sich noch nicht einmal hingesetzt.
„Wenn sie ihn wirklich liebt, dann denke ich schon. So schnell entliebt man sich nicht", versuche ich meine Antwort so neutral wie möglich zu halten. Außerdem beobachte ich Anna dabei genau, um irgendwie zu erkennen, wie ihre wirklichen Gefühle eigentlich sind.
Wir einigen uns darauf, weitere Dinge bezüglich Andi erst einmal nach hinten zu schieben, sonst müssen wir alles zweimal erzählen oder besprechen.
Pling. Ich denke, das ist eine SMS von Norbert oder Alex oder Melli. Nein, Sie ist von Andi.
Ring ring ring. Anna bekommt eine WhatsApp. Auch von Andi.
Wow, wie geschmacklos. Aber jetzt wissen wir, dass Margo auf dem Weg zu uns ist. Da der bekanntlich ja nicht der kürzeste ist, kann das noch etwas dauern.
Der Inhalt der SMS ist ziemlich neutral. Es geht darum, wann wir uns endlich wieder sehen können und wie anstrengend sein Arbeitstag bis jetzt war. Was für ein … .
Ich merke, wie Anna nervös auf dem Stuhl herumrutscht und denke, dass sie die gleichen Gedanken hat, wie ich. Ich möchte nämlich zu gern wissen, was er ihr geschrieben hat.
Schließlich und endlich vergleichen wir die beiden Nachrichten, um festzustellen, dass es sich dabei exakt um den gleichen Text handelt. Offensichtlich hat er die Nachricht nur kopiert, weil wir den gleichen Tippfehler finden. Das heizt uns jetzt noch richtig auf und wir sind in absoluter Rachestimmung, als Margo schließlich auftaucht. Sie hin-

gegen ist unserer Meinung nach viel zu mild gestimmt, sicherlich noch beeinflusst von einem schönen Besuch bei Andi (und gutem Sex).

Als eine liebliche Melodie, die wunderbar zu Margo passt, aus deren Minitasche kommt, wissen wir, das kann nur eine Nachricht von Andi sein. Sie strahlt auch viel zu sehr, als sie den Inhalt liest (man könnte fast sagen, inhaliert, wenn man ihr zuschaut). Nachdem wir ihr die Nachrichten zeigen, die er, kurz nachdem sie seine Wohnung verlassen hatte, an uns geschrieben hat, bricht unsere zarte dritte Betrogene wieder mal in Tränen aus. Ich habe vorgesorgt. Allzeit bereit, stelle ich eine Box mit Papiertüchern vor sie.

Aufgeheizt durch die exakt gleiche Nachricht, die er Anna und mir hatte zukommen lassen, kommen wir sofort zum Thema: Wie, wann und wo rächen wir uns und holen uns unser Geld zurück?

Selbst Margo hat nach dem jüngsten Betrug die Nase erst mal voll und ist voller Rachegedanken. Fast unheimlich, wie schnell die zarte verliebte Margo nach diesem erneuten ‚Verrat' sich wieder voll und ganz auf unsere Seite geschlagen hat und fleißig mit uns plant.

Wir überlegen hin und her und hin und her und kommen zu dem Entschluss, dass wir noch mehr über ihn herausfinden müssen, um handeln zu können. Wir beschließen, dass wir zu seinem Heimatort fahren werden, um dort vielleicht das ein oder andere über ihn zu erfahren. Irgendwann hat er bei mir einmal erwähnt, wo seine Eltern wohnen würden. Anna hat er erzählt, wo er aufgewachsen sei und dass seine Exfrau mit seinen Kindern noch heute dort leben würden. Es handelt sich dabei um das gleiche Dorf. Wir googeln den Ort und stellen fest, dass er gar nicht so weit von München entfernt ist. Wir könnten also sehr gut mit der S-Bahn hinfahren.

„Was wissen wir noch?"

„Ja, dass sein Vater wahrscheinlich Dieter Schüble heißt. Wir müssen nur herausfinden, wo der wohnt."

„Und dann? Was machen wir mit dieser Information?"

„Wir gehen hin, geben uns als frühere Bekannte aus und versuchen ihn auszufragen."

„Sehr realistisch!" Anna ist über meinen Vorschlag nicht wirklich begeistert. Ehrlich gesagt, finde ich ihn selbst etwas fragwürdig.

„Wir könnten ja auch dort anrufen und uns als Marktforscher ausgeben. Manche Leute sind sehr großzügig mit Informationen über ihre eigene Person, die sie dann auch bereitwillig preisgeben. Ich habe einen Bekannten, der macht das beruflich. Er meint, man müsse den Probanden nur das Gefühl geben, dass er besonders wichtig sei und man ihn deshalb ausgewählt habe. Es kann sich kein Mensch vorstellen, wieviel die Menschen über sich erzählen

. Datenschutz hin oder her. Wenn man eine Person erwischt, die gerne über sich spricht, dann hat man schon gewonnen."

„Das klingt doch sehr gut." Anna und ich sind begeistert.

Nach gründlichen Überlegungen und diversen Tassen Tee (Kaffee geht keiner mehr rein und für Alkohol ist es jetzt noch zu früh) steht unser Aktionsplan:

Erstens: Telefonnummer von Dieter Schüble im Internet suchen

Zweitens: Auswahl der Fake-Marktforscherin (die einstimmige Wahl fällt auf Anna, weil die sich gleich selbst aufgedrängt hat und Margo und ich dafür mehr, als dankbar sind)

Drittens: Fragensammlung, was ein lautes und wüstes Durcheinander in unserem Pseudo-Marktforschungsinstitut verursacht. Wir haben die wildesten und lustigsten Ideen. Dabei ist aber leider nicht viel Brauchbares. Also zurück zur Ernsthaftigkeit und zielführende Fragen kreieren.

Viertens: Fragen aufschreiben und vorlesen

Fünftens: Anna beruhigen, weil sie jetzt doch sehr aufgeregt ist und Angst vor dem Anruf hat

Sechstens: anrufen

„Schönen guten Tag, Herr Schüble. Mein Name ist Sophia Stöger vom Forschungsinstitut Löhnstein-Bauer. Haben sie ein paar Minuten Zeit, um mir ein paar Fragen zum Thema „Internet" beantworten….."

Margo und ich sind enorm überrascht, wie lieblich und charmant unsere taffe Anna am Telefon sein kann, wie geschickt sie die Fragen stellt und damit den armen Herrn Schüble um den Finger wickelt. So erfährt sie, dass er zwei erwachsene Söhne hat, die leider leider weit weg wohnen (na ja), keine Enkelkinder da sind (noch mehr leider leider), aber ihm seine Schwiegertochter doch immer sehr behilflich ist, wenn er Fragen zum Internet hat. Diese besagte Schwiegertochter wohnt zum Glück auch in seinem Haus, da sein Sohn ja in München arbeitet.

Als Anna aufgelegt hat, sind wir nur noch erstaunt, was sie alles aus ihm herauslocken konnte hat und was er ihr dann auch bereitwillig mitgeteilt hat, ohne, dass sie ihn danach fragen musste.

Jetzt brauchen wir

Siebtens: eine Pause, um Pizza zu bestellen, weil wir vor Hunger schon bald umfallen.

Anna fühlt sich super. Sie hat wirklich viel erfahren und wir sind voller Begeisterung über ihr einfühlsames Geschick am Telefon. Nur der Vorschlag, dass sie doch in Zukunft bei einem Marktforschungsinstitut Karriere machen soll, wehrt sie mit Vehemenz ab.

Sie hat erfahren, dass Andi (Dieter Schürle hat tatsächlich sogar einmal von ‚seinem Sohn Andreas', gesprochen) mindestens dreimal im Monat zuhause bei seiner Frau ist und seinem Vater dann auch immer gute Tipps bezüglich Internet geben kann.

Neben vielen unwichtigen Kleinigkeiten sind für uns das die wichtigsten Erkenntnisse:

Andi fährt regelmäßig zu seiner Frau, was zumindest den Anschein erweckt, dass seine Ehe funktioniert und er alles andere, als ein geschiedener und verzweifelter Mann ist. Tja, und er hat keine Kinder!

Allein diese unfassbaren Lügen lassen uns fast die ganze Nacht hindurch diskutieren, wie wir weiter verfahren wollen. Anna entscheidet sich spontan, auch zu übernachten, weil sie so spät nicht mehr allein nach Hause fahren möchte, ihre Kinder übernachten sowieso bei Freunden. Sie ist im Moment sicher bei ihren Leidensgenossinnen besser aufgehoben. Ok, dann muss sie in Alex Zimmer schlafen, aber ich denke, die Unordnung um sie herum wird sie in der momentanen Situation sowieso nicht stören. Und überhaupt kann mir das auch egal sein.

Sonntagmorgen. Obwohl wir sehr spät ins Bett gegangen sind, sitzen wir bereits um 8:00 Uhr beim Frühstück. Wir haben nämlich vor, heute doch noch in den Heimatort von Andi zu fahren. Über Google Maps und mit Hilfe des Telekomeintrags der Telefonnummer und Adresse von seinen Eltern, wird es ein Leichtes sein, das Haus zu finden.
Das Wetter ist heute richtig schön und wir beschließen, daraus sogar einen kleinen Ausflug zu machen. Wir fahren doch nicht mit der S-Bahn, sondern mit Margos Flitzer. Sie liebt das Autofahren und hat sich dementsprechend auch ein sehr schnelles Auto zugelegt. Wir sind sprachlos, als sie losbraust, als müsse sie die Formel Eins gewinnen. Wir bleiben während der gesamten Fahrt ziemlich still, weil wir verängstigt um unser Leben bangen.
Die Fahrt dauert glücklicherweise nicht lange und wir sind froh, als wir das Teufelsgefährt unbeschädigt verlassen dürfen. Nur nicht an die Heimfahrt denken….
Als wir uns dann allerdings, wie gesagt, mithilfe von Google Maps per pedes auf den Weg machen, sind wir schnell wieder voll bei der Sache: Es macht uns sogar richtig Spaß, als wir, wie Detektive durch den Ort streichen. Ich lasse mich gerade ausgiebig über die merkwürdigsten Tarnmethoden aus, als ich so einen massiven Schubs von Anna bekomme, dass ich durch die offene Türe des Eiscafés fliege vor dem wir gerade stehen. Im Flug reiße ich dann gleich auch noch Margo mit und wir beide liefern einen imposanten, wenn auch nicht schönen Auftritt im

Café. Zum Glück stoppt uns die Eis Theke, bevor wir einen Kellner zu Fall bringen, der mit einem Tablett voller Cappuccini angstvoll hinter ebendiese geflüchtet war.

„Wenn du das unauffällige Detektivarbeit nennst, dann hast du den Sinn von Unauffälligkeit nicht erfasst", schnauze ich Anna an.

Margo ist noch ausgiebig damit beschäftigt, sich zu schämen.

Anna interessiert das alles gar nicht. Sie deutet nur auf die andere Straßenseite und jetzt können auch wir Andi dort erkennen. Er schlendert Hand in Hand mit einer, wir nehmen mal zu seinen Gunsten an, seiner Frau auf die Eisdiele zu. Fliehen ist unmöglich. Er würde uns in jedem Fall entdecken. Bleibt nur die Toilette, die wir Hals über Kopf entern. Wie das in einem Café dieser Art üblich ist, ist dieser Fluchtort äußerst klein und wir haben leider keine Ahnung, wie lange wir dort verweilen müssen. Im besten Fall holen sie sich nur ein Eis in der Waffel und setzen sich nicht auf die einladende Terrasse. Hinzu kommt, dass wir nicht einmal herausfinden können, für was sie sich entscheiden, da wir den Sichtschutz ‚Toilette' nicht verlassen können. Also stehen wir ratlos eng zusammengedrückt in dem Mini Händewaschvorraum, als eine Frau verzweifelt versucht, die Türe zu öffnen. Nachdem wir uns alle drei auf eine Seite gequetscht haben, gelingt ihr das auch.

„Oh, ist die Toilette besetzt, weil Sie hier warten?" will sie verdutzt wissen.

„Nein, Sie können gerne reingehen, wir warten hier nur… bis es unserer Freundin wieder besser geht, " versuche ich verzweifelt die Situation zu retten und deute auf Margo, die aufgrund der misslichen Lage vollkommen blass um die Nase ist.

Kehrt wendend verlässt die Dame den Ort des Geschehens ohne das besagte Örtchen aufgesucht zu haben.

„Das war sie", platzt Anna aufgeregt und für meine Begriffe viel zu laut heraus.

„Oh Gott, und ich habe sie mir nicht einmal richtig angeschaut. Was sollen wir jetzt nur machen? Wir können doch nicht ewig hier drin bleiben."
Anna öffnet die Tür unter unserem Protest einen spaltbreit.
„Oh, ich kann beide an der Theke stehen sehen. Andi zahlt gerade. Ich denke, das ist ein gutes Zeichen. Sie werden wohl mit dem Eis nicht auf der Terrasse sitzen bleiben. Das darf man in den meisten Eisdielen nicht."
Wir warten noch fünf Minuten und beschließen dann, dass ich vorausgehe, um die Situation zu eruieren.
Die Luft ist rein. Voller Erleichterung kaufen wir uns auch noch ein Eis. Allerdings verzichten wir auch auf den schönen Sonnenplatz auf der Terrasse und nehmen nur ein Eis in der Waffel. Die Lage ist uns zu unsicher und wir wollen uns Andi nicht alle gemeinsam auf dem Servierteller präsentieren. Noch nicht!!!
Wir verzichten auch darauf, uns das Haus seiner Eltern anzusehen. Das erscheint uns jetzt zu gewagt.
Auf alle Fälle war der Ausflug erfolgreich. Wir wissen jetzt, dass er sehr wohl nicht von seiner Frau getrennt ist.
Während der mindestens genauso überdimensional rasanten Heimfahrt (Margo muss schon unendlich viele Strafzettel bekommen haben) beschließen wir, dass wir bald zum Angriff übergehen werden. Wie dieser allerdings ausschauen wird, ist uns jetzt noch ein Rätsel. Nach dieser Autofahrt kann uns zumindest nichts mehr erschrecken.

Montagmorgen. Eine halbe Stunde früher aufstehen, eine halbe Stunde früher los zur U-Bahn und trotzdem bestens aufgelegt. Das ist eine Lilly, die meiner Familie völlig fremd ist. Aber, was wissen die schon. Kein Andi und keine Pinkfarbene. Wunderbar.
Ich bin fast ein bisschen aufgeregt. Was wird mich wohl erwarten? Wie werden meine neuen Fahrgastkollegen aussehen?

Oberflächlich betrachtet sehe ich erst einmal keine Unterschiede.
Die meisten U-Bahngäste, die dreißig Minuten früher unterwegs sind, wirken mindestens genauso müde und morgenmuffelig, wie meine bisherigen morgendlichen Wegbegleiter. Einige eifrige Leser verstecken sich hinter ihren riesigen Zeitungen, nachdem sie unschuldige Sitznachbarn aufgeweckt haben, da sie ihnen beim Umblättern einen leichten Faustschlag versetzt hatten. Die Schlagzeilen, die sich einen durch die riesigen Tageszeitung-Formate regelrecht aufdrängen, sind um diese Uhrzeit genauso schrecklich, wie immer. Da ist es egal, um welche Zeit man U-Bahn fährt.
Aber da sitzt eine ältere Dame, die angestrengt versucht ihrem Enkelkind (nehme ich mal an) etwas vorzulesen, während sie mit großer Ausdauer das Bein des Kleinen festhält, damit er seinen schmutzigen Schuh nicht am Anzug seines Gegenübers abputzen kann. Der würde das allerdings gar nicht bemerken, da er zu den von der U-Bahnwelt entrückten Zeitungslesern zählt.
Neben mir sitzt eine etwas verwirrt erscheinende Dame, die ständig vor sich hin redet, während sie das Mädchen, das mir gegenüber sitzt beim Schminken beobachtet. Plötzlich schnauzt sie ebendieses lautstark und aufgeregt an:
„Haben Sie zuhause keine Zeit, um sich zu schminken? Müssen Sie uns alle hier damit belästigen?"
Damit weckt sie nicht nur das Interesse der schlafenden Mitfahrer, die erschreckt ihre Augen aufreißen, sondern auch das der Zeitungsleser und sonstiger vor sich hindösender Fahrgäste.
„Warum schreit die alte Frau so laut?" bemerkt der kleine Junge etwas zu laut und seine Oma hält ihm den Mund zu.
Das Mädchen hat vor Schreck ihren Lippenstift fallen lassen, den sie jetzt verzweifelt sucht. Dieser ist inzwischen bei den Füssen eines jungen Mannes gelandet, der desinteressiert vor sich hin wippt (wahrscheinlich bewegt er sich nur rhythmisch nach einer undefinierbaren Musik, die mit-

hilfe überdimensional großer Kopfhörer in seine Ohren dröhnt). Ein anderer junger Mann hebt aufmerksam den Lippenstift auf, um ihn mit einem verschämten Lächeln dem Mädchen auszuhändigen.
„Müssen Sie jeden Tag irgendjemanden beschimpfen?" beschwert er sich bei meiner missmutigen Sitznachbarin und nickt dem Mädchen aufmunternd zu.
„Denken Sie sich nichts, das macht die dauernd. Heute sind Sie ihr Opfer, morgen sucht sie sich wieder jemanden aus."
Ich stelle fest, dass sich die neue Mitfahrergruppe wohl doch von meiner alten unterscheidet. Das könnte interessant werden.
Der kleine Junge hat inzwischen übrigens eine Möglichkeit gefunden, seine Schuhe an dem Mantel einer äußerst eleganten Dame, die neben ihm sitzt (er teilt sich einen Sitzplatz mit seiner Oma) abzuputzen und überlegt sich wohl gerade, ob er das Gleiche mit seinen Schokoladenfingern probieren soll. Die Dame springt auf, die Oma entschuldigt sich tausend Mal und der kleine Junge hält sich vor Schreck mit seinen Schokofingern an dem hellgrauen Hosenbein seines Gegenübers fest.
Leider muss ich jetzt schon aussteigen und die fantastische Morgenshow verlassen. Schade.

Pling. SMS von Melli: Endlich. Sie hatte sich seit unserem letzten Gespräch nicht mehr gemeldet und ich war ja leider auch sehr mit Racheplänen usw. beschäftigt. Ich hatte gestern zwar noch versucht, sie anzurufen, bevor meine Familie wieder über mich hereinbrach, aber war mit meinem Versuch ziemlich erfolglos.
Sie schreibt mir nur etwas von totaler Entspannung der Situation und dass sie unbedingt mit mir reden müsse, allerdings nicht am Telefon.
SMS an Melli: Dann treffen wir uns einfach morgen Abend.
SMS Melli: Gebongt, gleiche Zeit, gleicher Ort, wie immer.

Sehr schön, dann habe ich schon mal für morgen eine Ausrede, dass ich Andi nicht treffen muss. Es muss wirklich bald etwas passieren, sonst steige ich aus, bevor wir unseren Racheplan, der noch in den Sternen steht, verwirklicht haben.

Dienstagmorgen. The Show must go on. Zu meiner Freude sitzt die Oma mit ihrem Enkel wieder auf dem gleichen Platz. Der Herr mit dem schicken Anzug und der Schokoladenhand auf seiner Hose sitzt am anderen Ende des Wagons. Wer kann es ihm verübeln? Stattdessen hat sich das Schminkmädchen gegenüber von dem kleinen Jungen niedergelassen. Neben ihr sitzt der junge charmante Mann, der sie am Vortag so heldenhaft verteidigt hatte. Da wird sich nicht etwa etwas anbahnen? Kennt man ja. Gebe ihm kein Geld, möchte ich dem Mädchen zurufen. Ich bezweifle allerdings, dass sie es verstehen würde. Die verrückte Motzerin sitzt leider wieder neben mir und ich merke, dass sie mich dauernd anstarrt. Oh Gott, heute hat sie mich wohl im Fokus.
„Früher hat man Frauen mit roten Haaren verbrannt", schreit sie mich an.
Wieder erschrecken alle und starren mich an. Am liebsten würde ich mich in Luft auflösen. Ich ignoriere das am besten, aber sie macht fleißig weiter ihre Komplimente:
„Ich würde mir an Ihrer Stelle die Haare färben lassen, dann sieht man auch die Falten nicht so stark."
Meine neue U-Bahnuhrzeit macht mir auf einmal nicht mehr so viel Freude.
„Ich finde rote Haare schön", strahlt mich der kleine Junge an und ich freue mich.
„Meine Oma hat keine schönen Haare, aber sie hat trotzdem solche Falten, wie du."
Jetzt freue ich mich nur noch sehr reduziert. Die Oma hält ihm wieder den Mund zu und das Schminkmädchen schaut mich so genau an, als müsse sie mich malen.

Auf einmal finde ich das so absurd, dass ich laut lachen muss, was erneut die Aufmerksamkeit der Zeitungsleser auf mich lenkt.
Egal, für die bin ich jetzt halt die zweite Verrückte.

Am Abend treffe ich Melli und sie sieht äußerst vergnügt aus: Ihr ‚Ehedrama' hat sich aufgeklärt. Man höre und staune.
Folgendes hatte sich zugetragen: Es war einmal ein Ehepaar, das gegenseitiges Fremdgehen still und leise duldete. Lange Zeit ging das, zum Erstaunen vieler anderer Ehepaare, ziemlich gut. Eines Tages allerdings hat die Ehefrau es wohl mit dem Fremdgehen übertrieben. Das Objekt ihrer Begierde schien ihr nur Ärger zu machen, den sie dann an ihrem Ehemann ausließ. Das ging diesem irgendwann so auf die Nerven, dass er vortäuschte, sich wirklich fremdverliebt zu haben und auf eine Scheidung hin arbeiten würde. Die betrogene Gattin bekam es massiv mit der Angst zu tun und stellte fest, dass sie auf gar keinen Fall ihre Ehe weiter aufs Spiel setzen wolle und als ihr Gatte nach einer Nacht, die er im Hotel verbracht hatte (nicht bei seiner Geliebten, wie sich dann herausstellte) nach Hause kam hatten sie ein langes Gespräch, schworen sich ewige Liebe und etwas mehr Treue und verbrachten das Wochenende wie ein junges Glück fast ausschließlich im Bett. Und wenn sie nicht gestorben sind…
(Warum ich euch Mellis Geschichte wie ein Märchen erzähle? Vielleicht, weil es mir wie eins erscheint. Nicht ganz realistisch! Aber pssssst, das sage ich jetzt nur zu euch. Ich freue mich erst einmal wirklich sehr darüber, dass es Melli gut geht und hoffe, das bleibt ganz lange so.)
Eine absolut positive Nebenwirkung der ganzen Geschichte ist, dass der Loser Lover Martin endlich passé zu sein scheint.
Melli ist also wieder glücklich, dann kann ich uneingeschränkt weiter daran arbeiten, Andi endgültig aus meinem

Leben zu verbannen. Morgen werde ich meine Mitstreiterinnen anrufen, um ein Treffen zu vereinbaren.

Mittwochmorgen. Gespannt, was mich heute bei der Fahrt zur Arbeit erwartet, steige ich in die U-Bahn ein und denke, mich trifft der Schlag. Sitzt doch Andi neben der Oma mit Enkelkind und deutet mir aufgeregt, dass ich mich doch auf den Platz gegenüber hinsetzen solle. Ich fasse es nicht.
„Was du kannst, kann ich auch. Ich habe beschlossen, dass ich auch früher in die Arbeit fahre, damit wir uns wieder jeden Morgen treffen."
Die Oma liest nicht mehr weiter vor, sondern starrt ganz interessiert den lieben Andi an.
„Du bist doch die Frau mit den vielen Falten?" Der kleine Junge freut sich sichtlich, dass er mich und meine Falten erkannt hat.
Andi schaut mich erstaunt an und ich muss zugeben, das passt mir gar nicht.
Das Schminkmädchen lacht affektiert und wirft Andi eindeutige Blicke zu, die dieser allerdings nicht zu bemerken scheint, weil er anscheinend meine Falten zählt, denen er erst jetzt gewahr wurde. Danke, kleiner Lausbub!
Die Oma soll endlich weiter lesen.
Andi fängt an, mir eine Geschichte über seine Kinder und seine Exfrau zu erzählen und ich bekomme den Eindruck, dass er mich absichtlich heute früh schon treffen wollte. Er will wieder mein Mitleid wecken, damit ich am Abend Geld mitbringe, um ihm ein Treffen mit den Kindern zu ermöglichen. Unglaublich, dieser Lügner. Ich bleibe aber ganz ruhig, obwohl ich ihm gerne das große Bilderbuch der Oma über den Kopf hauen würde.
Ich weiß nur eins, ich muss Anna und Margo dazu überreden, noch am Wochenende mit dem Rachefeldzug zu beginnen. Melli hatte mich am Vorabend auf eine Idee gebracht. Mal hören, wie die anderen das so finden. Ich hoffe, sie sind immer noch sauer genug. Aber wenn ich ihnen

davon erzähle, dass er schon wieder mit Kindern, die er gar nicht hat, Geld rausschinden will, dann wird ihnen das sicher nicht gefallen.

Am Abend jammert Andi fleißig weiter. Zum einen, weil ich immer noch vorgebe, gynäkologisch verhindert zu sein, um mit ihm zu schlafen und zum anderen, weil ihm seine vermeintliche Ex das Geld aus der Tasche ziehen würde, um es ihm unmöglich zu machen, seine vermeintlichen Kinder zu sehen. Es fällt mir echt schwer, Mitleid zu heucheln, aber ich bemühe mich redlich. Als ich aber ganz offensichtlich nicht gewillt zu sein scheine, meinen Geldbeutel zu zücken, wird er fast etwas patzig. Das hilft mir sehr und ich lächle ihn liebenswürdig weiter an und denke mir im Stillen wunderbare Schimpfwörter für ihn aus. Allerdings sollte ich mich doch noch etwas mehr bemühen, damit er nicht skeptisch wird. Also süßele ich noch ein wenig herum, bevor ich mich verabschiede. Er wirkt dann auch schon wieder etwas entspannter. Wahrscheinlich schöpft er wieder Hoffnung, dass der Geldfluss meinerseits doch noch funktionieren kann. Dream on, Junge.

Donnerstagmorgen. Andi ist nicht in der U-Bahn. Da bin ich froh.

Am Abend schleicht Norbert dauernd um mich herum. Irgendetwas ist im Busch. Ja, das Wandern am Wochenende sei ja gar so schön gewesen und ich würde doch so ungern wandern gehen. Stimmt.
„Was willst du denn? Komm doch mal zum Punkt", fahre ich ihn gereizt an.
Ich bin unzufrieden, da ich weder Anna noch Margo erreichen konnte, außerdem schaut die Wohnung aus, als hätte eine Bombe eingeschlagen. Alex hat ihre Reisetasche immer noch nicht ausgeräumt und diese gammelt jetzt in einem Kücheneck vor sich hin. Eisern räume ich sie nicht

weg, was leider nur zur Folge hat, dass sie mich stört und Alex keine Notwendigkeit sieht, ihre Sachen mal in die Waschmaschine zu stecken. Aus den Augen, aus dem Sinn. Und in der Küchenecke ist sie definitiv nicht in ihrer Sichtweite.

„…und da dachte ich mir, ich könnte das Ende Juni nochmals wiederholen", beendet Norbert seinen Satz, den ich nur zur Hälfte verstanden habe. Das kommt davon, wenn man mit den Gedanken woanders ist.

„Was willst du wiederholen?"

„Sag mal hörst du mir denn nicht zu und warum bist du eigentlich so grantig?" nun ist Norbert genervt.

Das kann ich jetzt auch nicht gebrauchen, also Lilly komm' runter und sei lieb und nett zu deinem Liebsten.

„Sorry, ich habe mir nur gerade überlegt, wann Alex wohl gedenkt ihre Tasche hier wegzuräumen? Also jetzt höre ich dir zu."

„Ok. Die Sache ist die, Joe und ich würden gerne noch einmal in diesem Jahr eine Tour machen. Da er allerdings ab Juli für zwei Jahre nach Spanien ab düst, dachten wir, dass wir vielleicht am übernächsten Wochenende mehr oder weniger seinen Abschied mit einer Zweitagestour feiern könnten…"

Ich muss lachen, da Norbert ein Gesicht macht, als würde er von mir verlangen, dass ich sämtliche Wochenenden in Zukunft allein verbringen muss. Er hat sicher Bedenken, dass in mir die alte Angst hochkommt, die mich lange Zeit nach seiner Affäre immer wieder heimgesucht hatte, wenn er nur für einen Abend mit Freuden unterwegs war. Aber er weiß natürlich nicht, dass ich dazu gelernt habe.

„Solange ich nicht mitklettern muss ist das total ok für mich", lächle ich ihn an und er bekommt einen ganz verzückten Gesichtsausdruck. Ich weiß gar nicht, ob er sich so freut, weil ich nichts dagegen habe oder weil ich so nett lächle. Beides sollte mir zu denken geben. Liebe Lilly, ich glaube, dein Norbert ist wirklich etwas zu kurz gekommen in letzter Zeit, schimpfe ich mit mir im Stillen und gelobe

Besserung (spätestens, wenn das Kapitel Andi endgültig ad Acta gelegt werden kann).
Auf alle Fälle muss dieses Wochenende für Vergeltungsaktivitäten genutzt werden. Ich hoffe inständig, dass Anna und Margo da Zeit haben werden. Und schon bin ich mit meinen Gedanken wieder ganz woanders, als mir Norbert von der geplanten Tour vorschwärmt. Nicht mehr lange, lieber Norbert, dann bin ich wieder ganz Ohr.

Freitagmorgen. Ich fühle mich nun schon fast wie ein alter Hase in der neuen U-Bahngesellschaft. Die Verrückte kann mich nicht mehr richtig schocken und der Rest ist sowieso harmlos. Ich hatte gestern Abend tatsächlich Glück und konnte meine beiden Vertrauten bzgl. Andi dazu überreden, sich am Sonntagfußballnachmittag zu treffen, um Weiteres zu besprechen.
Ich bin sehr gut drauf, da ich langsam Licht am Ende des Andi-Betrugstunnel sehe.

Samstagmorgen. Was für ein Mistwetter. Es regnet, wie aus Kübeln. Wunderbar, da kann man sich ganz ohne ein schlechtes Gewissen zu haben noch einmal genüsslich umdrehen und weiterschlafen. Wunderbar.
Ich habe heute auch relativ wenige SMS von Andi zu erwarten, da Margo den Samstag und den Sonntagvormittag bei ihm verbringen wird. Bin mal gespannt, ob er versucht, das Geld von ihr zu bekommen, das ich ihm nicht bereitwillig in den Rachen geworfen habe.

Sonntagmorgen. Das Wetter ist immer noch grausig, aber ich fühle mich bestens. Ich freue mich aufs Pläne schmieden. Bald wird unser lieber Andi eins auf die Mütze bekommen. Er hat sich gestern tatsächlich den ganzen Tag nicht einmal gemeldet. Ihm ist wohl klar, dass die Geldquelle Lilly versiegt ist und sich lange nicht so sprudelnd erwiesen hatte, wie er es von Anna und Margo und von wer-weiß-von-wem-noch gewohnt war. Wüsste ich jetzt nicht das, was ich weiß, und hätte mich im Laufe der Zeit so richtig in ihn verliebt, dann würde ich jetzt mit Sicherheit Amok laufen und vielleicht sogar versuchen, mir mit Geld seine Aufmerksamkeit zurückzukaufen. Schrecklich, dieser Gedanke. Aber ich habe gesehen, wie verrückt man sein kann.

Norbert ist nicht so glücklich über das Wetter. Wahrscheinlich wird das Fußballspiel heute wohl etwas ungemütlich werden. Das könnte eventuell für ihn eine Erkältung zur Folge haben, was (wie ich euch ja schon gesagt habe) einer tödliche Bedrohung gleich kommt. Sicher jammern andere Männer auch, wenn sie krank sind, aber Norbert teilt immer jeden mit, dass er wahrscheinlich sterben wird oder dem Tode gerade so entkommen sei, was schon manchmal ziemlich peinlich sein kann.

Also schleicht er sich ganz gebückt vor Gram aus der Wohnung. Auf Fußball verzichten würde er allerdings auf gar keinen Fall, auch, wenn es sein tragisches Ende bedeuten würde. Darüber bin ich heute sehr froh, da ich ihn sicher nicht hier gebrauchen kann, wenn die zwei anderen erscheinen. Es war schwierig genug, ihm zu erklären, dass ich plötzlich zwei neue Freundinnen habe, die mehr oder weniger aus dem Nichts erschienen sind. Da er sehr neugierig ist und in solchen Fällen immer ganz genau nachfragt, musste ich mir eine gute Geschichte ausdenken (die ich euch allerdings jetzt erspare).

„Stell dir vor, Andi hat diese Woche wieder versucht, mich zu schröpfen." Anna fällt wie immer sofort mit der Tür ins Haus. Sie hat noch nicht einmal die Wohnung betreten, als sie mir stocksauer von ihrem neusten Erlebnis mit Andi berichtet.

„Hat er bei mir auch versucht, aber ich verstehe nicht, dass dich das noch überrascht."

„Es überrascht mich ja nicht, es verletzt mich nur immer wieder." Anna sieht plötzlich ganz grau und müde aus. Man kann sehen, wie sehr sie das mitnimmt. Das macht mich wieder richtig wütend. Vor allem, wenn ich über ihre Geschichte nachdenke.
Wir wollen es uns gerade in meinem Zimmer gemütlich machen, als es wie verrückt Sturm klingelt. Oh je, es ist etwas mit Alex, schießt es mir sofort durch den Kopf. Sie hat bei Pitt übernachtet und wollte eigentlich erst heute spät am Abend wieder kommen. Ich sause zur Tür, aber es ist nicht Alex, die davor steht (Gott sei Dank), sondern eine Furie in Gestalt von Margo.
„Dieser, dieser, mir fällt gar nichts ein, wie ich ihn nennen soll", schreit mir diese kleine Person gleich entgegen.
Anna kommt aus meinem Zimmer gestürmt.
„Jetzt komme erst mal rein, bevor du das ganze Haus zusammenschreist."
Ich ziehe sie regelrecht in die Wohnung. Nicht, dass sie im Treppenhaus etwas mehr über Andi loswerden möchte, als mir lieb ist.
„Erzählte der mir doch glatt, dass seine totkranke Frau ihn zurzeit so dringend brauchen würde, dass er kaum noch arbeiten kann, wenn er mich in Zukunft auch noch sehen möchte. Dann fing er an zu weinen und er könne auf keinen Fall darauf verzichten, sich mit mir zu treffen. Ich sei doch sein ganzes Leben und nur wegen mir könne er die schrecklichen Stunden mit seiner Frau überstehen. Dann rückte er damit raus, dass ihm ein paar TAUSEND Euro (Margo schreit TAUSEND so laut, dass ich sie ganz schnell vom Flur in mein Zimmer schiebe) durchaus helfen würden, alles unter einen Hut zu bringen, weil er dann vorübergehend seine Arbeitszeiten kürzen könne."
Ich würde zu gern wissen, wofür er das Geld braucht, schießt es mir durch den Kopf, aber ich behalte meine Gedanken erst einmal für mich, um Margo nicht zu unterbrechen.
„Jetzt reicht es mir wirklich."

„Hast du mit ihm geschlafen?" will Anna sofort wissen und ich kann ein hoffnungsvolles Blitzen in ihren Augen erkennen.

„Ja, schon, das war aber noch vor dieser unverschämten Bitte", gibt Margo kleinlaut zu. „Und es war so schön", fängt sie, wie erwartet, zu heulen an.

Ich bin sehr aufgeregt und sehr gespannt, was beide zu meinem Plan sagen werden. Ich kann mir vorstellen, dass Margo inzwischen wütend genug ist, frage mich aber, ob Anna das Ganze aushalten wird. Der Gedanke, dass Margo mit Andi Sex hat, macht sie ganz offensichtlich total fertig und mein Plan basiert auf genau diesem Aspekt.

Also muss ich die aufgeschreckten Hühner erst einmal zur Ruhe bringen. Ich drücke Margo ein Päckchen Taschentücher in die Hand und stelle ein Glas Wasser vor Anna.

„Tja, bei mir und Anna hat er es auch versucht. Er hat zwar nicht von Tausendern gesprochen…"

In diesem Moment sehe ich Annas Blick und mir wird klar, dass er bei ihr sehr wohl auch in dieser Preisklasse unterstützt wurde. Mir wird ganz schlecht.

„Ne, Anna, nicht wirklich?"

„Doch", gibt sie kleinlaut zu und jetzt fängt auch noch sie an zu weinen.

Margo schiebt ihr ein Taschentuch hin, behält aber wohlweislich den Rest.

„So, jetzt mache ich uns erst einmal einen Kaffee oder will jemand Tee?"

Niemand will Tee und ich bin mir nicht einmal sicher, ob jemand Kaffee will, aber ich will mich beschäftigen und mache erst mal einen.

„So, meine Lieben, ich habe mir etwas ausgedacht", fange ich an, meinen Plan vor ihnen auszubreiten, während sie jetzt doch dankbar ihren Kaffee schlürfen.

„Also, ich denke, wir können ihn nur kriegen, wenn wir uns so in sein Leben reindrängen, wie er es bei uns getan hat."

Beide schauen mich erwartungsvoll an.

„Das geht meiner Meinung nach nur über seine Frau. Da wird es ihn treffen."
„Wie meinst du das? Sollen wir ihr von uns erzählen?" Margo schaut mich mit großen Augen an. Die werden noch viel größer werden, wenn ich mit meiner Idee rausrücke.
„Na ja, das bringt uns eigentlich gar nichts oder zumindest nur Genugtuung, aber das Geld bekommen wir nicht zurück. Und ich kann mir gut vorstellen, dass seine Frau uns nicht glauben würde. Wir wissen doch, wie manipulativ er sein kann. Nein, ich denke, wir müssen ihn ein kleines bisschen erpressen."
„Wie sollen wir das denn anstellen? Außerdem können wir damit sauber reinrasseln und im Gefängnis soll es nicht sehr gemütlich sein", wirft Anna zögerlich ein. Das ist schon mal gut, weil sie nicht von vornherein total ablehnend wirkt.
„Ja, ich weiß, das ist sicher nicht der feinste Weg, aber Andis Handlungen sind ja wohl auch etwas unfein. Ich weiß auch, dass das ein bisschen kriminell ist, aber anders werden wir das Geld oder zumindest einen Teil des Geldes nicht wieder bekommen."
„Ok, erzähl mal weiter, wie dein Plan ausschaut." Margo wirkt überraschend ruhig. Ich dachte, sie würde total ausflippen, aber wahrscheinlich kommt das noch. Doch wer weiß, ein wenig kriminelle Energie ruht doch in uns allen.
„Natürlich wird es ein wenig ungesetzlich, wenn wir wirklich etwas erreichen wollen, aber sind wir doch mal ehrlich, die ‚Recherche' in seiner Wohnung war auch nicht so ganz legal und wenn sich die ein oder andere betrogene Frau damit rächt, weil sie das Auto des Ex verkratzt, kann sie auch belangt werden."
Ich merke, dass ich gerade versuche, mir selbst Mut zuzusprechen und die ‚kleine Straftat', die mir im Kopf herumspukt, zu verharmlosen. Aber es hilft nichts, es muss sein! Schließlich wollen wir, dass es ihn etwas kosten wird, uns so verarscht zu haben.

„Also, Andi hat unsere Gefühle betrogen, um uns Geld abzuknöpfen. Das ist mal Tatsache. Meine Idee ist folgende: Margo trifft sich außerhalb der Wohnung mit ihm. Vielleicht in einem Café oder so, dort muss sie richtig mit ihm rumknutschen und ich verstecke mich mit Anna, um Fotos zu machen. Die werden wir ihm dann gemeinsam vorlegen, mit der Drohung, sie seiner Frau zu zeigen, wenn er uns das Geld nicht zurückgibt."
Während ich spreche, komme ich mir wie eine Hochkriminelle vor, finde es aber gleichzeitig wahnsinnig aufregend.
Margo findet das wohl auch höchst aufregend, weil sie, wie ich ja schon vermutet hatte, ihre Augen bis zum Anschlag aufgerissen hat. Sie wirken so riesig, dass sie das halbe Gesicht einnehmen. Ich kann nicht aufhören, sie anzustarren. So riesige Augen habe ich noch nie gesehen.
„Oh Gott, das ist ja Erpressung", stöhnt sie auf.
„Wie ich schon sagte."
„Können wir ihn nicht einfach damit bedrohen, dass wir seiner Frau alles sagen, wenn er uns das Geld nicht zurückgibt, ohne Fotos und so?"
„Und das ist dann wohl keine Erpressung?" mischt sich Anna endlich auch ein. Ich dachte schon, sie würde mich empört mit einem ihrer vernichtenden Blicke töten.
„Ich finde, dass ein Café vielleicht nicht der richtige Ort ist", gibt sie sachlich zu bedenken.
„Und ich finde, dass ich nicht die richtige Person bin, um Lockvogel zu sein", versucht Margo uns kläglich zu vermitteln.
„Ich muss zugeben, dass ich da auch leichte Bedenken habe. Ich bin mir nicht sicher, ob du das durchhältst," bemerkt Anna ein bisschen schnippisch.
„Wir haben aber keine andere Wahl", werfe ich ein, um einen Streit zu vermeiden, „weil Margo diejenige unter uns ist, die keine Familie hat. Wir zwei können doch auf keinen Fall Andi in der Öffentlichkeit küssen oder noch Wilderes."
„Was meinst du mit ‚noch Wilderes'?" Jetzt wird Margo noch panischer.

„Nichts, eigentlich", versuche ich abzulenken.
„Trotzdem bin ich mir nicht sicher, ob ein Café der richtige Ort für so etwas ist. Wo sollen wir uns denn da verstecken, ohne dass irgendjemand etwas mitbekommt? Wir machen uns doch absolut verdächtig oder zumindest ziemlich lächerlich. Allerdings muss ich zugeben, dass ich selbst auch schon an so etwas wie Erpressung gedacht habe", meint Anna selbstgefällig.
Ha ha. Das kann sie wohl nicht verkraften, dass ich so eine gute Idee haben könnte, die die perfekte Rache bedeuten würde. Stopp, keine persönlichen ‚Mimositäten', denke ich mir. Wir müssen jetzt zusammenhalten.
„Was haltet ihr von einem Picknick im Grünen? Fernab jeglicher Zivilisation? In einer Waldlichtung vielleicht, dann könnten wir uns auch gut verstecken."
„Super Idee, Anna!"
Jetzt ist sie zufrieden. Das kann man deutlich sehen, weil sie ganz triumphierend ihre Mundwinkel nach oben zieht. Geht doch. Anna ist offensichtlich dabei.
„Das mache ich nicht", wehrt sich Margo stattdessen.
„Ach Margo, du bist unsere einzige Chance und du schaffst es ganz bestimmt, ihn zu einem Ausflug ins Grüne zu überreden. Mir traut er sowieso nicht mehr ganz und ich bin auch relativ unnütz für ihn geworden. Außerdem läufst du nicht in Gefahr, durch irgendeine plötzliche Unwegsamkeit eine Beziehung kaputt zu machen."
„Wieso? Welche Unwegsamkeit?"
„Na ja, einfach deshalb, weil du keine Beziehung hast, außer der zu Andi natürlich", mischt sich Anna ungeduldig ein.
„Und mit Unwegsamkeit meint Lilly bestimmt, dass du jemanden treffen könntest, den du kennst. Das wird kaum passieren, weil du aus Nürnberg bist und selbst wenn, dann kann es dir egal sein. Bei uns wäre das eine Katastrophe."
Das scheint Margo einzuleuchten, weil sie still mit dem Kopf nickt. Etwas zaghaft zwar, aber immerhin.

„Wir haben das sogar schon einmal gemacht. Kurz nachdem wir uns im Frühling vor einem Jahr kennengelernt hatten…" spricht' s und bricht in Tränen aus.

„Wir waren in einem relativ einsamen Teil vom Englischen Garten", schluchzt sie.

Ich war mir dessen gar nicht bewusst, dass es einen einsamen Teil im Englischen Garten gibt, halte mich aber mit Kritik zurück, um niemanden zu verärgern oder gar eine Diskussion vom Zaun zu brechen. Keine Nebensächlichkeiten im Moment.

„Ja, perfekt, dann schlag doch einfach vor, dass du noch einmal dorthin möchtest", redet Anna auf sie ein.

Feinfühlig, wie immer. Sieht sie denn nicht, wie traurig Margo diese Erinnerung macht?

„Oder ist das zu schwer für dich?" will ich vorsichtig wissen.

„Was heißt hier ,zu schwer'? Habt ihr vergessen, was dieser Mensch uns angetan hat? Was für ein übles Spiel er mit uns gespielt hat?" Anna hat ganz offensichtlich kein Verständnis für Sentimentalitäten im Moment. Und…SIE HAT RECHT!

„Denke nur daran, was er dir heute schon wieder vorgelogen hat", versuche ich Margo ins Gedächtnis zu rufen und es klappt.

„Ihr habt ja Recht", stimmt sie zu und setzt sich energisch kerzengerade auf ihren Stuhl, um uns körpersprachenmäßig deutlich zu machen, dass sie bereit ist, mitzumachen.

Wir müssen uns jetzt auch dahinterklemmen, da Norbert sicher bald ziemlich schmutzig und verschwitzt, aber in bester Nachfußballlaune hier auftauchen wird.

Somit fangen wir an, detailliert zu planen.

Da sich Norbert am letzten Juniwochenende wieder als verkappter Luis Trenker in der Bergwelt herumtreiben wird, ist das das perfekte Wochenende. Zum Glück haben Anna und Margo auch Zeit und zu noch mehr Glück ist Annas Familie auch unterwegs, um gemeinsam an einem Mini-Triathlon teilzunehmen. Annas Söhne und ihre Toch-

ter sind nämlich mindestens so sportlich, wie deren Vater.
Margo ist sowieso vogelfrei, also passt alles wunderbar.
Margo soll sich also für das besagte Wochenende mit Andi verabreden.
„Wenn es dir nichts ausmacht, dann mache ihm ein bisschen Hoffnung, dass du doch dazu bereit sein könntest, ihm das Geld zu geben. Er wird dann mit Sicherheit auf deine Wünsche eingehen. Sag ihm auch gleich, dass du mal wieder Lust auf ein Picknick hast und schwärme ihm vor, was du alles in den Picknickkorb packen wirst."
Aufgeregt überschlagen wir uns als Ratgeber für Margo. Diese sieht aus, wie ein ängstliches Häschen, aber bei jedem Einwand ihrerseits weisen wir sie sofort auf die neuen ‚Forderungen' von Andi hin und schon ist das Häschen verschwunden.
Anna und ich werden im Lauf der Woche den Picknickplatz in Anschein nehmen und uns überlegen, von wo aus wir die besten Fotos machen und uns am besten verstecken können.
„Jetzt bleibt nur noch zu hoffen, dass das Wetter mitspielt", bemerkt Margo mit einem so ernsten Gesichtsausdruck, dass ich fast zu lachen anfange. Allerdings wird uns siedend heiß bewusst, dass sie Recht hat und wir das bei der gesamten Planung völlig außer Acht gelassen haben.
„Hilft nichts. Da können wir nur hoffen, dass der Wettergott uns hold ist. Das wird schon klappen und in ein paar Wochen werden wir nur noch darüber lachen." Mit diesen Worten versuche ich nicht nur die anderen zwei zu beruhigen. Das wird mir auf einmal sehr klar.

Montagmorgen. Hilfe, Andi ist in der U-Bahn. Oh je, nicht heute, nicht diese Woche, eigentlich am besten nie mehr.
„Na, hattest du ein schönes Wochenende?" Seine Frage klingt richtig schnippisch. Also mein Lieber, so kannst du niemanden Geld abluchsen, schießt es mir durch den Kopf.
„Ja, war super. Mit Freundinnen getroffen und so." Stimmt doch.

„Und wann hast du mal wieder für mich Zeit?" fragt er relativ zickig.
„Puh, diese Woche ist echt viel los", versuche ich mich recht einfallslos herauszureden.
Aber er hört mir gar nicht zu, sondern erzählt mir wieder eine Jammergeschichte (die ich euch erspare, nicht zuletzt deshalb, weil ich auch nur bedingt zuhöre). Ich habe das Gefühl, dass er herausfinden möchte, ob ich überhaupt noch dazu bereit bin, mein Geld in ihn und seinen traurigen Sex (natürlich nur meine Sichtweise) zu investieren. Er kommt mir wieder mit der ‚ich bin so ein bemitleidenswerter Vater'-Masche.
„Oh, ich muss jetzt aussteigen", unterbreche ich ihn unhöflich und verlasse die U-Bahn... leider eine Station zu früh. Mist.
Pling. SMS von Andi: Was war das denn? Man könnte meinen, du bist vor mir geflohen???
Antwort SMS: Natürlich nicht. Ich war nur so gefesselt von deiner Geschichte, dass ich dachte, ich wäre schon zu weit gefahren
Ich muss das schreiben, um ihn bei Laune zu halten. Obwohl, ich glaube, das war zu dick aufgetragen. Das nimmt er mir nie ab....
Tut er doch: SMS Andi: Das ist lieb von dir, dass du so an meinem kläglichen Leben Anteil nimmst. Danke Danke Danke. Beim nächsten Mal erzähle ich dir den Rest. Ich befürchte, dass meine Frau mich wirklich unter die Brücke bringen wird, mit ihren Geldforderungen. Aber das soll echt nicht deine Sorge sein, meine Süße. Bussi.
Unglaublich. Meine Schleim-SMS hat mir doch tatsächlich ‚meine Süße' und ein Bussi eingebracht. Er kapiert absolut gar nichts.

Wetterbericht: Die Lage verbessert sich zunehmend. Dienstag nur noch leichter Regen im Norden Deutschlands. Mittwoch und Donnerstag überall in Deutschland sonnig. (Perfekt, ich will mich am Mittwochnachmittag mit Anna zur Inspektion unseres ‚Tatorts' im Englischen Garten treffen), Freitag im Süden Deutschlands Schleierwolken, die am Samstag zu Regen übergehen können (Oh nein, das würde bedeuten, dass wir alles verschieben müssen... nicht durchdrehen, ganz ruhig bleiben und abwarten)

Ich bin mal gespannt, was das wird. Ich bin ja jetzt schon aufgeregt, obwohl wir noch absolut nichts gemacht haben. Wenn es mir schon so geht, wie sehr wird Margo dann bereits durchdrehen. Und wie sie durchdreht, eine Angst-SMS jagt die andere. Das wird eine schöne Woche werden.

Dienstagmorgen. Warten auf Mittwoch und Pling Pling Pling von Margo, Anna, Andi und Melli, die sich doch schon wieder mit dem Loser getroffen hat.

Mittwochmorgen. Warten auf den Nachmittag. Das Wetter ist tatsächlich traumhaft. (übrigens möchte ich hier mal kurz bemerken, dass ich nebenbei noch immer ein ganz normales Leben führe. Ich möchte euch nur in dieser aufregenden Woche nicht mit kleinen Geschichten langweilen von Norbert oder Alex, die zum Glück immer noch ganz langweilig verliebt ist oder Melli, bei der ich im Moment selbst nicht mehr durchblicke. Der Rest meiner Freundinnen gibt auch nicht viel Gesprächsstoff her)

Ich verlasse meinen Arbeitsplatz gegen 14:30 Uhr, um Anna am Chinaturm zu treffen. Wir haben eine ganz genaue Beschreibung von Margo bekommen und müssen feststellen, dass wir diese vorab vielleicht einmal hätten lesen sollen. Ihr Picknickplatz befindet sich nämlich am nördlichsten Ende von dem Park, was bedeutet, dass wir eine kleine Wanderung vor uns haben. Gott sei Dank trage ich heute flache Schuhe. Anna hat einen Riesenrucksack mit einer Ausrüstung dabei, die mir sehr suspekt erscheint

und die ich nicht wirklich mit dem Zweck unserer Aktion in Verbindung bringen kann. Das einzig sinnvolle scheinen mir die Thermoskanne mit Kaffee und die zwei süßen Teilchen zu sein. Ich habe keine Ahnung, wozu wir z.B. ein Fernglas oder einen Meterstab brauchen sollten. Die Decke ist ja ganz fein, weil wir uns darauf setzen können, um unseren Kaffee zu trinken, aber warum sie bei diesem superschönem Wetter einen Regenschirm samt Regenjacke braucht, das weiß nur der Himmel. Sie weist mich darauf hin, dass sowohl Regenschirm, als auch Jacke in Tarnfarben sind.
„Aber das brauchen wir heute doch alles nicht. Schließlich müssen wir uns heute noch nicht verstecken und wenn es am Samstag regnen sollte, dann lassen wir das Ganze doch ins Wasser fallen." Ich versuche, nicht loszulachen, während sie äußerst aufgeregt mit der Jacke vor mir rumwedelt. Ich kann es allerdings dann doch nicht sein lassen, eine dumme Bemerkung zu machen.
„Und wo bleibt die Tarnkappe? Das wäre dann wenigstens ein sinnvolles Detail in deinem Rucksack."
„Mache dich nur über mich lustig. Man kann nie wissen, " kontert sie, aber ich kann deutlich sehen, dass sie inzwischen selbst an ihrem Verstand zweifelt. Wir bekommen einen massiven Lachanfall (Lachflash! Ihr erinnert euch?) und lassen uns danach erschöpft auf die Decke fallen. Es gibt fast nichts besseres, als so sehr zu lachen, dass es einem die Tränen in die Augen treibt und sämtliche Bauchmuskeln auf Trapp gehalten werden.
Während wir unseren Kaffee schlürfen, inspizieren wir die Umgebung ausgiebig und stellen zufrieden fest, dass dieser Platz perfekt ist. Wir können uns den beiden unauffällig nähern und uns hervorragend hinter relativ großen Bäumen verstecken.
Margo muss dann nur beachten, dass sie so nahe wie möglich an dem kleinen Wäldchen ihre Picknickdecke platzieren.

Wir testen das besser gleich mal aus. Ich suche einen geeigneten Ort, posiere gekonnt, indem ich mich auf alle Seiten drehe und wende, während Anna fleißig mit ihrem und meinem Handy und einer aus ihrem Rucksack gezauberten Kamera Fotos schießt. Ha ha, wir denken nämlich mit. Falls eins der Geräte nicht funktionieren würde, werden wir mit einem ausreichenden Equipment ausgerüstet sein.
Wir markieren die akzeptabelste Stelle mit einem Ast und gehen davon aus, dass er am Samstag noch da sein wird. Dieser Teil des Parks scheint tatsächlich ausgestorben zu sein.
Danach genießen wir noch die Sonne und stellen fest, dass wir wirklich einen schönen und lustigen Nachmittag hatten. Schade, dass Margo nicht dabei sein konnte. Das wird sicher gut klappen am Wochenende. Wir sind äußerst zuversichtlich, alles bestens geplant zu haben und damit hervorragende Observierer abzugeben. Wir schicken Margo noch ein paar Fotos von dem vermeintlichen Tatort und natürlich von uns in Tarnjacke mit Schirm.

Donnerstagmorgen. Während ich nochmal über die Tarnjacke nachdenke und so still vor mich hin grinse, beobachte ich, dass das Schminkmädchen und ihr Retter wieder einmal nebeneinander sitzen und zudem auch noch Händchen halten. Das freut mich. Ich gehe zugunsten des jungen Mannes einfach einmal davon aus, dass er kein Verbrecher ist, der das Mädchen um Geld betrügen möchte. Da fängt doch die böse alte Dame schon wieder an, zu meckern:
„Ja habt Ihr denn gar keinen Anstand. Müsst Ihr euch jetzt schon in der U-Bahn betatschen?"
Das Pärchen löst sich erschrocken voneinander. Die meisten Mitfahrer verkriechen sich, wie gewohnt hinter ihrer Zeitung, als plötzlich ein alter Mann von dem anderen Ende des Wagons nach vorne gestochen kommt und sich wütend vor der Verrückten aufbaut:

„Ich höre Ihnen jetzt schon wochenlang zu und Sie sind nur am Meckern. Am Anfang dachte ich noch, dass Sie nur verrückt sind, aber jetzt bin ich davon überzeugt, dass Sie nur ganz ganz böse sind und der Jugend einfach nicht ihre Jugend gönnen."
Die Zeitungen senken sich langsam nach unten und die Gespräche verstummen. Jeder blickt angespannt auf meine Sitznachbarin. Ich werde immer kleiner, weil ich die Wut in ihr direkt spüren kann. Da springt sie auch schon auf und schlägt mit ihrer Tasche auf den verdutzten Mann ein. Dieser duckt sich und die Tasche trifft den jungen Mann mit den Kopfhörern. Der ist total erschrocken, weil er noch nicht wirklich etwas von dem Disput mitbekommen hatte. Ich versuche, die wildgewordene Dame auf ihren Platz zurück zu zerren und sie zu beruhigen, während das Pärchen sich um den alten Mann kümmert. Inzwischen sind wir bei der nächsten Haltestelle angekommen. Der Mann, der soeben mit der Tasche geschlagen wurde, verlässt kopfschüttelnd die Bahn.
„Lauter Verrückte!" höre ich ihn noch sagen.
„Entweder reißen Sie sich in Zukunft zusammen, oder ich hole beim nächsten Mal die Sicherheitskräfte", schnauzt der alte Mann die Schlägerin an und verschwindet wieder.
Ich bin sehr froh, dass heute die Oma mit dem kleinen Jungen nicht in der U-Bahn sitzt und dieser das nicht miterleben muss. Da höre ich von etwas weiter hinten seine Stimme und da immer noch alle betroffen schweigen, hört man diese Stimme sehr gut:
„Warum hat der dicke alte Mann denn so laut geschrien, Oma? Und warum hat die verrückte Frau den Mann mit ihrer Tasche verhauen? Wollen wir die Frau mit den schönen roten Haaren und den Falten fragen, ob sie bei uns sitzen will, damit die böse Frau sie nicht auch noch verhaut."
Ich weiß nicht, ob ich mich über den Rettungsversuch des Kleinen freuen soll oder mich verschämt wegen meiner Falten aus dem Staub machen sollte. Jeder weiß natürlich

sofort, dass ich gemeint bin. Nicht zuletzt wegen meiner roten Haare. Aber ich stehe stolz (trotz meiner Falten) auf und setze mich zu meinem neuen Freud, dem die Oma schon wieder den Mund zuhält. Mal sehen, wann er anfängt, mich um Geld zu bitten....

Freitagmorgen. Die Verrückte fehlt heute. Das Wetter ist grauenhaft. Ich befürchte, unser Plan morgen wird ins Wasser fallen. Ich bin schon fast ein bisschen froh darüber, weil mein Mut momentan gerade mal wieder Pause macht und ich beim Abwägen meiner so genialen Idee absolut nichts Geniales mehr daran finden kann. Ich will aber vor den anderen keinen Rückzieher machen, also bin ich wie gesagt über das Mistwetter fast dankbar.

Samstagmorgen. Strahlender Sonnenschein und strahlender Norbert. Noch vor dem Frühstück macht er sich auf in die Berge. Mir ist schlecht. Vielleicht werde ich krank und kann an unserer Aktion nicht teilnehmen. Eigentlich können die anderen zwei das auch ganz alleine erledigen. Für mich ist das ja auch gar nicht so wichtig. Ich habe Andi schließlich lange nicht so viel Geld gegeben, wie die anderen, also muss ich mich ja nicht unbedingt rächen. Aber ich bin nicht krank, nur wahnsinnig aufgeregt. Wie wird es Margo erst gehen?
Pling. SMS von Margo: Ich kann das nicht.
Ich antworte nicht. Ich bin gerade froh, nicht selbst auszuflippen.
Wir hatten geplant, dass Margo gleich zu Andi fahren würde, um baldmöglichst mit ihm zum Picknick aufzubrechen. Gegen 15:00 Uhr wollten wir uns dann anschleichen, die Fotos schießen und sofort wieder verschwinden.
Ich treffe Anna an der U-Bahnhaltestelle. Sie sieht sehr entschlossen aus. Fast ein bisschen verbissen.

Pling. SMS von Margo: Stehe vor seinem Haus. Traue mich nicht reinzugehen.
Ich lasse Anna die SMS lesen.
„Was soll ich antworten? Sollen wir das Ganze vielleicht abblasen?" frage ich hoffnungsvoll.
„Bist du wahnsinnig? Ich habe nicht diverse schlaflose Nächte hinter mich gebracht, damit ihr jetzt einen Rückzieher macht." Anna ist echt sauer.
„Schreibe ihr, dass sie endlich mit ihm losziehen soll."
Eigenwillig stapft sie los. Ich habe zwar keine Ahnung, wohin, da sich im Moment keine U-Bahn sehen lässt, aber wahrscheinlich möchte sie nur Entschlossenheit demonstrieren. Etwas unwillig trotte ich hinterher, während ich Margo die gewünschte Antwort von Anna zukommen lasse.
In der U-Bahn sprechen wir kein Wort, aber kaum sind wir ausgestiegen, beuge ich mich dem Unvermeidlichen und lasse mich von dem Unternehmungsgeist von Anna anstecken.
Wir überlegen uns, wie wir uns verständigen können, ohne zu sprechen. Mit dem Handy natürlich. Da bekomme ich jetzt natürlich wieder den üblichen Vortrag, wie praktisch es wäre, wenn ich WhatsApp nutzen würde. Bla bla bla.
Von weitem können wir schon erkennen, dass sie noch nicht da sind, also machen wir es uns erst einmal auf einer Parkbank bequem, von der wir aus sicherer Entfernung beobachten können, wann die Zwei endlich eintrudeln.
„Ein Kaffee wäre jetzt recht", murmelt Anna missmutig.
„Mir wäre ein Schnaps lieber, ich bin echt total aufgeregt", muss ich zugeben.
„Das wundert mich, dass du aufgeregt bist."
Anna scheint wirklich überrascht zu sein.
„Bist du denn nicht nervös? Stell dir nur vor, Andi bemerkt uns."
„Was wäre dann? Dann müsste es ihm immer noch tausend Mal peinlicher sein, als uns, bei dem, was er seit Jahren liefert. Wir hätten halt dann nichts in der Hand gegen ihn. Das wäre dann aber auch alles, " stellt sie selbstsicher fest.

Das beruhigt mich. Sie hat vollkommen Recht. So habe ich das in meiner Aufregung noch gar nicht gesehen.
Pling. SMS von Margo: Wir werden in ca. einer halben Stunde dort sein. Er trödelt fürchterlich und musste sich jetzt unbedingt noch eine Zeitung kaufen. Er ist gerade im Laden. Ich habe Angst!!!!!
Antwort-SMS: Keine Angst, wir sind in der Nähe, du schaffst das.
Obwohl, ich denke, dass gerade die Tatsache, dass wir in der Nähe sind, ihr Angst macht. Na ja, egal, die SMS ist bereits verschickt.
Da haben wir ja noch Zeit, uns auf die Situation einzustellen und die Sonne zu genießen. Eigentlich gehen wir viel zu selten in den Park. Es ist wundervoll hier. Obwohl es heute schon sehr sehr warm ist, bieten die vielen Bäume eine angenehme Atmosphäre. Richtig viel Natur inmitten der Stadt. Uns geht es echt gut hier. Zufrieden lehne ich mich zurück.
„Schau mal, da steuern ein paar Leute auf ‚unseren' Platz zu."
Anna springt entsetzt von der Bank auf und ich kann gerade noch vermeiden, vor Schreck von ebendieser zu fallen.
„Spinnst du? Warum schreist du denn so laut?"
Da sehe ich es auch. Ein paar übrig gebliebene Hippies mit langen grauen Haaren und äußerst auffällig bunter Kleidung stellen sich genau auf Margos Picknickplatz auf, um sich merkwürdig zu verrenken. Sieht nach Meditation oder Ähnlichem aus.
„Und jetzt? Jetzt müssen wir uns ganz schnell einen anderen Platz suchen und Margo eine SMS schreiben."
Anna hat ihre Selbstsicherheit völlig verloren. Wenn die Situation nicht so prekär wäre, würde ich ihr vorschlagen, bei der Meditation mitzumachen, um wieder ruhiger zu werden, aber ich glaube, das wäre im Moment nicht angebracht.
Während ich mich noch von dem Schrei erhole und dabei, wie gebannt, die bizarren Figuren betrachte, die wie in

Zeitlupe ihre Körper hin und her wiegen und Anna schon versucht, fieberhaft einen Ersatzplatz zu erspähen, zeigt der graubärtige Vorturner ständig zur Sonne. Der Rest der Truppe scheint total die Ruhe zu verlieren und alle machen sich aufgeschreckt und wild durcheinander auf die Suche nach einem besseren Meditationsplatz.

Wir kommen gar nicht dazu, erleichtert aufzuatmen, weil in diesem Moment Margo und Andi auf der Bildfläche erscheinen. Andi plaudert, wie üblich, wild auf Margo ein, während diese ganz offensichtlich versucht auf keinen Fall in unsere Richtung zu schauen. Nachdem sie ihre Decke ausgebreitet haben, lassen sie sich darauf plumpsen und fangen sofort an, sich zu küssen.

„Oh, mein Gott, " entfährt es Anna.

„Packst du das?" frage ich vorsichtig nach.

„Aber klar", zischt sie mir leise zu, aber ich kann deutlich sehen, wie sie versucht, sich zusammenzureißen. Schließlich kann sie jetzt eins zu eins mitansehen, wie der Mann ihrer Träume sie mit einer anderen betrügt. Zudem ist diese auch noch jünger, was für eine Frau in den Wechseljahren doppelt und dreifach schlimm ist. Glaube ich zumindest. Ich befinde mich noch nicht im Klima-Dilemma, habe aber schon genug davon erzählt bekommen. Die Freude darauf steigt bei jeder Erzählung weiter ins Unermessliche.

„Wollen wir noch ein bisschen warten oder gleich in unser Versteck robben?"

Was meint sie? Ich habe mich mit Sicherheit verhört. Sie will robben?

„Das meinst du nicht im Ernst?"

„Ja, doch, sonst sieht er uns doch."

„Wie soll er uns denn sehen, wenn wir uns hinter den Bäumen zu unserem Observierungspunkt schleichen? Das war doch so geplant. Kannst du dir vorstellen, was für ein Bild wir abgeben, wenn wir ‚r o b b e n'? Ich bin davon überzeugt, dass wir schon lächerlich genug auf die paar Leute wirken, die hier spazieren gehen, wenn wir so rumschleichen, aber die Vorstellung, dass wir uns auf unseren Ellbo-

gen durchs Gras ziehen, ist echt jenseits von Gut und Böse. Wir würden sicherlich ein apartes Bild abgeben und die Spaziergänger könnten am Abend zuhause von den zwei Verrückten erzählen, die sie heute im Englischen Garten gesehen haben. Ganz abgesehen davon, dass sie uns sicherlich nicht still und leise beobachten würden, was gewiss die Aufmerksamkeit von Andi auf uns ziehen würde. Das wiederum wäre das Letzte, uns vor ihm dermaßen lächerlich zu machen. Ein schlechter Racheplan."
Ich kann gar nicht mehr aufhören zu reden und werde dabei auch immer lauter.
„Pst, ich habe schon verstanden. Lass uns jetzt anschleichen, bevor er noch total über sie herfällt und wir zuschauen müssen."
Das gäbe aber gute Fotos, wollte ich gerade sagen, aber der panische Blick von Anna lässt mich lieber schweigen.
Also schleichen wir uns an. Das sieht nicht wirklich sehr viel grazilier aus, als am Boden herumzukriechen. Obwohl? Doch natürlich sieht es besser aus. Sehr professionell, rede ich mir ein, während ich über eine Wurzel stolpere und mit einem Riesenschreck auf meinen vier Buchstaben lande. Oh Gott, das tut echt weh, aber Annas Mitleid hält sich in Grenzen. Sie schüttelt nur den Kopf und versucht herauszufinden, ob Andi etwas gehört hat. Ich kann ihn aus meiner Sitzposition nicht sehen und habe im Moment noch keine Lust aufzustehen. Zu schmerzhaft und peinlich. Es hat uns aber wohl keiner gesehen und gehört. Laut war es nämlich auch. Aber anscheinend hat Andi nur Augen und Ohren für Margo. Wir brauchen weder Tarnkleidung noch Tarnkappen. In diesem Moment fängt das Handy von Andi an zu läuten. Ich kenne den Klingelton sehr genau und Anna anscheinend auch, weil sie sofort zu Andi schaut. Der entschuldigt sich offensichtlich bei Margo, steht auf und fängt an zu telefonieren. Während er spricht geht er aufgeregt und wild gestikulierend auf und ab. Wir kennen das alle drei. Das macht er immer, wenn er anschließend wieder auf das Mitleid pochen will, weil er angeblich gerade eben

einen zerstörenden Anruf von seiner Frau erhalten habe. Inzwischen frage ich mich, wer ihn da wohl immer angerufen hat? Vielleicht ein Auftragsdienst? Oder vielleicht sogar seine Frau, die er in all seine Machenschaften eingeweiht hat? Nein, das glaube ich nicht, das will ich nicht glauben, weil dann unsere ganze Erpressungsaktion umsonst wäre.
Ich muss das anschließend mit den anderen diskutieren, oder vielleicht lieber nicht, sonst machen sie plötzlich nicht mehr mit.
Ich sitze immer noch am Boden, als Anna mich hektisch aufscheucht. Andi steuert nämlich im Moment genau auf uns zu. Was will der denn? Hat er uns entdeckt? Aber er ist total in sein Gespräch vertieft und hat anscheinend nur ganz willkürlich die Richtung geändert. Als er immer näher kommt, versuchen wir, uns weiter ins Gebüsch zu schlagen, ohne dabei großen Lärm zu machen, was sich als äußerst schwierig gestaltet. Vor allem, als Anna ein etwas größeres Feld von Brennnesseln übersieht und unfreiwillig hineinstolpert. Sie verzieht aber nur schweigend ihr Gesicht und ich möchte im Moment auf keinen Fall mit ihr tauschen.
Ich versuche gerade, mir vorzustellen, wie das wohl für eine nichtbeteiligte Person aussehen muss, die diese Situation von der Ferne betrachtet:
Da ist ein Pärchen, dass es sich in der Nähe von Bäumen und Gebüsch wahrscheinlich für ein Schäferstündchen gemütlich gemacht hat, da springt der Mann aufgeregt auf und läuft ständig hin und her (man kann erahnen, dass er telefoniert), während in besagtem Gebüsch zwei wirre Frauen (sie wirken zumindest total wirr) herumklettern und stolpern…
Ich denke ein unerwünschter Beobachter der Szene würde das Pärchen eventuell auf die verrückten Frauen aufmerksam machen oder sogar die Polizei rufen…. Nur nicht weiter darüber nachdenken, denn zum Glück kann ich keinen Menschen weit und breit entdecken.
Wenn das hier so weiter geht, wird es Nacht bevor Margo und Andi zur Sache kommen und dann war es das, mit den

Fotos. Ich kann Margo inzwischen nicht mehr sehen. Erstens sind wir zu weit ins Gebüsch geflüchtet und zweitens kann ich meinen Blick im Moment auch nicht von Annas Arm abwenden, der mit einer riesigen Fläche roter Pusteln überzogen ist. Oh je, die Arme. Als ich so gebannt auf ihren Arm starre, zerrt sie plötzlich an mir, um mir du deuten, dass Andi wieder auf der Decke sitzt.
Wir kämpfen uns also wieder aus dem Dickicht heraus, um endlich Fotos zu machen. Andi fängt gerade an, an Margo herumzufummeln. Irgendwie erotisiert mich das. Spinne ich jetzt total? Ich muss daran denken, wie Andi mich geküsst hat und mir wird ein bisschen warm im Oberschenkelbereich. Wir müssen dringend anfangen, die Fotos zu machen. Wir haben Margo versprochen, zu verschwinden, bevor es richtig zur Sache geht. Ich kann mir auch vorstellen, dass ihr das unheimlich peinlich ist und ich muss zugeben, dass ich das auch nicht sehen möchte. Anna starrt wie gebannt auf die beiden und ich muss sie regelrecht schütteln, um sie in die Realität zurückzuholen. Endlich fangen wir an, zu fotografieren. Wir sind dabei beide total hektisch und ich bin gespannt, wie wild die Fotos ausschauen werden. Bei unserer Generalprobe erschien uns alles schon sehr schlimm, aber, was jetzt hier abgeht, ist wesentlich schlimmer. Wenn plötzlich doch jemand hier auftaucht, dann haben wir ein echtes Problem. Aber niemand erscheint und als Andi anfängt, Margo das T-Shirt über den Kopf zu ziehen, fliehen wir regelrecht aus unserem Versteck. Wir schauen nicht mehr zurück und hoffen, dass Andi uns nicht gesehen hat. Allerdings kann ich mir das auch nicht vorstellen, so beschäftigt, wie er war.
Anna und ich gehen eine ganze Weile schweigend nebeneinander her.
„Glaubst du, dass Margo wirklich immer guten Sex mit Andi hatte?"
Oh je, schon wieder dieses Thema. Das hängt bestimmt mit ihrer Geschichte zusammen.

„Kann schon sein. Warum sollte sie uns belügen? Aber vielleicht erwartet sie auch nicht so viel, wie wir es offensichtlich tun?" versuche ich Anna etwas zu beruhigen.
In Wirklichkeit denke ich, dass er wohl für Margo wirklich etwas empfindet und ganz anders an die Sache rangeht. Ist für mich auch nicht erfreulich, aber warum sollte ich mir da etwas vormachen. Er bedeutet mir nichts. Ich finde es nur merkwürdig, dass ich mich durch ein bisschen rumfummeln von den Beiden, habe anheizen lassen. Das ist mir eigentlich fremd. Ich hatte mir mit Norbert einmal einen Porno angeschaut und den fand ich ziemlich eklig, fast ein wenig lustig, was Norbert wiederum gar nicht witzig fand. Auf alle Fälle war der Anturneffekt eher mau. Heute allerdings... Ich würde zu gerne Anna fragen, ob sie so ähnlich empfunden hatte, traue mich aber nicht. Ich habe Angst, das könnte bei ihr eventuell ungewünscht Schleusen öffnen.
„Schmerzt dein Arm sehr?" versuche ich also abzulenken.
„Ne, geht schon, aber dein Allerwertester wird dir mit Sicherheit noch ein paar Tage wehtun, so wie du dich hinplumpsen hast lassen", bemerkt sie schadenfroh.
Das habe ich jetzt davon. Ich wollte sie nur nett und höflich fragen.
„Ich glaube, wenn uns irgendjemand gesehen hätte, der hätte mit Sicherheit an unserem Verstand gezwefelt. Wir haben bestimmt eine großartige Show geliefert."
„Ich dachte, ich muss sterben, als Andi zielsicher auf uns zu steuerte..."
„Ja, und diese komische Hippiegruppe..."
Wir fangen plötzlich an, völlig hysterisch zu lachen. Es ist uns völlig egal, dass wir inzwischen im sehr belebten Teil des Parks angekommen sind und viele fragende Blicke auf uns spüren. Diese kopfschüttelnden Menschen hätten uns noch vor einer halben Stunde sehen sollen, da wäre ihre Missbilligung durchaus angemessen gewesen.
Wir sind so dermaßen erleichtert und können nicht mehr aufhören zu lachen.
„Jetzt muss ich schnellstens nach Hause."

Anna hat heute noch irgend so ein Familiending. Das wusste ich vorher schon. Margo wird wohl noch bei Andi übernachten. Komisch, aber sie kann wohl nicht anders. Wir hatten vorab beschlossen, dass wir die Fotos alle drei gemeinsam anschauen und keiner vorher schon mal schnuppern darf. Das ist Margo gegenüber nur fair.
Ich schlendere also ganz gemütlich nach Hause und lasse den Nachmittag in meinen Gedanken noch einmal Revue passieren. Bin ich froh, dass das vorbei ist. Aber ganz ehrlich glaube ich, dass die eigentliche Erpressung noch wesentlich schwieriger werden wird. Ich freue mich nur darauf, Andis Gesicht zu sehen, wenn wir alle drei gemeinsam zu einem Treffen erscheinen. Geplant ist, dass ich mit ihm ein Date in seiner Wohnung ausmache und wir dann zu dritt mit den Fotos bewaffnet hingehen.

Zuhause wartet Alex schon auf mich. Sie ist total verheult. Oh nein, bitte nicht. Bitte kein Stress mit dem Matheprofessor Pitt. Es stellt sich aber schnell heraus, dass sie nicht wegen des Matheprofessors, sondern vielmehr wegen Mathe selbst einen Heulanfall hatte. Der war auch mehr aus Wut, weil es mit dem Lernen so gar nicht klappen will und sie überhaupt nichts mehr versteht. Pitt hat heute mal ausnahmsweise keine Zeit (wie kann er es nur wagen) und sie ist natürlich mit dem Lernen mal wieder viel zu spät dran.
Na toll. Ich kann ihr mit meinen Restmathekenntnissen auch nicht weiter helfen. Außerdem wollte ich heute mal wieder richtig mit meinen Mädels feiern gehen. Die Männer wollen sich alle in ihrem Stammfußballübertragungslokal treffen (außer natürlich Norbert, der mir gerade eine überglücklich klingende SMS aus den Bergen geschickt hat). Also haben wir Frauen beschlossen, bei Hanna einen Film anzuschauen, Pizza zu essen und ganz viel Wein zu trinken. Wie ich Hanna kenne, wird sie allerdings keine Pizza bestellen, sondern uns ganz was Feines kochen. Sie ist eine Supergastgeberin. Ich rechne da mal mit nettem kleinem, aber köstlichen Fingerfood, das zu der Kinostimmung passt.

Nach diesem aufregenden Observierungstag ist das genau das Richtige. Aber nun sitze ich hier mit meiner verzweifelten Tochter und suche krampfhaft nach einer Lösung.
„Pitt meinte, ich könne im Notfall seine Mama auch mit Mathefragen belästigen. Sie scheint immer noch sehr fit in diesem Bereich zu sein. Ich glaube sogar, dass sie irgendetwas in diese Richtung studiert hat."
Ach du Schreck, die Pinkfarbene. Das hätte ich ihr gar nicht zugetraut und der Gedanke, dass sie meiner Tochter besser helfen kann, als ich, gefällt mir überhaupt nicht. Aber, da muss der eigene Stolz weggesperrt werden, damit das Kind dieses Schuljahr schaffen kann. Also wird die Tochter motiviert, die Mutter ihres Liebsten zu kontaktieren und fleißig mit dieser zu lernen. Ich hätte mir auch gewünscht, dass ich ihr besser helfen kann, aber Mathe ist nun einfach mal nicht mein Ding.

Dementsprechend hält sich mein schlechtes Gewissen in Grenzen, als ich zu meinen Freundinnen eile. Ich fühle mich regelrecht frei und unbeschwert, als ich bei Hanna Sturm läute. Sie öffnet mir die Tür und schaut mich verdutzt an. Oh je, habe ich irgendetwas verwechselt? Treffen wir uns heute gar nicht oder zumindest nicht bei Hanna? Ich bin verwirrt.
„Sag mal, Lilly, mir fällt ja seit längerem schon auf, dass du irgendwie neben der Kappe bist, aber jetzt wird es langsam wild. Du bist zwei Stunden zu früh dran!"
Ich weiß nicht, was mich jetzt mehr beunruhigen soll, die Tatsache, dass Hanna sehr wohl gemerkt hat, dass bei mir etwas nicht stimmt oder, dass ich inzwischen so verrückt bin und 18:00 Uhr mit 20:00 Uhr verwechsle. Vielleicht haben wir alle ja von 8:00 Uhr gesprochen und ich habe irgendwann in der Erinnerung 18:00 Uhr daraus gemacht. Maue Entschuldigung, aber immerhin eine. Ach was, ich bin zu gut aufgelegt, um mir über all das zu viele Gedanken zu machen. Das mit ‚neben der Kappe sein' wird bald auf-

hören und dann bin ich wieder die Alte, die sich auch Uhrzeiten merken kann.

Zum Glück ist Hanna sehr gelassen und hat kein Problem damit, dass ich jetzt schon da bin. Sie schenkt mir sofort ein Glas Wein ein und drückt mir ein Messer in die Hand.

„da kannst du gleich mal Zwiebeln schneiden, das hasse ich sowieso."

Ich eigentlich auch, aber ich bin im Moment nur glücklich, ganz normal neben meiner Freundin zu stehen, ohne ein schlechtes Gewissen zu haben oder im Unterholz herum zu klettern, um Erpresserfotos zu machen. Bei diesem Gedanken schüttelt es mich regelrecht.

„So schlecht ist der Wein auch nicht, "kommentiert Hanna empört mein Schütteln.

„Das war nicht auf deinen Wein bezogen."

„Dann hast du dir vielleicht gerade überlegt, was dir passiert wäre, wenn du zwei Stunden zu früh bei Bea aufgeschlagen wärst."

„Eigentlich nicht, aber wenn ich so darüber nachdenke, dann muss ich mich wirklich schütteln, " lache ich.

„Das wäre ein Fauxpas, der die Höchststrafe mit sich bringen würde", lästert Hanna weiter.

„Ich hätte bestimmt wieder nach Hause gehen müssen und vielleicht einen Aufsatz über Pünktlichkeit schreiben müssen", übertreibe ich schamlos, aber das Lästern macht manchmal so viel Spaß. Bea weiß, dass wir uns in diesem Punkt alle über sie lustig machen. Das ist ihr ziemlich egal, weil sie ihre Prinzipien hat und die lässt sie sich von niemanden nehmen.

Wir bauen das Thema also weiter genussvoll aus und sind sehr schnell mit den leckeren Kleinigkeiten fertig (ich habe dabei allerdings immer nur die Küchenknechtarbeiten machen dürfen und das ist auch gut so), die Flasche Wein ist auch schon fast verdunstet, als wir es uns in ihrem Wohnzimmer gemütlich machen. Irgendwie sieht es in ihrem Wohnzimmer aus, wie in einer Hotelbar gepaart mit einem Wartezimmer, das ausgiebig mit Magazinen der Boule-

vardpresse ausgestattet ist. Ich frage mich manchmal, wie Bruno das aushält, aber als ich die eine oder andere Autozeitung dazwischen durchblitzen sehe, denke ich, dass er sich gut damit abgefunden hat, sein Leben mit toter und lebender Prominenz zu teilen.
Pling Pling Pling SMS von Andi, Anna und Margo. Mist ich habe wieder vergessen das Handy auf lautlos zu stellen. Ich tue so, als hätte ich nichts gehört.
„Nun sag doch mal, Lilly, was ist eigentlich bei dir los? Irgendwas stimmt nicht!"
In diesem peinlichen Moment schrillt die rettende Klingel und wir hören schon das Gegacker von unseren Freundinnen im Gang. Danke Danke Danke.
„Vielleicht beichtest du mir ja doch einmal, was du vor uns verbirgst", flüstert Hanna mir noch zu, bevor sie die Tür öffnet.
„Ja, vielleicht", rufe ich ihr nach, wohlwissend, dass das nie der Fall sein wird.

Sonntagmorgen. Ausschlafen. Wunderbar.
Zwei Stunden später höre ich eine Stimme in unserer Wohnung, die mir zwar bekannt, aber nicht vertraut vorkommt. Oh je, ich erinnere mich plötzlich, dass das das laute Organ der Pinkfarbenen ist. Sie lernt bestimmt mit Alex, aber ich kann das im Moment wirklich nicht brauchen. Das ist von mir ziemlich schäbig, da sie gerade dabei ist, meine Tochter zu retten, aber ich muss fliehen. Ich will auch nicht länger im Bett bleiben, da es draußen herrlich ist.
Also, was tun?
Im Schleichen bin ich ja inzwischen hervorragend, also schleiche ich mich erst einmal ins Bad.
Duschen lasse ich ausfallen, da zu laut.
Toilette und Waschbecken geht. Kann der Mieter über uns sein.
Zurückschleichen in mein Zimmer müsste auch klappen.

Als ich mich also auf Zehenspitzen aufmache, um den kurzen Weg vom Bad zu meiner rettenden Zimmertür zurück zu huschen, steht plötzlich meine Tochter vor mir.
Ich kann einen lauten Schreckensschrei gerade noch unterdrücken.
„Was machst du denn? Warum geisterst du durch die Wohnung, als wärst du ein Einbrecher?"
„Ich wollte euch nicht stören." Eine klägliche Ausrede.
„Oh wie schön, du bist wach", quietscht Lydia, die inzwischen auch im Flur aufgetaucht ist.
„Dann können wir ja doch zusammen frühstücken. Ich habe Brötchen mitgebracht."
„Semmeln", knurre ich unhörbar und füge mich dem Unvermeidlichen.
Warum ich nicht mehr mit der gleichen U-Bahn fahren würde, wie sie und ob es früher besser wäre? Neiiiin, wäre es nicht. Der Gedanke, dass sie plötzlich auch früher fahren will, macht mir Angst und die ganze Aktion von mir wäre umsonst gewesen.
Gott sei Dank müssen die Beiden jetzt lernen. Ich verabschiede mich überschwänglich und bin mehr als erfreut, dass sie Andi mit keinem Wort erwähnt hat.

Andi Andi Andi. Ich sitze in einem Café und schwitze in der Sonne. Irgendwie poppt das Bild immer wieder in mir auf, als er anfing, Margo zu befummeln. Was soll das? Das Thema ist gegessen und der Sex war sowieso schlecht. Oder war er vielleicht nicht schlecht? Hatte ich mir das nur wegen meines schlechten Gewissens eingeredet?
Ich rufe Melli an:
„Warum bist du wieder zurück zu deinem Nichtsnutz? Jetzt, wo alles bei dir und Frank so gut läuft?" (ja, richtig gelesen, Melli ist wieder im Seitensprung - Nirwana mit der Ex-Affäre)
„Kann ich dir nicht sagen. Ich denke, dass ich verrückt bin", antwortet sie mir fröhlich.

Manchmal habe ich das Gefühl, dass Melli ständig Bestätigung braucht. Jetzt will sie wieder die Bestätigung dafür, dass sie ihren Ex zurückhaben kann, wann immer sie will. Egal, wie idiotisch dieser sich auch benommen hat. Irgendwie bräuchte sie doch einmal Hilfe. Das sage ich ihr jetzt aber nicht. Schließlich benehme ich mich seit Wochen dermaßen daneben, dass ich mich nicht auf dem hohen ‚ich weiß es besser' – Niveau ausruhen kann.
„Wieso interessiert dich das? Hast wohl auch Sehnsucht nach dem Betrüger?" unterbricht sie meine Gedanken und erwischt mich damit eiskalt.
Melli weiß von der Geschichte nicht mehr allzu viel. Irgendwie wurde mir die Erpressergeschichte für nicht Beteiligte langsam zu peinlich.
„Keine Ahnung. Ich muss nur oft daran denken."
„Oh, schlechtes Zeichen. Schlaf doch nochmal mit ihm."
Klar, für Melli ist das einfach. Sie hat da keine Skrupel. Ich schon. Zumindest jetzt. Wegen Norbert. Ansonsten, glaube ich, dass ich es vielleicht noch einmal ausprobieren würde, ob der Sex doch nicht so schlecht war, wie ich es in Erinnerung habe. Vielleicht habe ich den gleichen Wunsch nach Bestätigung. Was für ein Klischee. Hilfe.
Aber wie gesagt, ich habe ständig die Aktion auf der Picknickdecke im Kopf und bezahlt habe ich ja auch schon genug.
Ach, was soll das? Mir geht es gut. Das Thema ist gegessen. Ich liebe Norbert.
Schluss! Aus! Amen!

Montagmorgen. Neue Woche, neue Aufregung.
Andi ist in der U-Bahn. Er fängt gleich wieder an, zu jammern, wie anstrengend sein Wochenende doch gewesen sei. Zu gerne würde ich ihm stecken, dass ich ihn bei seiner anstrengenden Beschäftigung im Park beobachtet habe. Seiner Erzählung nach hatte er sowohl der ganzen Samstag und auch Sonntag im Krankenhaus Sonderschicht.

„Das überrascht mich. Ich wollte dich gerade fragen, ob du am Wochenende beim Baden oder Wandern warst, weil du so braun bist, " versuche ich ihn in Verlegenheit zu bringen. Aber einen hervorragenden Lügner, wie Andi, kann das nicht aus der Ruhe bringen.
„Ja, schon gell. Das geht bei mir so unglaublich schnell. Liegt wohl an meinen südländischen Vorfahren, (wo hat er die denn auf einmal wieder her?), dass ich mich nur eine Stunde in die Sonne setzen muss, um gleich total braun zu werden," erklärt er mir selbstgefällig.
Ich vermeide es, mir noch mehr Lügen auftischen zu lassen, indem ich mich nicht nach seinen Vorfahren aus dem sonnigen Süden erkundige und lasse ihn auf dieser Unwahrheit einfach sitzen. Kaum spreche ich länger als ein paar Minuten mit ihm, ist der im Park neu erwachte Zauber wieder verflogen und damit der Wunsch, mit ihm noch einmal Abschiedssex zu haben.
„Wann treffen wir uns?" unterbricht er meine Gedanken.
„Kann ich dir jetzt noch nicht sagen. Ich muss erst in meinem Kalender nachschauen, wann ich Zeit habe. Es geht mir zurzeit wirklich eng ein."
In Wirklichkeit muss ich mich mit Anna und Margo abstimmen. Schließlich wollen wir bei meinem nächsten Besuch bei Andi die Bombe platzen lassen. Bei dem Gedanken allein wird mir schon ganz heiß.
„Ok, dann melde dich aber bald. Ich will dich endlich mal wieder in meinen Armen halten."
Ich muss mich erneut sehr wundern, wie wenig Andi davon gemerkt hat, dass mein Interesse massiv nachgelassen hat. Er ist schon sehr von sich selbst überzeugt. Kein Wunder, wenn man vier Frauen auf einmal hat. Das wird ein böses Erwachen für ihn werden, hoffe ich.

Heute Abend wollen Norbert und ich einen ruhigen gemütlichen Abend auf dem Balkon verbringen. Das Wetter passt und meine Laune auch. Ich freue mich regelrecht darauf, als ich mich auf dem Heimweg befinde. Als ich um die Ecke

biege, sehe ich gerade eine Frau aus unserem Haus kommen, die mir irgendwie bekannt vorkommt. Das glaube ich jetzt nicht. Es ist die Alte, mit der Norbert mich betrogen hatte. Was sucht sie in ‚unserem' Haus? Sie wird wohl nicht bei Norbert gewesen sein oder gar in das Haus einziehen wollen (so Stalker mäßig). Mir ist auf der Stelle total schlecht. Sofort steigt Panik in mir auf. Was mache ich, wenn sie ihn wieder rumgekriegt hat oder wenn das Ganze nie wirklich beendet war. Ich schleiche regelrecht die Treppe nach oben.
Norbert ist noch nicht da. Gut, zumindest war sie nicht bei ihm.
In diesem Moment geht die Türe auf und Norbert kommt nach Hause. Er hat die Post in der Hand, die ich vor Schreck im Briefkasten gelassen habe. Er umarmt mich flüchtig und sieht dabei gleichzeitig die Post durch. Das schätze ich ganz besonders, wenn er so etwas macht, weil ich mir nicht einmal sicher bin, ob er es merken würde, wenn er statt mich einen Baum umarmen würde. Der Aufmerksamkeitsgrad ist in diesem Moment sehr reduziert. Ich hatte ihm das auch schon des Öfteren mitgeteilt, dass mich diese Situation etwas irritieren würde, aber er meinte dazu nur, wo denn auf einmal plötzlich dieser Baum in unserer Wohnung herkommen solle. Da fehlen mir dann nur noch die Worte.
Heute allerdings schaut er mich plötzlich ganz erschrocken an und hält einen Brief in der Hand. Ich kann erkennen, dass die Adresse darauf per Hand geschrieben ist. Plötzlich fällt es mir wie Schuppen von den Augen. Diese Frau hat Norbert einen Brief eingeworfen. Persönlich, damit er auf alle Fälle ankommt. Wer macht denn heute noch so etwas? Ok. Er hat sofort nach Beendigung der Affäre seine Handynummer und Mailadresse geändert, damit sie ihn nicht mehr belästigen kann, aber einen Brief schreiben?
„Ich habe sie gesehen, als sie das Haus verlassen hat." Er soll ruhig wissen, dass ich die Situation sofort scharfsinnig erfasst habe. Meine neuen Spionier-Kenntnisse kommen

mir langsam wirklich zu Gute. Wenn ich mich wegen der Alten nicht so elendiglich fühlen würde, könnte ich mich jetzt ein bisschen selbstbeweihräuchern. Aber dafür habe ich jetzt leider keine Zeit und keine Nerven.

„Deshalb siehst du so blass und fertig aus." Norbert gelingt es, wenn auch sicherlich nicht mit Absicht, die Situation noch zu verschlechtern.

„Ja, was glaubst du, wie entsetzt ich war, als ich diese ... aus dem Haus kommen sah. Ehrlich gesagt, dachte ich schon, dass sie bei dir war."

„Was hätte sie denn bei mir machen sollen?"

„Na ja, einen Brief hat sie dir ja schließlich auch geschrieben."

„Das ist wohl eine ganz andere Kategorie. Das ist doch ziemlich einseitig. Wäre sie bei mir gewesen, dann hätte ich ihr schließlich die Tür aufmachen und sie reinlassen müssen. Das würde ich auf keinen Fall tun oder was denkst du?"

„Keine Ahnung. Was soll ich denn denken? Du hattest ja schon mal Mitleid mit ihr und wer weiß, vielleicht schreibst du ihr ja auch."

Ich merke, wie Hysterie in mir aufsteigt. Dieses Thema lässt mich zur Furie werden. Meiner Meinung nach ist das auch berechtigt. ‚Und was hast du angestellt?' fragt das kleine Teufelchen auf meiner linken Schulter. ‚Das kann man nicht vergleichen, das war eigentlich noch schlimmer, weil du dem Typen auch noch Geld gegeben hast', antwortet das Teufelchen auf meiner rechten Schulter. Ich habe, was dieses Thema betrifft nämlich nur Teufelchen auf der Schulter sitzen, da hat definitiv ein Engelchen keinen Platz.

„Das war nicht schlimmer", antworte ich laut meinen Teufelchen und Norbert schaut mich verwirrt an.

„Was war nicht schlimmer? Und was soll der Quatsch, dass ich ihr angeblich Briefe geschrieben habe". Norbert wird jetzt laut.

„Du hast absolut kein Recht, was dieses Thema betrifft, laut zu werden", rege ich mich auf und mime die Unschuldige, indem ich meine beiden Teufelchen ignoriere.

„Ja, entschuldige, tut mir leid." Norbert schaut jetzt ganz zerknirscht und hält immer noch den Brief mit zwei Fingerspitzen, als würde er seine Hand verbrennen.

„Jetzt mache das Ding schon auf. Soll ich dich alleine damit lassen?" frage ich zynisch.

„Natürlich nicht. Ich habe nichts zu verbergen. Wenn sie immer noch etwas von mir will, dann habe ich das mit Sicherheit nicht zu verantworten. Ich hatte seit damals absolut keinen Kontakt mehr zu ihr."

„Was heißt ‚hatte'?"

Ich bin jetzt echt ungerecht, das muss ich zugeben (nur vor euch, nicht vor Norbert).

„Ja, bis jetzt halt. Jetzt halte ich ja ganz offensichtlich einen Brief von ihr in der Hand. Drehe mir doch nicht jedes Wort im Mund herum, bitte."

„Ok, jetzt mache ihn endlich auf."

Norbert öffnet den Brief mit einem unserer Küchenmesser, was ich ganz fürchterlich finde und es ihm auch schon tausend Mal gesagt habe. Das ignoriert Norbert aber fleißig, wie so manch andere Rüge meinerseits bezüglich seiner Marotten. Im Moment ist das aber sogar mir egal.

Der Brief enttarnt sich eigentlich als Karte und es steht auch nicht viel darauf. Das kann ich erkennen (Spionier Talent!!!!)

Ich kann auch ganz deutlich die Erleichterung in Norberts Gesicht sehen.

„Sie hat mir zum Geburtstag geschrieben. Schau." Er hält mir die Karte hin. Fehler. Eine eifersüchtige Frau findet immer ein Indiz, dass ihr Mann eventuell doch nicht ganz unschuldig ist.

„Du hast doch erst in einem Monat und warum schreibt sie ‚Alles Liebe' darunter und warum schreibt sie dir überhaupt. Ich dachte, du hättest ihr klar gemacht, dass du keinen Kontakt möchtest."

„Sie hat wohl den Monat verwechselt und so eine Karte ist nun wirklich nicht schlimm. Das ist nur höflich."
Noch ein Fehler.
„Höflich? Ha ha, die will doch noch was von dir. Sie würde dir sonst nie im Leben eine Karte schreiben, nachdem du sie abserviert hattest."
„Was soll sie denn noch von mir wollen?" Norbert will empört wirken, aber ich kann ein bisschen Stolz und Eitelkeit in seinem Gesicht erkennen.
„Was wohl", antworte ich kurz und giftig.
„Und woher kommt bei dir die plötzliche Weisheit", kontert Norbert. „Komm, lassen wir das. Ich werfe die Karte weg und wir vergessen das Ganze", versucht er einzulenken.
Er hat ja Recht, aber ich bin immer noch sauer. In erster Linie deshalb, weil er so tut, als würde er nicht erkennen, dass die Alte noch etwas von ihm will.
„Gib doch zu, dass dir das schmeichelt", höre ich nicht auf zu meckern.
„Jetzt reicht es aber. Ich ziehe mich jetzt um und hoffe, dass du dich inzwischen wieder einkriegst."
Ich glaube, ich sollte jetzt aufhören, bevor ich den Bogen total überspanne. Ich habe genug Stress mit meiner eigenen Geschichte und ich will mir nicht annähernd vorstellen, wie Norbert reagieren würde, wenn er nur einen Bruchteil davon wüsste. Vielleicht würde er sich in die Arme der Alten flüchten und würde ihn trösten. Oh nein, nur nicht daran denken.

Dienstagmorgen. An meine neuen U-Bahnmitfahrer habe ich mich bereits gewöhnt.
Nicht an die Tatsache, dass Norbert fremdgegangen ist. Der Schreck von gestern in Form einer Geburtstagskarte geht mir immer noch nicht aus dem Kopf. Das wird wohl ewig so sein, dass ich bei jeder Kleinigkeit Panik bekomme. Damit muss ich anscheinend leben, wenn ich mit Norbert

zusammen bleiben möchte. Und das will ich unbedingt. Das ist mir gestern wieder massiv vor Augen geführt worden.
Also: Die Abschlussveranstaltung ‚Andi' muss so bald wie möglich über die Bühne gehen. Ich werde später Margo und Anna anrufen, um einen Termin festzulegen. Ich ertappe mich immer öfter dabei, dass ich auch auf die Erpressung verzichten würde. Hauptsache, diese Geschichte hat endlich ein Ende. Aber dann denke ich mir wieder, dass ich das richtig abschließen möchte, damit mich die Geister der Vergangenheit in diesem Fall nicht immer wieder heimsuchen werden, nur weil ich mich sang- und klanglos aus dem Staub gemacht habe, ohne die Karten auf den Tisch zu legen. Außerdem wären dann unsere gesamten Aktionen total umsonst gewesen und Andi würde völlig ungeschoren davonkommen.

Anna ist fürchterlich gereizt, als ich sie anrufe. Ja, ihr sei schon klar, dass wir unsere Aktion bald zu Ende bringen müssen, aber im Moment habe sie dermaßen viele Termine, dass sie nicht im Entferntesten wisse, wann wir uns treffen könnten.
„Sag mal, ich werde das Gefühl nicht los, dass du dich gar nicht von Andi trennen willst."
„Doch natürlich. Er ist ein Betrüger und Blender. Aber…"
„Aber?"
„Ich weiß nicht, wie mein Leben dann weitergehen wird. Ich werde in ein riesiges Loch fallen. Ich habe mir ein Doppelleben aufgebaut und eins von diesen beiden Leben wird es nicht mehr geben. In meinem zweiten Leben wird es nur Leere geben. Nicht, dass ich besonders stolz auf das bin, was ich getan habe, aber ich weiß beim besten Willen nicht, wie ich wieder in die Normalität finden soll. Das schaffe ich nicht."
„Kannst du dir das Leben mit deinen Kindern und deinen Freunden nicht wieder richtig gut gestalten?"
Während ich das zaghaft ausspreche, kenne ich schon die Antwort.

„Unmöglich. Es ist einfach zu viel passiert. Ehrlich gesagt, war oder ist immer noch Andi mein Lebensmittelpunkt. Ich weiß nicht, was ich tun würde, wenn er mich ‚nur' um das Geld betrogen hätte? Vielleicht würde ich die Augen zudrücken und stillschweigend so weiter machen, wie bisher."
Diese Worte berühren mich wirklich sehr, aber da ich in unserer Kammer voller Bürobedarf und vieler Kisten stehe, während schon die dritte Person neben mir wie verrückt herum*gekramt* hat, um wichtige Stifte oder ähnliches zu finden, kann ich mich nur schwer auf dieses ernste Gespräch einlassen. Ich muss es auch beenden, da der Nächste schon telefonieren möchte. Viel Spaß kann ich dem nur wünschen bei dem heutigen ausgeprägten Interesse an Bürobedarf.
Ich verspreche Anna, sie am Abend noch einmal anzurufen und bitte sie, sich doch einen Termin zu überlegen. Ich komme mir entsetzlich unsensibel vor. Schande über mich. Ich bin doch eigentlich immer die Gute. Andi hat mich zum Monster gemacht.

Am Abend mache ich das wieder gut und höre Anna ganz geduldig ohne Stifte bzw. Ordner oder Notizblöcke-Terror zu. Wir einigen uns aber am Schluss, dass wir uns wohl in einer Woche bei Andi treffen werden, um aufs Ganze zu gehen.

JULI

Mittwochmorgen. In einer Woche wird es vorbei sein. Ich sitze in der U-Bahn und versuche mir vorzustellen, dass ich eine Darstellerin in einen Kinofilm bin. (Ihr kennt diese Szenen sicher: die wunderschöne tragikgebeutelte Hauptakteurin sitzt in einem Zug, schaut mit tränenverhangenem Gesicht aus dem Fenster und lässt die Landschaft an sich vorbeirauschen. Plötzlich hört sie IHR Lied und sie sieht nicht mehr die im Nebel versunkene Landschaft, sondern einzelne glückliche Episoden aus den vergangen Monaten mit dem Mann ihres Lebens, der sie inzwischen leider aus irgendwelchen, individuell austauschbaren, Ereignissen verlassen hat...) An mir allerdings zieht keine Landschaft vorbei, nur die Dunkelheit des U-Bahnschachtes und der Zauber glücklicher Momente aus meiner kurzen Vergangenheit mit Andi will sich auch nicht einstellen. Musikalisch wird das Ganze auch nur von irgendwelchen Tönen untermalt, die aus den Kopfhörern des jungen Mannes ab und zu herausdröhnen. Schade, eigentlich.
Also widme ich mich doch lieber dem kleinen Jungen, der sich inzwischen mit mir angefreundet hat. Er reserviert jeden Tag einen Platz für mich. Wer sagt es denn! Ich habe einfach uneingeschränkte Chancen. Also gibt es keinen Grund, tränenverhangen die Vergangenheit heraufzubeschwören. Damit hat sich der kleine emotionale Ausrutscher schnellstens verflüchtigt.

Am Nachmittag ruft Anna nochmals bei mir an. Ob ich mich am Abend kurz mit ihr treffen könne? Aber sicher!

„Ich muss dir etwas erzählen, aber lass uns erst einmal bestellen. Ich habe echt Hunger."
Anna erscheint mir wieder einmal äußerst nervös. Oh Gott, sie will mir bestimmt sagen, dass sie bei der Erpressung nicht mehr mitmachen will, oder dass sie Andi bereits alles

verraten hat. Ja, genau, das erscheint mir am wahrscheinlichsten. Sie hat ihm von uns und unseren gesamten Aktionen berichtet. Etwas angespannt bestelle ich mir einen kleinen Vorspeisenteller und ein Glas Wein. Ich bin früher wesentlich öfter zum Griechen gegangen, heute ist das griechische Essen nicht mehr unsere erste Wahl. Anna hingegen liebt ihren Griechen um die Ecke und deshalb sind wir heute auch dort gelandet.
Wir stoßen erst einmal mit dem obligatorischen Ouzo an und Anna beginnt zu erzählen.
„Ich hatte dir doch gesagt, dass ich nicht weiß, wie ich die Leere füllen soll, die die zweite Hälfte meines Doppellebens eingenommen hat, oder?"
Ich weiß nicht, ob ich jetzt antworten soll, oder ob das eine rhetorische Frage ist. Doch sie redet nach einer kleinen Kunstpause gleich weiter, also keine Antwort nötig.
„Also habe ich viel über solche Situationen gelesen."
Mir war gar nicht bewusst, dass es so viel über leere Doppelleben-Hälften zu lesen gibt. Ich muss mal Melli danach fragen, die weiß sicher darüber Bescheid.
„So richtige Ratschläge konnte ich aber der Literatur nicht entnehmen, also hat mir meine beste Freundin geraten, ins Internet zu gehen und mal ganz unverbindlich auf den einschlägigen Seiten zu surfen."
Schon wieder tun sich mir Fragen auf.
Erstens wird mir klar, wie wenig ich über Anna weiß, ich hatte zum Beispiel keine Ahnung, dass sie eine beste Freundin hat und diese über ihr Verhältnis mit Andi Bescheid weiß und zweitens sind mir die ‚einschlägigen' Seiten völlig unbekannt. Doch bevor ich fragen kann, hat Anna schon weiter geredet. Ich muss wirklich besser aufpassen und unterbrechen hat jetzt echt keinen Sinn.
„…ich mich angemeldet. Das ist so ein Portal, wo nur die Männer bezahlen müssen, Frauen können umsonst ihr Profil einstellen."
Jetzt kann ich mich nicht mehr zurückhalten und unterbreche sie einfach:

„Du bist echt mutig…"
Man kann mir die Verwunderung sicher gut anhören, aber ich habe meine Zweifel, was solche Internetpartnerbörsen betrifft. Sicherlich gibt es sehr seriöse, die eine gute Möglichkeit bieten, einen Partner zu finden, aber diese klingt für mich ein wenig zweifelhaft. Was soll das bedeuten, dass nur die Männer bezahlen müssen?
„…Was oder besser gesagt, wen, willst du dort eigentlich finden? Du wolltest doch keinen Partner mehr zum Heiraten."
In dieser Beziehung bin ich wirklich dermaßen naiv und muss mich von Anna erst einmal über alle möglichen und teilweise unmöglichen Beziehungsarten, die man per Internet finden kann, aufklären lassen. Nicht über alle, weil sonst würden wir wahrscheinlich morgen noch da sitzen.
„Außerdem, Lilly, du kennst doch meine fatale Situation. Ich muss für mich eine Lösung finden."
Angespannt kaue ich auf meinem Brot herum, was nicht wirklich gut schmeckt und ziemlich alt ist, als mir Anna von ‚Friends with benefits' etc. erzählt. Das Glas Wein habe ich vor Schreck und wegen des harten Brotes auch schon fast ausgetrunken. Das Zaziki ist allerdings gut, nur so nebenbei bemerkt.
„Auf alle Fälle wollte ich mich erst einmal nur ablenken, damit ich nicht immer an Andi denken muss. Deshalb habe ich dieses Portal gewählt", beendet sie ihre Ausführungen.
„Ja und jetzt?"
Ich bin inzwischen weniger entsetzt und deutlich mehr interessiert, was sie inzwischen erreicht hat.
„Ja, es haben sich sofort ein paar gemeldet und ich habe auch schon zurückgeschrieben."
„Hast du von dir ein Foto eingestellt?"
„Nein, natürlich nicht, auch nicht meinen richtigen Namen, aber der eine, der mir geantwortet hat, hat mir ein Foto von sich geschickt, auf WhatsApp."
„Waaas? Dann hast du ihm schon deine Handynummer gegeben? Puh, du bist schon sehr mutig."

„Ja, ich hatte es mir auch lange überlegt, aber was soll schon passieren? Er ist verheiratet..."
„Und wie wir aus Erfahrung wissen, ist es ja völlig undenkbar, dass jemand in dieser Beziehung lügen könnte."
Ich kann diese sarkastische Bemerkung einfach nicht unterdrücken. Vielleicht ist das ein bisschen hart, aber...
„Ja, du hast Recht: ich habe mir das natürlich auch gedacht, aber ich habe es nun mal gemacht."
Anna wirkt jetzt schon beleidigt, also versuche ich, wieder einzulenken:
„Und, wie sieht er aus?"
„Ziemlich gut. Er schreibt mir auch schon dauernd, dass er mich treffen möchte und total heiß auf mich sei."
„Wie kann der denn heiß auf dich sein, wenn er dich gar nicht kennt?"
„Das frage ich mich natürlich auch. Na ja, wir schreiben uns schon sehr schlüpfrige Dinge, um das mal harmlos auszudrücken."
Anna ist jetzt richtig rot im Gesicht. Ich bestelle uns noch einen Wein und einen Ouzo vor Aufregung.
„Das Gute daran ist, dass dir dieser Mann völlig gleichgültig ist. Dann kannst du ihm ja schreiben so viel du magst und wenn er sich idiotisch benimmt, ist das auch egal."
„Genau, ich wollte von ihm wissen, ob er sich auch mit anderen Frauen schreiben würde, obwohl mir das völlig egal sein kann." (Typisch Frau: duldet keine anderen neben sich)
„Er meinte, dass er das natürlich nicht machen würde, da er ja nur an mir interessiert sei. Ich weiß aber, dass er auf dem Portal sehr oft online ist und offensichtlich nicht nur mir schreibt. Irgendwie ärgert mich das." (Super-Typisch Frau: kontrolliert vorsichtshalber alles)
„Ja, und dann habe ich ihn auch gleich gefragt, wie er denn nur an mir interessiert sein kann, wenn er von mir so absolut nichts weiß und nicht einmal weiß, wie ich aussehe." (Zweimal Super-Typisch Frau: erstens will sie hören, dass er nur sie will und fragt ihm deshalb ein Loch in den Bauch,

zweitens wirft sie ihm dann vor, dass seine Antwort völlig unlogisch sei)
„Hm, hast du vor, ihn zu treffen?"
„Das weiß ich noch nicht. Ich will mich jetzt einfach wirklich nur ablenken, damit ich nicht dauernd über Andi nachdenken muss."
Sie wirkt dermaßen deprimiert, dass ich am liebsten die ganze Flasche Ouzo bestellen würde. Aber aus Erfahrung weiß ich, dass das den morgigen Tag nur noch unnötig verschlechtern würde.
Wir diskutieren noch eine ganze Weile über die Vor- und Nachteile dieser Art von Ablenkung, ohne auf ein wirkliches Ergebnis zu kommen. Nach einer gefühlsschwangeren Verabschiedung torkeln wir beide in unterschiedliche Richtungen nach Hause.

Donnerstagmorgen. Warten
Freitagmorgen. Auf
Samstagmorgen. Sonntag

Sonntagmorgen. Heute haben wir die Endbesprechung ‚Operation Rache' geplant. Da wieder heiliger Fußballsonntag ist, kann das Treffen am Nachmittag bei mir stattfinden, was gut ist, weil es wieder einmal schüttet und man keinen Hund vor die Tür jagen möchte.
Einen Hund vielleicht nicht, aber einen Wahnsinnigen, der sich voller Freude auf den Weg macht, um mit einem Ball dem Wetter zu trotzen. Gut so, ich werde mich nicht in den Weg stellen. Jedem das Seine und mir hilft Norberts unermüdlicher Fußballeifer heute ganz besonders. Ich bin froh, dass wir nicht in ein Café gehen müssen. Wer weiß, wie Margo heute drauf ist und wie nahe sie heute am Wasser gebaut ist. Vorsichtshalber habe ich gestern eine große Packung Tempos gekauft.

Aber, welch Überraschung, als Margo am Nachmittag vor der Tür steht, wirkt sie äußerst fröhlich und ich möchte fast sagen, glücklich. Oh je, schießt es mir sofort durch den Kopf, sie hat Andi vergeben.
Ich kann sehen, dass Anna, die wieder einmal überpünktlich vor Margo erschienen ist, etwas Ähnliches denkt. Oh Mann, sie hat bestimmt wieder bei ihm übernachtet. Ich hatte vorher nicht einmal nachgefragt, weil mir das so unwahrscheinlich erschien, aber offensichtlich…
„Hey, was ist mit dir los? Warst du bei Andi", überfällt sie Anna gleich ganz ungeniert.
„Nein, natürlich nicht." Margo wirkt ganz empört, wobei ich diese Frage wie gesagt, nicht abwegig finde.
„Ich komme direkt aus Nürnberg und habe euch einiges zu erzählen, bevor wir den Countdown besprechen."
„Mache es doch nicht so spannend", bemerke ich, als ich mich neugierig auf einen Stuhl plumpsen lasse. Allerdings springe ich gleich wieder auf, weil ich vor Aufregung ganz vergessen habe, den beiden etwas anzubieten.
Während ich also Kaffee und Kuchen auffahre, erzählt Margo, dass sie ganz frisch verliebt sei und jetzt wirklich den Mann ihrer Träume getroffen habe.
„Wann denn? Wir haben doch erst vor einer Woche die Fotos gemacht? Oder hattest du den Anderen da schon?"
Anna hat wieder jegliche Höflichkeit und Freundlichkeit auf dem Weg zu mir verloren, wie mir scheint. Außerdem, … wer im Glashaus sitzt. Hat sie ihre Internetaktion ganz vergessen? Ich kann sie leider nicht darauf ansprechen, weil wir ausgemacht haben, Margo nicht damit zu verschrecken.
„Nein, natürlich nicht. Stellt euch vor, ich habe ihn am Montag im Supermarkt kennengelernt. Er hat mich einfach angesprochen und am Freitag hatten wir bereits unser erstes Date und gestern das zweite."
Ja, sag mal, bin ich die Einzige, die aus dem Andi-Desaster gelernt hat oder bin ich die Einzige, die eine langweilige Woche verbracht hat. Nicht einmal die U-Bahnmannschaft hatte mir in dieser Woche etwas bieten können. Bin ich

jetzt völlig verrückt? Bin ich neidisch auf die Beiden? Da kann ich jetzt nicht darüber nachdenken. Ich habe keine Zeit und ehrlich gesagt auch keine Lust.

„Und? Wie war es denn?" Die Frage von Anna klingt etwas halbherzig. Ich denke, sie will nicht wieder hören, welchen Super-Sex unsere liebe Margo wieder für sich verbuchen durfte.

„Ja, toll war es. Er ist ein echter Traummann. Fast ein bisschen zu perfekt. Wahrscheinlich ist er dann so richtig schlecht im Bett."

„Willst du damit sagen, dass du noch nicht mit ihm geschlafen hast?"

Anna kann sich wirklich nicht zurückhalten.

„Nein, was denkst du denn? Ich bin doch keine …Du weißt schon was."

Ui. Ich bin ganz überrascht. Ich habe Margo noch nie so sprechen hören, aber ich bin froh, weil mir die Tempos wohl bleiben werden.

Sie zeigt uns ein Foto auf ihrem Handy und ich muss zugeben, dass der Mann sehr gut aussieht und wirklich sympathisch wirkt. Es wäre klasse, wenn Margo endlich den Richtigen gefunden hätte.

Anna drängt uns jetzt dazu, dass wir langsam mal anfangen sollten, die geeigneten Erpresserfotos aus unserer Galerie herauszusuchen und besprechen, wie wir das Ganze über die Bühne bringen wollen.

Als wir die Fotos betrachten, fallen uns wieder die Einzelheiten des letzten Wochenendes ein und wir erzählen Margo die Unwegsamkeiten, die uns den ganzen Nachmittag begleitet hatten. Sie genießt die Geschichten sichtlich und ich habe nicht den Eindruck, dass sie an der Erinnerung zerbricht, die die Fotos an ihre Erlebnisse auf der Picknickdecke mit Sicherheit hervorrufen.

Als wir damit anfangen, uns Gedanken darüber zu machen, wie wir bei dem Treffen mit Andi vorgehen wollen, wirkt Margo etwas desinteressiert.

„Glaubt ihr eigentlich, dass ein Mann einen derartigen Rache Feldzug planen würde, wie wir es getan haben?"
Ich finde ihre Frage jetzt etwas deplatziert.
„Das glaube ich nicht. Ich glaube, Männer sind dazu zu bequem. Außerdem, wieso fragst du?"
Meine Antwort ist jetzt auch etwas patzig. Wir können in diesem Stadion keinen Quertreiber gebrauchen.
„Ich meinte ja nur."
„Nur, weil es dir jetzt gut geht, habe ich keine Lust auf mein Geld zu verzichten."
Anna ist natürlich mit ihrer Antwort noch einen Kick direkter.
„Nein, ich will nicht abspringen. Sei doch nicht gleich so sauer. Mir erscheint die Geschichte inzwischen nur etwas zu übertrieben."
„Ich finde es übertrieben, dass dieser Mensch uns etwas vorgeheuchelt hat und uns um sehr viel Geld betrogen hat. Das finde ich."
„Streitet nicht", versuche ich einzulenken, „das ziehen wir jetzt durch, ok?"
„Ja klar, ihr habt ja Recht. Er hat das verdient."
Die alte Margo wäre jetzt in Angsttränen ausgebrochen, weil Anna sie so angegangen ist. Die neue Margo hingegen überrascht mich und schont erneut meinen Tempovorrat.
Also planen wir fleißig weiter, aber ich bin mir ziemlich sicher, dass Margo und Anna nie gute Freunde werden. Ich glaube auch nicht, dass Anna jemals Margo die Wahrheit über ihr ‚anderes Leben' erzählen wird.
Unser Plan steht kurz bevor Norbert üblicherweise nach Hause kommt. Als er schmutzig und glücklich seine nassen Sachen auf den Fußboden im Flur fallen lässt, bin ich bereits allein. Wunderbar. Ich hätte jetzt keine Lust auf die kritischen Blicke von Anna.

Montagmorgen. Aufgeregtes Warten auf Dienstagmorgen.

Dienstagmorgen. Überdimensional aufgeregtes Warten auf Dienstagabend.

Ich hatte eigentlich vor, mir heute Nachmittag frei zu nehmen, aber da wäre ich nur nervös in meiner Wohnung herumgetigert. Also tigere ich stattdessen in der Arbeit herum und mache meine Kolleginnen mit meiner Nervosität verrückt. Ich erzähle ihnen etwas von Alex und Prüfungen und schlechten Noten (entschuldige bitte, Alex, für meine Notlüge). Sie haben Verständnis und gehen mir aus dem Weg.
Da ich langsam zu unruhig werde, gehe ich etwas früher nach Hause. Nicht zuletzt, um mich aufzustylen. Ich will zumindest nach außen selbstbewusst und locker wirken. Ich ziehe also meine Wohlfühluniform an, sprich meine Lieblingsjeans und eine lässige Bluse, die mich nicht einengt und meinen Teint farblich etwas aufpeppt. Ich schminke mich dezent und besprühe mich mit dem Parfum, das Andi am liebsten mag. Ich möchte einfach gut aussehen, damit er sich umso mehr ärgert. Wahrscheinlich wird er nichts von meiner Sorgfalt registrieren, wenn wir alle drei vor der Türe stehen.
Puh, ich bin total nervös und die vielen SMS von den anderen Beiden zeigen nur, dass es ihnen nicht besser geht. Anna schreibt mir die ganze Zeit nur davon, dass sie hofft, wenigstens einen Teil von dem Geld wieder zu bekommen. Es macht ein bisschen den Eindruck auf mich, dass sie ihr eigentliches Problem damit verdrängen möchte. Sicher hat sie ihm sehr sehr viel Geld gegeben, denke ich, aber das eigentliche Problem, das Anna hat, ist ein ganz anderes.
Jetzt muss ich aber wirklich los (ich kann es jetzt selbst auf dem Papier nicht mehr weiter aufschieben). Den Schlüssel von Andi darf ich nicht vergessen. Ich muss ihm den unbedingt zurückgeben. Los geht's.

Anna wartet schon angespannt bei unserem Treffpunkt, als Margo und ich gleichzeitig eintreffen. Trotz Schminke sind wir alle drei ziemlich blass und das im Juli. Wir besprechen nochmal kurz die einzelnen Schritte. Es ist alles gut durchgeplant und wir wollen nicht von dem Plan abweichen. Ja keine Unsicherheit zeigen und ihn richtig in die Enge treiben. Wir werden ihn mit den privaten Details, die wir von ihm wissen konfrontieren, um ihm dann die Fotos vorzulegen und damit gnadenlos zu erpressen. Jede hat den Betrag, den sie von ihm zurück möchte und ihre Kontonummer auf einen Zettel geschrieben, den wir ihm aushändigen werden. Wir haben es bis jetzt vermieden, uns über die Beträge zu unterhalten, damit es für die Einzelne nicht zu peinlich wird. Ich bin mir nach wie vor ziemlich sicher, dass ich weit weniger ‚gespendet' oder ‚bezahlt' habe, als die anderen.

Wir drapieren uns so vor seiner Wohnungstür, dass er uns alle drei gleichzeitig erspähen wird. Das ist meine Lieblingsszene, indem von uns einstudierten Theaterstück. Ich freue mich so auf sein Gesicht. Danach würde ich am liebsten gehen, aber ich kann die Anderen nicht im Stich lassen.

Anna klingelt und wir sind froh, dass er keinen Spion in der Tür hat. Er würde sicherlich die Tür nicht öffnen, wenn er wüsste, was ihn erwartet.

Die Tür geht auf und der Wandel seines Gesichtsausdrucks ist göttlich. Zuerst schaut er ganz fröhlich, weil er ja auf ein Schäferstündchen und eine Geldspritze hofft, aber schon in der nächsten Zehntelsekunde verwandelt sich sein Gesichtsausdruck in pures Entsetzen und er schlägt uns einfach die Tür vor der Nase zu. Verdutzt schauen wir uns an. Damit haben wir nicht gerechnet.

„Hey Andi, mach auf. Das hat doch keinen Sinn, " überraschenderweise hämmert Margo an die Tür. Sie wirkt heute sowieso sehr entschlossen. Das macht wahrscheinlich ihre neue Beziehungssituation aus.

Andi schweigt. Er wird doch nicht tot umgefallen sein? Sein Herz? Aber wir haben nichts rumpeln hören. Ich deute den anderen, dass sie ganz still sein sollen, da hören wir ihn atmen. Was für ein Feigling.

Ich krame den Schlüssel aus meiner Tasche und bevor die anderen mich stoppen können, sperre ich ohne nachzudenken auf. Andi drückt von innen gegen die Tür, aber da wir zu dritt sind, schaffen wir es, sie aufzuschieben. Wieder mal ein entzückender Anblick, den wir abgeben und für ungebetene Beobachter wäre es das reine Vergnügen. Aber wir haben wieder Glück und sind in der Wohnung, als wir hören, wie jemand die Treppe nach oben kommt. Gespannt schauen wir Andi an und fragen uns, ob er jetzt wohl um Hilfe schreien wird. Aber das lässt er schön bleiben. Er will ja nicht zum Gespött des ganzen Hauses werden.

Tja ein Verbrechen jagt das andere. Nachdem wir heimlich Fotos geschossen haben, versuchen wir es jetzt mal mit Hausfriedensbruch und werden das Ganze mit einer fröhlichen Erpressung zu Ende bringen. Ich habe einen kurzen Flash indem ich uns drei im Gefängnis sitzen sehe, aber dieser Gedanke wird sofort verdrängt, denn jeder anständige Verbrecher rechnet auf keinen Fall damit, erwischt zu werden. Und wir sind ja eigentlich die Guten. Wir wollen nur Vergeltung. Wir werden heil davon kommen.

Zumindest hat er sich jetzt ein bisschen beruhigt. Wir schauen ihn schweigend an und warten darauf, wie er sich aus der Affäre ziehen wird. Jedoch, wenn man ehrlich ist, hat er keine Chance. Wie soll er das erklären, wie soll er sich da rausreden? Man könnte fast ein wenig Mitleid bekommen.

„Wie gut, dass ihr alle drei da seid. Ich hatte schon die ganze Zeit ein ganz schlechtes Gewissen und wollte die Situation schon lange mal aufklären. Leider haben mein gesundheitlicher Zustand und meine missliche private Lage es bisher nicht zugelassen, euch die Wahrheit zu sagen."

Und schon ist das aufkommende Mitleid wieder im Keim erstickt worden.

„Und wie sieht diese Wahrheit aus", geht Anna in die Offensive.

„Na ja, ihr wisst schon. Ihr habt doch sicher schon über mich gesprochen, " versucht er sich vor einer Erklärung zu drücken, „oder habt ihr euch gerade zufällig vor der Tür getroffen?" Man kann deutlich den plötzlichen Schimmer Hoffnung in seinem Gesicht erkennen.

„Nein, wir müssen dich enttäuschen, wir kennen uns schon länger und ich finde es ganz traurig, dass du mir nicht erzählt hast, dass deine Frau nicht nur ein fürchterlich gemeines Biest, sondern leider auch sterbenskrank ist, " bemerke ich ironisch.

„Ja, „ mischt sich Margo ein, „ganz zu schweigen von den armen notleidenden Kindern."

„Das muss ich mir nicht weiter anhören." Andi versucht jetzt den Empörten zu spielen. Er hat ja auch keine andere Chance, wenn man ehrlich ist. Was will er hier noch groß retten. Er weiß nicht, wie wir uns kennengelernt haben und wieviel wir gegenseitig von der jeweiligen Beziehungskiste mit ihm wissen.

„Ich möchte gerne, dass ihr jetzt geht", versucht er uns patzig rauszuwerfen.

„Sollen wir dir vorher noch etwas Geld da lassen?" Margo ist in Höchstform. Ihr neuer Freund scheint ihr gut zu tun.

„Oder vielleicht noch den Kühlschrank füllen", setze ich eins drauf.

Anna ist beunruhigend still. Das gefällt mir gar nicht. Margo schaut sie auch ganz verwundert an.

„Ich möchte jetzt eigentlich noch nicht gehen, sondern würde vorschlagen, dass wir uns erst einmal alle setzen. Wir haben dir nämlich noch einen Vorschlag zu unterbreiten", wage ich mich dreist vor.

Anna schweigt noch immer und Andi versucht gerade seine Fassung und seinen Charme wiederzugewinnen.

„Ok, ich gebe zu, die Situation ist verfahren, aber ich weiß selbst nicht mehr, wie ich da hineingeraten bin." Andi versucht ganz schuldbewusst und sanft zu klingen.

„Tja, einen großen Teil wird wohl das Loch in deinem Geldbeutel dazu beigetragen haben", werfe ich ungalant ein.

„Ich kann mich nicht daran erinnern, dass ich euch mit vorgehaltener Waffe dazu gezwungen habe", antwortet er unverschämt.
Na ja, ihm ist klar, auf was das Ganze hinauslaufen soll. Er fühlt sich jetzt sicher, wie vor dem jüngsten Gericht.
„Ich hatte auch immer das Gefühl, dass ihr nicht unfreiwillig hier wart."
„Das stimmt schon ein bisschen", gibt Anna ihm kleinlaut und völlig unpassend Recht. Das klingt gar nicht gut. Ich merke, wie Margo mich fragend anschaut und ich kann nur dezent mit den Schultern zucken, um ihr zu zeigen, dass mir das Ganze auch nicht geheuer ist. Ich muss überhaupt sagen, dass ich absolut keine Lust habe, mir weitere Unverschämtheiten von Andi anzuhören. Wir hatten ausgemacht, dass wir so wenig, wie möglich auf ihn und Fragen seinerseits eingehen würden. Soll er sich doch den Kopf darüber zerbrechen, wie wir zueinander gefunden haben. Wahrscheinlich interessiert ihn das auch gar nicht wirklich. Er will jetzt nur noch eins, nämlich, dass wir verschwinden und dass er uns nie wieder sieht. Den Wunsch hätte zumindest ich an seiner Stelle. Aber, wie wir wissen, tickt er ja ein wenig anders.
Bevor uns Anna noch einen Strich durch die Rechnung macht, sollten wir jetzt endlich zu der Einforderung unserer Geldbeträge kommen.
„Nein, ich kann das nicht", schreit Anna plötzlich und springt auf.
„Sie wollen dich erpressen, weil wir alles über dich wissen und du uns belogen und betrogen hast. Aber ich kann das nicht. Ich verzeihe dir."
Vor mir verschwimmt alles. Ich höre wohl nicht richtig. Ist sie jetzt völlig durchgedreht.
Vielleicht ist ihre bittere Geschichte auch erlogen, wie die von Andi. Vielleicht hatte ihr Mann sie vor vielen Jahren gar nicht verlassen, wie sie mir erzählt hat. Angeblich habe er sie beschimpft und frigide genannt, weil sie so schlecht im Bett gewesen sei. Laut ihrer Erzählung, hatte ihr Mann

sie geschlagen und sich eine andere gesucht, die ihm im Bett mehr zu bieten hatte. Sie hat mir die ganze traurige Geschichte gebeichtet, mit der Bitte, sie auf keinen Fall Margo zu erzählen. Die ganze Zeit hatte ich deshalb schreckliches Mitleid mit ihr und verstanden, warum gerade sie bei Andi Zuflucht und Bestätigung gesucht hatte (er fand den Sex mit ihr ja genauso super, wie mit mir).
Jetzt allerdings fange ich an, zu zweifeln. Vielleicht hatte ihr Mann sie ja verlassen, weil sie verrückt ist. Nein, dann hätte sie die Kinder nicht behalten dürfen. Hat sie überhaupt wirklich Kinder? Nun fange ich an hysterisch zu werden und alles in Frage zu stellen. Beruhige dich Lilly und bleibe cool. Du hast dir vorgenommen, dein Geld zurückzubekommen. Alles andere ist jetzt nicht wichtig. Lass dich nicht ins Bockshorn jagen.
Leichter gesagt, als getan, wenn ich mir die absurde Situation vor mir betrachte:
Da ist der Betrüger Andi, der hocherfreut gerade versucht, sich an Margo vorbei zu quetschen, um sich zur Seite der verrücktgewordenen Anna durchzukämpfen. Da ist Margo, die handgreiflich versucht, ihn davon abzuhalten.
Da ist Anna, die mit hochrotem Kopf versucht, mir meine Tasche zu entreißen, weil da die Fotos drinnen sind.
Das kann sie vergessen. Ich halte die Tasche krampfhaft fest und schreie laut ein Machtwort:
„Schluss jetzt!"
Alle schauen mich überrascht an und ich weiß leider nicht, was ich mit der plötzlichen Aufmerksamkeit anfangen soll. Ich würde sehr gerne die Tasche nehmen und fluchtartig die ungastliche Stätte verlassen, aber das erscheint mir mehr als feige. Es gibt nur eins: Nicht die Flucht nach draußen, sondern die Flucht nach vorne.
„Spinnst du denn, Anna? Hast du vergessen, was er dir angetan hat, wie er dich verarscht hat. Er hat dich mit Margo und mir betrogen und wer weiß, mit wem noch?"
Jetzt greife ich wirklich zu unlauteren Mitteln, aber ich weiß mir nicht mehr zu helfen.

„Er wollte doch nur Geld von uns", klinkt sich Margo jetzt ein.

„Ich weiß auch nicht, was mit mir los ist, aber ich will ihn einfach nicht verlieren", gibt Anna kleinlaut zu.

Wo ist sie nur geblieben, die starke selbstbewusste Frau? Ich kann das nicht mit ansehen.

„Hallo, ihr redet über mich", wagt Andi sich vor, um an unserer Debatte teilzunehmen.

„Stimmt genau, über dich und nicht mit dir", bremst Margo ihn wütend ein. „Komm Lilly, hole doch endlich die Fotos raus.

Immer noch verunsichert wegen Annas verrückter Reaktion breite ich unser Erpresser-Bildmaterial vor Andi aus.

„Schöne Fotos, ich bin wirklich gut getroffen", bemerkt er arrogant oder will er damit nur witzig wirken.

Egal, mir reicht es jetzt. Ich tische ihm die ganzen Lügen auf, die wir in den letzten Wochen aufgedeckt hatten und sehe mit Genugtuung, dass er immer bleicher wird.

„Tja, ich denke, dass deine Frau das sicher nicht so sehen wird, dass du so toll auf den Fotos aussiehst." Irgendwie fühle ich mich mächtig, als ich die Worte ausspreche.

„Ihr habt doch nicht mehr alle Tassen im Schrank. Ihr wollt mich doch nicht allen Ernstes erpressen? Ich dachte Anna macht einen Witz."

„Sehen wir so aus, als wären wir heute besonders lustig und zu Witzen aufgelegt?" gifte ich ihn an.

„Dann zeige ich euch an."

„Das glaube ich nicht, denn dann wird nicht nur deine Frau von deinen Machenschaften erfahren, sondern auch die Staatsanwaltschaft. Du glaubst doch nicht, dass wir dann den Betrug, den du seit Jahren durchziehst, einfach unter den Tisch fallen lassen? Wir können dich genauso anzeigen, " wagt sich Margo mutig in juristisches Gedankengut vor, von dem wir leider so gar keine Ahnung haben.

Andi anscheinend aber auch nicht. Er versucht einzulenken, indem er sich rauswinden will. Er habe doch gar kein Geld, das er uns geben kann, wie wir ja wissen würden.

Da kommt wieder mein Einsatz. Ich zücke erneut meine Wundertasche und hole die Kopien seiner Kontoauszüge heraus, mit denen wir sehr gut belegen können, dass er sehr wohl ein winziges Vermögen angehäuft hat, das zumindest einen Teil unserer ‚vermeintlichen Leihgaben' abdeckt.
„Dann seid ihr wohl in meine Wohnung eingebrochen. Ihr seid ja höchst kriminell…"
„…sagt der, der im Glashaus sitzt. Wir sind keinesfalls in deine Wohnung eingebrochen. Wir haben diese vielmehr ganz legal, mit dem Schlüssel, den du mir gegeben hast, geöffnet."
„Wo ist der Schlüssel? Ich will ihn zurück."
„Ohhhh, leider kann ich den nicht mehr finden, aber ich suche fleißig weiter und lasse ihn dir zukommen, wenn ich ihn finde", tische ich ihm frisch und fröhlich eine Lüge auf. Eine mehr oder weniger, ist auch schon egal.
Anna schweigt immer noch vor sich hin. Als wir Andi die Beträge vorlegen, die er uns schuldet und die wir wieder zurück haben wollen, hält sie sich vollkommen raus.
„Anna, was ist los? Wo bleibt dein Zettel?" Margo ist wirklich sauer auf Anna.
„Ich würde das mit Andi gerne alleine besprechen."
Oh je, da will jemand definitiv einen Alleingang starten. Man kann deutlich sehen, dass Andi diese Entwicklung mit Wohlwollen betrachtet. Kein Wunder, weil er sicherlich von Anna am meisten Geld und ‚Sachspenden' bekommen hat.
„Anna, bitte, das ist doch Unsinn. Du findest doch immer wieder jemanden. Deine Ehe, und was damit zusammenhing, mag wirklich schrecklich gewesen sein, aber das mit ihm hier war doch auch mehr als daneben. Er hat dich um Geld betrogen und deine Gutmütigkeit ausgenutzt. Ganz zu schweigen davon, dass er deine Gefühle missbraucht hat. Willst du ihn jetzt tatsächlich vergeben und so weiter machen, wie bisher. Er ist nicht einmal frei. Er hat eine Ehefrau, mit der er offensichtlich gar nicht so unglücklich ist, wie wir sehen konnten (fragende Blicke von Andi). Und

von dem größten Problem will ich gar nicht erst reden, " wage ich mich mit der Anspielung auf den schlechten Sex ziemlich weit aus dem Fenster.
„Was meinst du ‚mit dem größten Problem'? " fragen Andi und Margo gleichzeitig.
Ich ignoriere die Frage und starre Anna herausfordernd an.
„Ich kann nicht anders. Tut mir leid."
Wir merken, dass es keinen Sinn hat, weiter auf Anna einzureden. Sie wird schon selbst darauf kommen.
Wir verlassen den Tatort und hinterlassen dort einige größere Betrugsdelikte und eine kleine Erpressung, dafür aber keinen Toten. Nur ganz viele getötete Gefühle, die keiner Aufklärung bedürfen, nur langsamer Heilung. In meinem Fall ist das nicht schwierig und eigentlich schon geschehen. Margo hat ihr Heilmittel in Form einer neuen Liebe auch schon gefunden. Nur Anna erhofft sich ausgerechnet von dem Täter, dass er sie heilen wird.

Völlig irritiert und aufgewühlt finden sich Margo und ich vor dem Haus wieder. Wir beschließen, etwas trinken zu gehen und das Geschehene noch einmal Revue passieren zu lassen.
Nie im Leben hätte ich gedacht, dass wir unseren nicht ganz lupenreinen Geschäftsabschluss (Andi hatte zugestimmt, das Geld bis zu einer bestimmten Frist zu überweisen) und den Triumph ohne Anna begießen würden. Nach anfänglicher Benommenheit und Unsicherheit (schließlich übt man nicht alle Tage Selbstjustiz aus, auch, wenn man sich nur das zurückholen will, um das man betrogen wurde) können wir dann endlich doch so richtig durchatmen und uns über das Gesicht von Andi freuen, das er gemacht hatte, als wir uns zur Wohnung Zutritt verschafft haben. Wir sprechen jede Situation noch einmal durch und müssen zum Schluss zugeben, dass wir beide unfassbar froh sind, dass jetzt alles vorbei ist.
Wir sind uns ziemlich einig, dass wir wohl von Anna nichts mehr hören werden und können uns beim besten Willen

nicht vorstellen, wie die Geschichte mit den Beiden weitergehen wird. Schließlich und endlich kann sie ihm doch nie wieder vertrauen und dass er sie nicht liebt, liegt doch auf der Hand.
Wir hingegen versprechen, dass wir in Kontakt bleiben wollen. Das werden wir mit Sicherheit auch tun, denke ich. Zumindest, bis wir das Geld auf unserem Konto haben werden. Danach? Mal sehen. Ich bin da ganz realistisch. Uns verbindet nicht gerade das angenehmste Kapitel unseres Lebens.
Bussi hier und Bussi da und Margo ist verschwunden.

Ich gehe noch ein bisschen spazieren, um meine Gedanken zu sammeln und mich endlich frisch und frei auf den Heimweg zu machen.

Mittwochmorgen.

Donnerstagmorgen.

Freitagmorgen. Nachdem ich mich die letzten beiden Tage ziemlich komisch gefühlt habe, so, als wäre ich nicht ich selbst, habe ich heute mein Gleichgewicht wieder gefunden. Ich fühle mich richtig gut.
Ich hatte die letzten beiden Tage versucht, Anna per SMS zu erreichen und es kam nichts zurück. Margo ging es genauso. Sie hat wohl ein paar Mal versucht, anzurufen, aber auch das blieb erfolglos.
Ich denke, sie wird nichts mehr mit uns zu tun haben wollen. Warum auch immer. Vielleicht, weil wir schreckliche Erpresserinnen sind, die auch bereit dazu sind, Hausfriedensbruch zu begehen. Vielleicht, weil sie es nicht geschafft hat, sich zu rächen. Vielleicht, weil uns auch nichts Weiteres verbindet, als der Grinser Andi.

Wie gesagt, mir geht es jetzt auf alle Fälle bestens. Ich sitze in meiner gewohnten U-Bahnumgebung und genieße die Show meiner Mitfahrer.

U-Bahnfahren am frühen Morgen bedeutet viele müde Gesichter ….hinter denen sich viele Geschichten verbergen.
So wie meine eigene:
Hätte ich vor ein paar Monaten gedacht, dass ich Norbert betrügen würde, dass man mich übers Ohr hauen würde und ich zu guter Letzt meinen eigenen kleinen Krimi erleben durfte?
Was wird wohl in Zukunft noch alles auf mich warten? Ich bin gespannt und freue mich darauf.
Aber jetzt brauche ich erst einmal für ein paar Wochen nur mein ganz normales Leben.
Tag für Tag für Tag!